久松潜一監修
武田元治編著

一〇〇人で
鑑賞する

百人一首

復刊を祝して

このたび『一〇〇人で鑑賞する百人一首』が復刊されることになった。これは昭和48年に出版された本である。ちょうど二十歳になったばかりの私は、手にとって何度も頁をめくった記憶がある。本書の最大の特徴は、題名にも掲げられているように、当時著名な一流の研究者百人が、各自一首ずつ分担執筆していることである。いわば研究者のランキングベスト百（もう一つの百人一首）でもあるのだ。このような豪華な顔ぶれの企画は、今となってはもう実現不可能であろう。その意味でも長く読み継がれるべき名著・良書だと思われる。本書は単に百人一首の参考書として有益であるのみならず、本書を通し一流の研究者に出会うこともできるのである。是非、多くの方に愛読していただきたい。

同志社女子大学　吉海直人

はしがき

「百人一首」は多くの人々に長く親しまれてきた古典です。その一首一首の真の歌心と表現とに触れた百人のかたの鑑賞を収めるのが、この本のねらいであり、特色でもあろうかと思います。

百人で鑑賞することにどんな意味があるのかと問われると少々困るのですが、百人の歌を集めたものが価値をもつならば、百人の鑑賞を集めた本も存在価値を主張してもよいように思われます。もちろん、百人のかたは一流の鑑賞者でなければなりません。そして、それぞれの歌に応じ自在に個性的な見方を示してくだされば、読者は二重の意味で百花繚乱の姿に触れることが可能です。

さいわい、多くの先生がたがこの本の趣旨を御理解くださって、御覧のとおりに立派なメンバーで御執筆をいただくことができました。期日その他さまざまな事情のために、御執筆いただきたいと思いながら依頼できなかったかたや、辞退されたかたも何人かおられますけれど、それにしても百人一首鑑賞に関するこれだけの大顔合わせは、現在望みうる最高の水準に近いかと思うのです。かりに将来同種の企画が立てられたとしても、この本の歴史的意義は消えることはないでしょう。

「百人一首」が国民の古典としてより広く深く理解されるために、鑑賞文は平易に書いていただくことをお願いしたのですが、やはりそれとは別に原作に即した解説文を添えました。口語訳・語釈・作者・出典などですが、これは一貫した形のほうが便利と思われますので、わたくしが通して書き、すべて見開きページの紙幅に収まるように簡明を旨としてまとめました。したがって諸説を詳細に挙げることはしておりません。また先学の御著書や論文などからお教えを受けた部分も多いのですが、御芳名を一々挙げておりません。御容赦いただきたいと存じます。

解説の下の参考の欄は、教育出版センター編集長の柴崎一男氏が苦心の結果作製したものです。編者としての責任上、わたくしも随時相談を受けて協力いたしました。

「百人一首」は、多くのかたがたと同様に、わたくしにも個人的な思い出がいろいろあります。幼い日のカルタ遊びに、「ゆくへもしらぬこひの道かな」などという歌に接した時は、大きな鯉がゆうゆうと泳ぎ去ってゆく様子を想像したものです。いま国文学にたずさわるようになったのも、もしかしたら、そんなことが縁になっているのかもしれません。

大学の国文学科での久松潜一先生の演習が「百人一首」でした。その久松先生がこの本の監修をしてくださいます。ありがたいことと恐縮に存じております。

またこの本のできあがるまでには、解釈学会の山口正会長、教育出版センターの柴崎芳夫社長と俊子夫人をはじめ、たくさんのかたがたの暖かいお力添えがあったのを忘れることができません。あつく御礼を申しあげます。

昭和四十八年秋

武田元治

目次

「百人一首」解説

〔名称〕「百人一首」の名は、百人の歌を一首ずつ撰んであるのにもとづき、室町時代から一般にそう呼びならわされてきた。しかし後に作られた類書と区別するため「小倉《おぐら》百人一首」とも呼ばれている。古くは「小倉山荘色紙《しきし》和歌」「小倉山荘色紙形《がた》和歌」「嵯峨《さが》山荘色紙和歌」など、いろいろに呼ばれたようである。

小倉とか嵯峨とかの地名が冠せられるのは、撰者として伝えられてきた藤原定家の山荘が、今の京都市右京区の嵯峨の小倉山にあったためである。

〔成立〕「百人一首」の撰者が藤原定家であることは、中世には疑われなかったところであるが、近世の中ごろ以後疑問がもたれ、宇都宮頼綱（入道蓮生《れんしょう》）撰とか宗祇《そうぎ》偽撰とかの異説が出された。しかし今日の研究の結果では、やはり藤原定家の原撰に成るものと考えられ、後人の多少の補修が問題とされる程度になってきている。

定家の日記「明月記」の嘉禎《かてい》元年（一二三五）五月二十七日の条には、宇都宮入道の懇望により入道の中院の別荘の障子の色紙形として、天智天皇から家隆・雅経に及ぶ古来の歌人の歌各一首を書いたことが記録されている。また定家撰として伝えられた「百人秀歌」は、「百人一首」にある後鳥羽院・順徳院の歌がないなどの違いはあるが、九十七首まで共通する歌を含み、おそらく「百人一首」の原形であろう。その他いろいろの事実が定家原撰を裏づけていると見られる。
〔内容〕「百人一首」は、天智天皇・持統天皇に始まり後鳥羽院・順徳院に終る百人の歌人の歌をほぼ時代順に排列している。百人の歌人を性別・身分で分類して概観すると、次のようになる。
男―七九（天皇―七　親王―一　官人―五八　僧―一三）
女―二一（天皇―一　内親王―一　女房―一七　母―二）
特に官人の数が多く、全体として官廷社会に属する人々である。
また百首の内容を、勅撰集の分類によって概観すると、次のようになる。
恋―四三　四季―三二　雑―二〇　羇旅《きりょ》―四　離別―一
特に恋の歌が多く、これは定家の晩年の志向と関係があろうかと言われている。定家の求めたのは有心妖艶《うしんようえん》の歌であり、そういう優美な叙情詩が多く撰ばれているようである。むろん一方に別荘の障子を飾る色紙という条件があれば、それにふさわしい歌を撰ぶということもあったと思われる。
そして、これらの歌はすべて古今集以下十種の勅撰和歌集の中にあり、所属は次のとおりである。
古今集―二四　後撰集―七　拾遺集―一一　後拾遺集―一四　金葉集―五　詞花集―五　千載集―一四　新古今集―一四　新勅撰集―四　続後撰集―二
〔意義〕「百人一首」は王朝和歌の歴史的展望も可能にする手ごろなアンソロジーであり、定家の和歌観を反映する面も考えられるので、昔も今も歌人や学者が深い関心を寄せている。しかしそれ以上に、広く国民に親しまれその教養を培ってきた古典という意義は、きわめて大きいものがあると思われる。

1 天《てん》智《じ》天《てん》皇《のう》

秋の田の　かりほの庵《いほ》の　苫《とま》をあらみ
わが衣手《ころもで》は　露にぬれつつ

〔**口語訳**〕秋の田のそばの仮小屋の、その苫の目が荒いので、わたしの袖は漏る夜露にしっとりと濡れている。

〔**語釈**〕

○かりほの庵―かりに作った小屋。主として農事のために作られた。「かりほ」は「仮庵《かりいほ》」の約で、「仮庵の庵」と「庵」が重なるが調子よく表現したもの。

○苫をあらみ―苫が目があらいので。「苫」はスゲ・カヤなどを編んで屋根や家の周囲のおおいにするもの。「…を…み」は「…が…ので」の意。

○衣手―きものの袖。

〔**作者**〕第三十八代の天皇。中大兄《なかのおおえ》皇子。蘇我氏をほろぼして大化の改新を行ない、都を近江の大津の宮に移した。万葉集の第一期の歌人でもある。六二六―六七一。

〔**出典**〕後撰集巻六、秋中（三〇二）

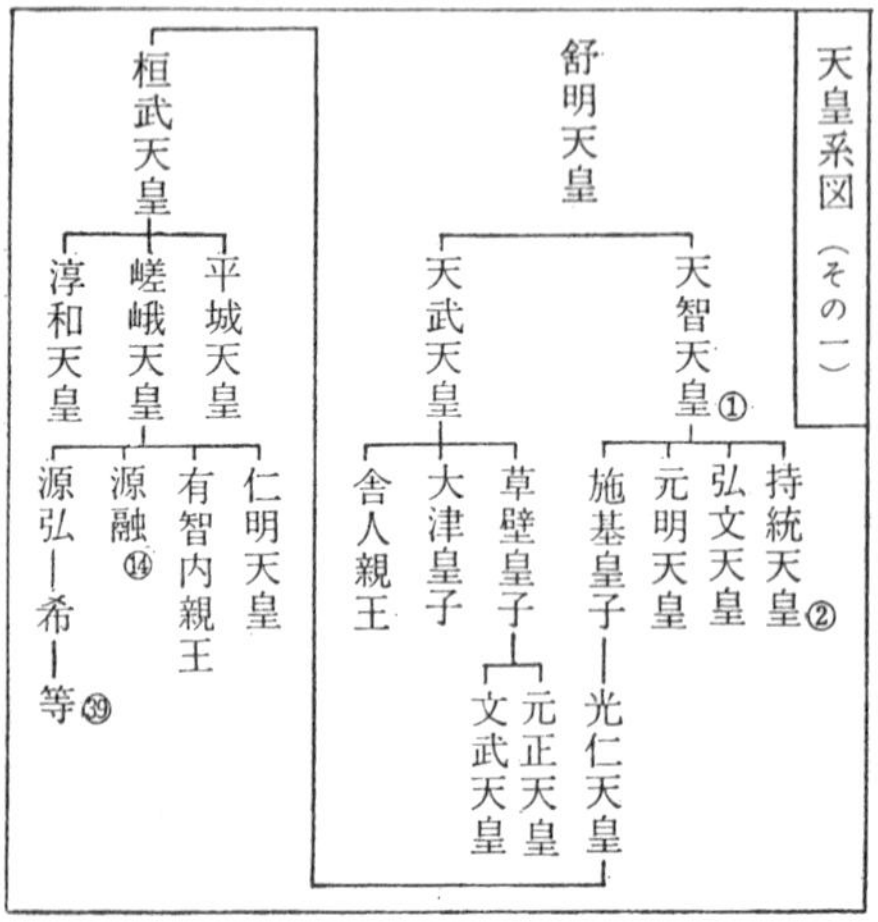

〔鑑賞〕　　　　　　　　　　東京大学名誉教授　久松潜一

この歌は後撰集秋中に「題しらず、天智天皇御製」として出ているが、万葉集にはこのままの作品はない。然し「秋田苅るかりほを作り吾が居れば衣手寒く露ぞおきにける」（巻十）や「秋田苅るたびのいほりにしぐれふりわが袖ぬれぬほす人なしに」（巻十）がこの歌に近い。いずれも作者未詳である。殊にはじめの歌はほぼ構成も等しい。その他「わが衣手はぬれにけるかも」という第四・五句の歌もある。古今六帖に「秋田苅るかりほを見つつこきくれば衣手寒し露置きにけり」という歌があるが作者は書いてない。従って天智天皇の御歌ということも伝承によったのであろう。しかしそういう伝承から百人一首の巻頭はえらばれている。

この歌は田園情調の現れている点に特色がある。「かりほのいほのとまをあらみ」には、かりに作った庵の質素なさまが表れている。「秋の田のかりほ」に秋の田を苅りと掛けてあり、技巧のある表現であるが、技巧が目につかない。露がもれて衣の袖がぬれるというのは物わびしい感もないではないが、それも哀感というよりは田園生活の質朴さの表れと言える。源経信の「夕されば門田の稲葉おとづれてあしのまろ屋に秋風ぞ吹く」のような田園の爽やかな情調とは異なるが、それほど侘しい感じではなく、田園生活のそのままが表れている。私も田舎の農家に生れ少年時代を田園生活の中で育ったからこういう歌には深く心をうたれる。

2　持《じ》統《とう》天《てん》皇《のう》

春すぎて　夏来《き》にけらし　しろたへの
衣《ころも》ほすてふ　天《あま》の香《か》具《ぐ》山

〔口語訳〕春が過ぎて、夏が来たらしい。白いきものを干すという天の香具山に、いま白い夏ごろもが目にあざやかである。

〔語釈〕

○来にけらし―来たらしい。「けらし」は「けるらし」のつまった形。

○しろたへ―白い布。「たへ」はコウゾの木を材料にした布。

○ほすてふ―干すという。

○天の香具山―奈良県桜井市にある山。大和《やまと》三山の一つ。古来伝説に富むが、人の虚実をただすため衣《ころも》を干したという伝説（詞林采葉抄）も後には流布していたらしい。

〔作者〕第四十一代の天皇。天智天皇の第二皇女で天武天皇の皇后であったが、天武天皇没後四年で即位。藤原宮に遷都された。万葉第二期の歌人。六四五―七〇二。

〔出典〕新古今集巻三、夏（一七五）

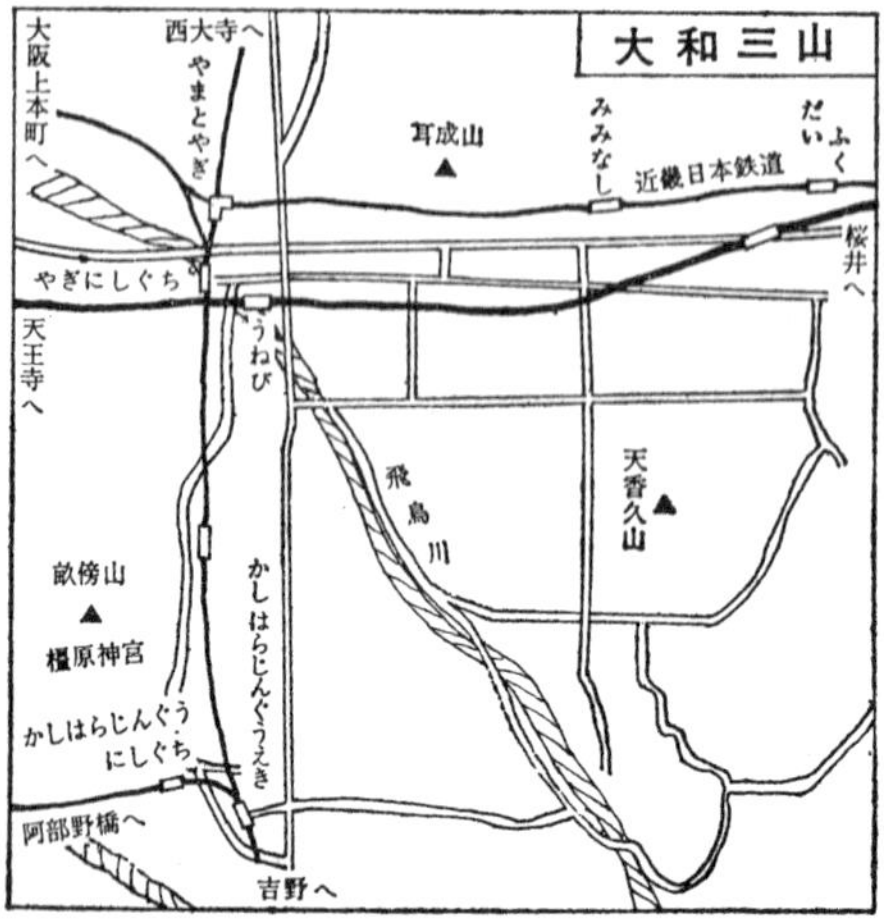

〔鑑賞〕

甲南女子大学教授　犬養　孝

「衣ほすてふあまのかぐ山」のひびきには、年少時の正月の、かるたの夜の〃夢〃がのこっていて、「かぐ山」がどんな山かも知らないままに、新春らしいほのぼのした楽しさを感じたものであった。

　春過ぎて　夏来《きた》るらし　白たへの　衣ほしたり　天《あめ》の香具山　（巻一―一八）

という万葉の原歌は、二句切・四句切・名詞止の格調の高さ、簡勁な調べがあり、衣の点景によって季節の推移をいう女性らしい感覚の清新さもあった。ことにこんもりと新緑におおわれた香具山の実景を、藤原京大極殿跡に立って眺めていると、さながら、もえあがるような藤原京期の宮廷気運のただなかに、どっしりとおちついた定着を見ているようにさえ思われた。

　だが、眼前の実景とはなれた王朝以後の人たちには、これとは全くちがった印象としてうけとられたらしい。調べもなだらかにかわり、「衣ほすてふ」のような脱実景の気分象徴に転じているようである。のみならず、『詞林采葉抄』には、〃神が、ぬれた衣の乾く乾かぬによって、人のまことそらごとをただす〃という伝説を伝えていて、紀貫之（新古今・一九一六）や藤原良経（月清集・一六一五）もこの伝説をふまえたと見られる歌をよんでいるのを見ると、ただの訛伝や歌調による原歌の引き直しではなくて、長期にわたっての、古代とは異なる理解の仕方をしていたようである。

　年少時に感じた〃百人一首〃は、万葉の歌心とはまた別の、ほのぼのとした世界であったのだ。

3

柿本人《かきのもとのひと》麻《ま》呂《ろ》

あしびきの　山鳥の尾の　しだり尾の
ながながし夜《よ》を　ひとりかも寝む

〔口語訳〕山鳥の尾、あの長く垂れさがった尾――その尾にも似て長い秋の夜を、思う人と逢えないで、たったひとりで寝ることになるのか。

〔語釈〕

○あしびきの―「山」にかかる枕詞。古くは「あしひきの」。

○山鳥―キジ科の野鳥。雄は尾の羽が長い。雌雄が昼は同居し夜は谷を隔てて別に寝るという言い伝えがある。

○しだり尾―長く垂れさがっている尾。「…しだり尾の」までの部分は「ながながし」に添えた序詞。

〔作者〕万葉第二期の歌人。持統天皇・文武天皇の朝廷に仕え宮廷歌人としても活躍した。晩年は石見《いわみ》の国の地方官を勤めたと見られるが官位は低かったらしい。万葉集の代表歌人であり後世崇拝されたが、生没年をはじめ伝記は明らかでない。

〔出典〕拾遺集巻十三、恋三（七七八）

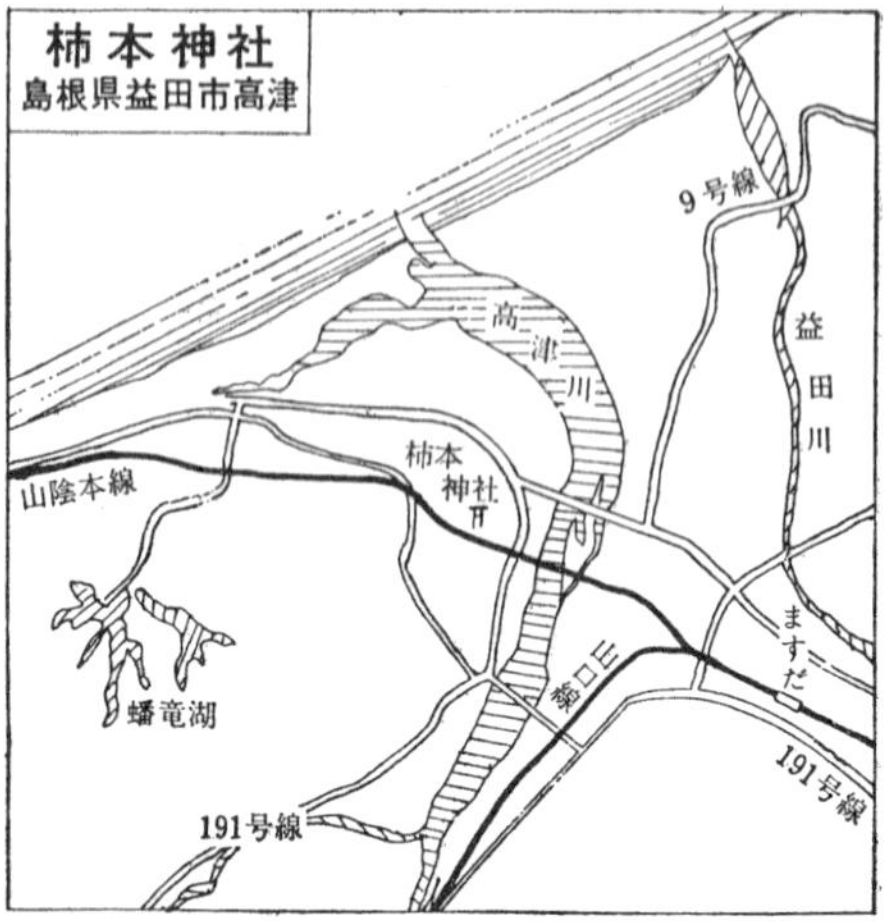

〔鑑　賞〕

立正大学教授　鴻　巣　隼　雄

冒頭の句から読みくだして行くにつれ、いつか流れるような声調に魅せられて、知らず知らず、結びの句まで読み進んでしまう歌。読み終って、作者の心の動きを無意識の中に追っていた自分に読者は始めて気がつくであろう。しいて求めれば、「長長し夜を一人かも寝む」の部分に来て、いくつかの小刻みな、やや抵抗めいた響きに出会うが、それもバイブレーションというより、むしろ今までの声調の基本になっていた、純直な言葉の伸度がやや引きしまり、歌意を支えている、短い単位の言葉同志の結びつきに、いくらか密度が増して来るにつれて、調べの上に微妙な変化が現われたに過ぎぬ。嘗て逢う瀬を楽しんだ幾夜かの睦事《むつごと》を、屈托もなく心に思い起こすうち、いつか今宵の空《むな》しさだけが胸につのり、やがて焦燥に似たものに推移して行く。一人寝《ね》のやるせなさを、こうして歌にしたのであろう。もともとこの歌は序詞と主題提示部との二部からできている。二つの部分が結びつくために必要な意味上の関係は直接にはない。ただ同音の共通語「長《なが》」を便宜上接合点にして、転換の妙を作用させたまで。しかし万葉の古歌をはじめ、記紀その他の古代歌謡に常套的に用いられている慣用の修辞と云い捨ててしまうには余りにも大きな芸術上の問題を含んでいる。共通の発想形式は源を古代の民謡にまで求めることができそうである。われらの先祖は、周囲の「物」を、生きた新しい仲間と心得て、いっしょに生活を楽しみつづけていたはずだから。

4 山部赤人《やまべのあかひと》

田子《たご》の浦に　うちいでてみれば　しろたへの
富士の高嶺《たかね》に　雪は降りつつ

〔口語訳〕 田子の浦に出てながめると、まっ白に、富士の高い峰に、雪が降りつもっている。

〔語釈〕

○田子の浦—静岡県の由比《ゆい》町・蒲原《かんばら》町あたりの海岸で、今日の田子の浦が富士川河口東方であるのと違い西方といわれる。

○うちいでて—出て。「うち」は調子を整える気持から添えた接頭語。

○しろたへの—白色のイメージを表現する語と見ておきたい。枕詞と見る説もあるが、「富士」にかかることの明瞭な用例はなく、「雪」にかかるには位置が離れすぎる。

〔作者〕 万葉第三期（奈良時代前期）の歌人。清らかな自然を歌う叙景歌人として独自の歌風を示したが、地位の低い官吏であったようで、生没年をはじめ伝記が明らかでない。

〔出典〕 新古今集巻六、冬（六七五）

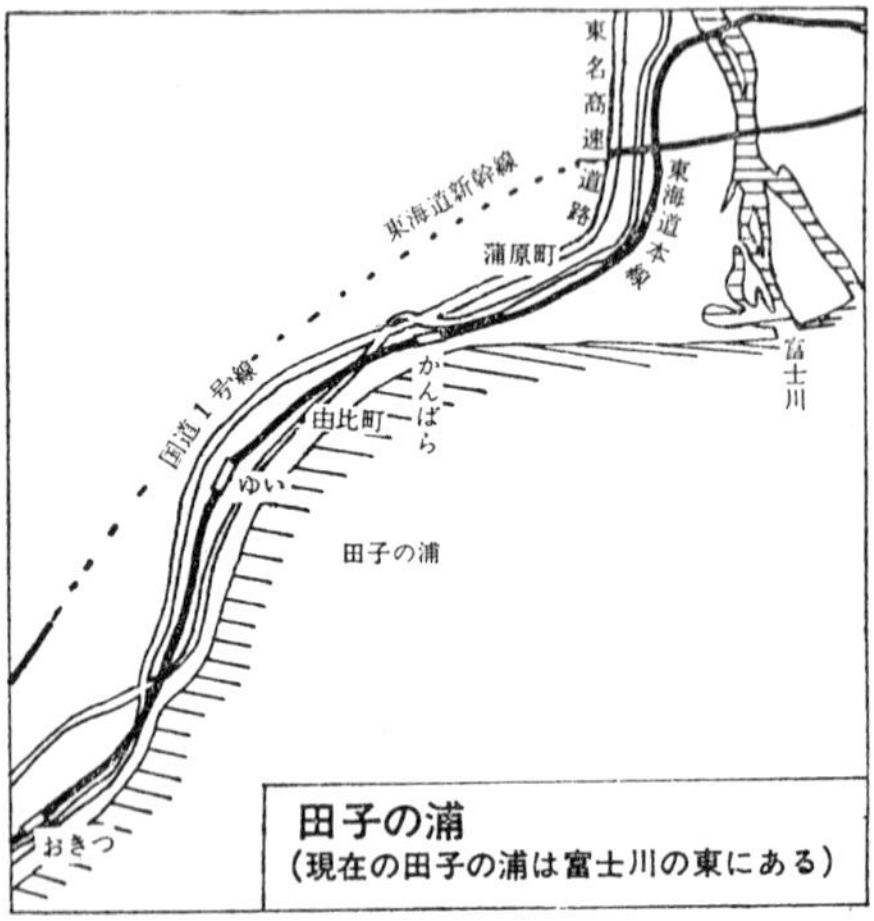

田子の浦
（現在の田子の浦は富士川の東にある）

〔鑑　賞〕

跡見学園短期大学教授　関根俊雄

わたくしも若い時は理屈っぽくて、噴火山が円錐形になるのは当り前だ、富士山は果して美しいか、褶曲や断層の山脈に個性的に迫力ある立派な山があるだろう、多くの人の富士山をよしとするのはマンネリであり付和雷同ではないかと、考えていた。

しかし、その後よわいを重ねて、やはり富十は名山だと思うようになった。世界に円錐形の孤山の少ないのが不思議である。そして富士は、その傾斜の具合が微妙なのだと思う。その色彩も、時刻や気象によって千変万化する。富士を一生描いている画かきが多い。

歌についても、「人がいいと言うからいいのだろう」では、もちろん意味のない話であるが

田児の浦ゆ　うち出でて見れば　真白にぞ　不尽の高嶺に　雪は降りける

という赤人の原作には、わたくしとしても確かに実感を覚える。富士に対する作者の清浄な姿勢が出ているし、また富士そのものの、量感と言わんよりは迫真感を表現し得ている。

それを多少説明してみれば、「田子の浦」の地名がいい。ちょうど芭蕉や子規の「五月雨を集めて早し最上川」「柿食へば鐘が鳴るなり法隆寺」が他の川や寺であり得ないように。以下すべて動かせないが、中でも「真白にぞ」と端的に言い得ている点や「不尽の高嶺に雪は降りける」の、息を呑むような言いくだしや納め方などに、成功の理由があるのだと思う。

5 猿《さる》丸《まる》大《た》夫《ゆう》

奥山に　もみぢふみわけ　鳴く鹿の
声きく時ぞ　秋はかなしき

〔口語訳〕奥山に、散りしくもみじ葉を踏み分けて鳴く鹿の、その声を聞く時、秋はしんじつ悲しく思われる。

〔語釈〕

○奥山―人里を遠く離れた山。「外山《とやま》」または「端山《はやま》」に対して言う。

○もみぢふみわけ―散るもみじ葉を踏み分けて。これを人の動作と見る説もあるが、やはり鹿の動作と見るのが、ふつうの受けとり方であろう。なお、この歌は古今集の「秋歌上」の部にあり、萩の歌がこれに続いているので、秋はまだ中秋で「もみぢ」は萩の黄葉と古くは見られていたかという。

〔作者〕三十六歌仙のひとりに数えられるが、伝承上の人物。諸国に猿丸の伝承があるのは、巡遊の芸能部族民によるものかと言われる。

〔出典〕古今集巻四、秋上（二一五）

三代集

(三代集)	古今集20巻約1100首	後撰集20巻1426首	拾遺集20巻1351首
天皇	醍醐天皇	村上天皇	花山院
編者	紀貫之，凡河内躬恒，紀友則，壬生忠岑	梨壺の五人 源順，大中臣能宣，清原元輔，紀時文，坂上望城	①花山院説 ②藤原公任説
完成	延喜13～14（？）	未詳	未詳
部立	春（上，下），夏，秋（上，下），冬，賀，離別，羇旅，恋（1～5），哀傷 雑（上，下），雑体 大歌所御歌	春（上，中，下），夏，秋（上，中，下），冬 恋（1～6），雑（1～4），離別，羇旅，賀，哀傷	春，夏，秋，冬，賀別，物名，雑歌（上下），神楽，恋（1～5），雑（1～4），哀傷

〔鑑賞〕

東京学芸大学教授　太田善麿

『古今集』（四秋上）を見ると、この歌は「よみ人しらず」である。ついでに、その前後を見ると、この歌のすぐ前には、壬生忠岑の

山里は秋こそことにわびしけれ鹿のなくねに目をさましつつ

という歌が、そして後の方には、一首おいて、「よみ人しらず」の

秋萩をしがらみふせてなく鹿の目には見えずておとのさやけさ《きイ》

という歌が収められている。共通の素材をもつ歌で、いずれも佳作といえるが、表現の成就度は、この「奥山に」の歌がまさっている。鹿のなくねに目をさましさましながら、秋の山里のさびしさをしみじみとあじわう気持、乱れさく萩を脚にからませて鳴く鹿の姿を思いえがきながら、その声のさやけさをいとおしむ気持、その両方に通じる情熱の表現に成功している。

「奥山に」と歌い出すのは、『万葉集』に一例あるが、『古今集』には他に例をみず、さらさらと新鮮な上の句をなしている。この歌では、いったいにカ行音が、またイ列音が多く、それが秋の感触をもたらすうえに有効なのだが、初句だけはおおらかに歌い出すのが節度にかなったものである。

奥山・もみじ・鹿の声・秋・かなし…とあげれば、いかにも概念的にきこえるけれども、むしろそれに徹して美しい形をきめたところに、この歌の本領があるとすべきだろう。

6 中納言家持《ちゅうなごんやかもち》

かささぎの　渡せる橋に　おく霜の
白きをみれば　夜ぞふけにける

〔口語訳〕かささぎが夜空にかけた橋、そこに置く霜の白さ、それを見ると、もう夜もふけたと思われる。

〔語釈〕

○かささぎの渡せる橋―かささぎがかけ渡した橋、というのがことば通りの意。「かささぎ」はカラス科の尾羽の長い鳥。中国の伝説によると七月七日の夜烏鵲《うじゃく》（かささぎ）が天の川をうずめて橋をかけ織女星を渡すという。これは天上のはしなので現実には宮中の階《はし》をさすというのが真淵以後の通説。しかし普通の地上の橋と見る説、伝説どおり天上の橋と見る説もあり、寒夜の白い天の川などと見る見方も捨てがたい。

〔作者〕大伴《おおとも》家持。大伴旅人《たびと》の子。中納言になった。万葉第四期の歌人で、万葉末期の代表歌人。万葉集の集成にも関係したと見られている。七一八？―七八五。

〔出典〕新古今集巻六、冬（六二〇）

五節供

七草（ななくさ）一月七日↓40ページ参照。

曲水（きょくすい・ごくすい）三月三日
　水辺に宴を設け、盃を水に流し、自分の前に盃が来るまでに詩を作り興じる宴。

端午節会（たんごのせちえ）五月五日
　菖蒲を軒にさし、宴を催して邪気を祓い騎射を見学した。あやめの節句ともいう。

乞巧奠（きこうでん）七月七日
　中国の牽牛、織女二星の七夕伝説により、手芸の上達を祈る行事。

重陽（ちょうよう）九月九日
　宮中の紫宸殿で菊見の宴が催される。菊の節句ともいう。

〔鑑賞〕　成城大学教授　中西　進

「かささぎの渡せる橋」とは、いうまでもなく、七夕の夜に鵲が天の川に橋となって織女を渡すという伝説にもとづくものである。「文選」や「玉台新詠」には見当らぬが、「淮南子」「風俗通」といった中国の古い文献にも伝えられているようである。一首の一、二句は、この中国の知識を用いたものである。しかし、「淮南子」の「烏鵲塡〻河成〻橋」という文字を見つめていると、そこには現実のイメージとなって、天の川がわき上がって来る。天の川は細かくは無数の星くずとも見えるが、やがては夜空にほとばしり放たれた大河のように空をおおい、星くずは泡だつ波頭のようにもり上がってみえる。烏に似て黒く、そして下羽の白い烏鵲は、その一処を占めて幻想の中にまさに「河を塡」めるのである。「鵲橋」とは、そのような現実の景から遊離してはいない。と思えるのは、「おく霜の白きをみれば」という独自の表現が、大きく作用するからであろう。その上に、夜の濃度が、しだいに銀河の白々とした輝きをましてゆくという。そう思ってみると、この歌からは知識のひ弱さがかげをひそめ、鋭く冴えた感覚によって捉えられた一夜の天上の景が私の目の前に展開して来る。しかも、七夕を連想したとみれば、古来の詩人があれ程に嘆いた、短か夜の夜明け、また一年の別離は、夜更けとともに訪れて来るはずである。一言も織女の嘆さにふれず白さをます夜の景の移動に、別離への近接を語ろうとする一首は非凡というほかない。

7　安《あ》倍《べの》仲《なか》麿《まろ》

天《あま》の原　ふりさけみれば　春日《かすが》なる
三笠《みかさ》の山に　いでし月かも

〔口語訳〕大空をはるかに仰ぎ見ると月が出ているが、あれはかつて故郷の春日の三笠山に出た、あの月なのか。

〔語釈〕

○天の原―大空。

○ふりさけ見れば―ふり仰いで遠く見やると。

○春日なる三笠の山―春日にある三笠山。「春日」は奈良市の東部、春日神社のあるあたり。「三笠山」（御蓋《みかさ》山）は春日神社の東方の山。俗に三笠山とも言う若草山ではない。

○出でし月かも―出た（のを見た）月なのか。かつて故郷で見た月をなつかしむ心を「かも」を添えて詠嘆的に表現した。

〔作者〕奈良時代の文学者。遣唐留学生として唐に渡り、朝衡《ちょうこう》の名で玄宗に仕え、李白・王維などの詩人とも親交があった。帰国を企てて果たさず、唐に没した。六九八？―七七〇

〔出典〕古今集巻九、羇旅《きりょ》（四〇六）

〔鑑　賞〕

東北大学教授　扇畑忠雄

この歌は、古今集巻九の羇旅《きりよ》歌の中に「唐土《もろこし》にて月を見てよみける」という詞書《ことばがき》で収められ、さらに唐から帰国しようとした仲麿が明州というところの海辺で唐人から送別されたとき「夜になりて月のいとおもしろくさしいでたりけるを見てよめるとなむ語り伝ふる」歌であるという由来が左注されている。暴風雨のためついに帰国できず、朝衡と改名しながらそのまま唐にとどまって、宝亀元年（七七〇）没した仲麿の運命的な生涯から、その望郷の思いに共鳴した多くの人びとが愛誦し伝承したものであろう。

土佐日記にもこの話を引き、初句を「青海原」と改めて載せている。その改作は「その月は海よりぞ出でける」という土佐日記の本文に照応させたからであろうか。一首の意味は明快、調子も直線的、初句と第二句は万葉集の山部赤人の富士山を詠んだ長歌にそのまま用いられており、結句の「かも」も古体である。百人一首の中では、古風であり純直であるという点で目立つ歌である。

今日とちがって、情報にもうとく、文通も困難であった古代では、大陸への渡海は命がけであった。それだけに、故国の「春日なる三笠の山に出でし月」と同じ月に対して、望郷の思いの切なるものがあったであろう。月の世界を人間が踏むような世になっても、月に対する神秘感や月に寄せる心にそう変るはずはない。この歌を通して、仲麿の心をわれわれの心ともすることができる。

8 喜《き》撰《せん》法《ほう》師《し》

わが庵《いほ》は　都のたつみ　しかぞすむ
世をうぢ山と　人はいふなり

〔口語訳〕わたしの庵《いおり》は都の東南で、このように心静かに住んでいる。ところがここを、世の中を住みづらく思って隠れ住む宇治山だと、そう世間の人は言うそうな。

〔語釈〕

○たつみ―東南の方角。

○しかぞすむ―このように住んでいる。「然《しか》ぞ住む」であるが「鹿ぞ住む」を言い掛けたと見る説もある。

○世をうぢ山―世を住み憂《う》く思って、ここに隠れ住む宇治山。「憂《う》し」と「宇治山」とを言い掛けている。「宇治山」は、京都府宇治市の東部にあり、いま喜撰が岳《たけ》と呼ばれている。

○人はいふなり―世間の人は言うそうだ。

〔作者〕六歌仙のひとり。しかし伝承的な人物で、生年没年はもちろん伝記などすべて不明である。

〔出典〕古今集巻十八、雑下（九八三）

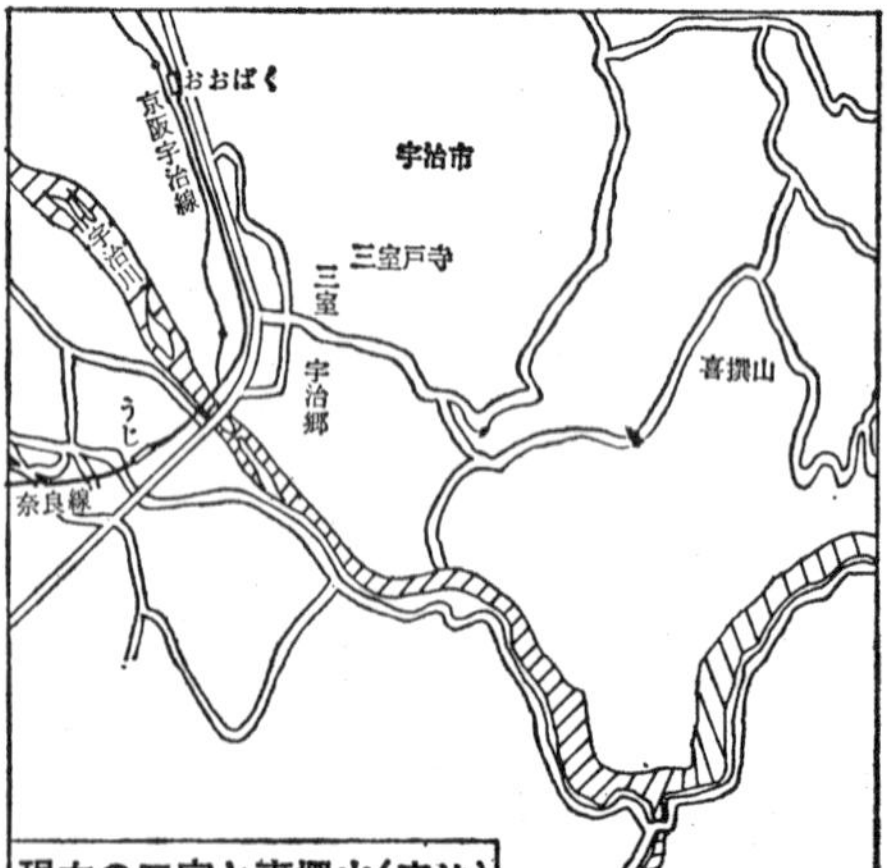

現在の三室と喜撰山(宇治)

〔鑑　賞〕

大東文化大学学長　佐伯梅友

初めの二句は、古今集でこの歌の前にある「わが庵は三輪の山もと」と同じだとすると、上の句は二文から成ると見られるが、意味的にも調子の上からも、「都のたつみにて」という気持ちで、「しかぞすむ」と一つになると考えるほうが、落ちつきが良さそうである。

下の句に「わが庵は」が響くのではなくて、「この地を」という気持ちが、ことばとして言われずにあると見るほうが良いだろう。

「しか」に「鹿」をかけたと見るべきだとする説もあるが、今でこそ鹿は珍らしいけれども、この時代としては、他にもいくらもいたようで、特に宇治山で自慢になるものとも思われないから、この作者が、特に鹿をかけて言うつもりであったようにも思われない。

この歌は、どういう場合に作られたのかわからないけれど、自分の住居を教えるのが目的ではなくて、自分は世を憂しとしてこの山に住んでいるわけではない、という気持ちを表明するのが主であると思われる。「人も言ふなり」ではなくて、「人は言ふなり」だということが、重要であって、そこから、「だが、自分にとっては、ただの宇治山であって、世をうぢ山なんかではないんでさあ」といったような余情が感じ取られるわけである。

9 小《お》野《のの》小《こ》町《まち》

花の色は　うつりにけりな　いたづらに
わが身世にふる　ながめせしまに

〔口語訳〕桜の花の色は、あせてしまった……むなしくも、長雨が降り続いた間に、そうして、世を過ごすことで、わたしがもの思いをしていたうちに。

〔語釈〕
○花の色―桜の花の色。美しい容色の意も含めたと見られるが古今集でも春の歌としており、軽く見ておく程度にしたい。
○いたづらに―むなしく。「うつりにけりな」「ふる」「ながめせし」のうちどの語句にかかるのか古来説が一定しない。
○世にふるながめ―世に処するについての物思いの意と、降る長雨の意とを、からませた表現。

〔作者〕六歌仙のひとり。小野氏出身の宮中に奉仕した女性と見られ、古今集以下にかなり多くの歌を残して有名であるが、生没年はもちろん正体不明である。

〔出典〕古今集巻二、春下（一一三）

小町物
説話集や歌論書の中に伝えられている小野小町に関する伝説を主題として作られた作品のこと。謡曲における小町物は
○鸚鵡小町（おうむこまち）
　三番目――阿仏鈔、十訓抄
○通小町（かよいこまち）
　四番目――歌論議、古事談、江家次第
○草子洗小町（そうしあらいこまち）
　三番目――続古事談
○関寺小町（せきでらこまち）
　三番目――玉造小町子壮衰書
○卒都婆小町（そとばこまち）
　三番目――玉造小町子壮衰書

〔鑑　賞〕　国学院大学教授　高崎正秀

古来、小野小町か衣通姫か、と並称され「小町」は美姫の代名詞であった。「あはれなるやうにて強からず、謂はゞよき女の悩める所あるに似たり」で、美人薄命の代表、誰でもなよ〳〵とあえかに、歌麿風の面長美人を想像するらしい。あれは近世の櫛・簪・笄ででか〳〵めかし立てた髪形でこそ見られるので、丸顔では漫画になってしまう。中国では楊貴妃か李夫人かというが、これは「温泉水滑洗ニ凝脂ニ」というからには、丸顔の餅肌であろう。出羽郡司の娘という説は眉唾としても、薬師寺の「吉祥天」とにらみ合せて、小町も色白で下脹らみの丸顔――秋田型の美人としておこう。宮女はおすべらかしで、歌麿式の長身細面では、何のことはない、幽霊だ。絵画きも閉口して、六歌仙の絵は小町だけは背向《うしろ》きにして、顔は描かない約束だそうだ。

併し、古代では美人という概念は、今日とはまるで違っていた。衣通姫の時代は、呪力《マジックパワー》の強い巫女（神に奉仕する女性）が美人であった。神との交流は「歌」によるから、小町の時代まで下ると、歌の上手が美人だ。業平が美男だというのも、歌に巧みだから美男子なので、御両人を今風に美女美男と見ると、歌の鑑賞も狂って来る。この歌、そろ〳〵小肥りの中年女の悶々の情。奈行音が多いので柔かい調子だが、ねばり強く、男にすきを見せない「女房歌」の伝統で、掛詞・縁語の雁字搦め。貫之評とはうらはらに存外芯が強く、あわれげのない歌だ。

10 蝉《せみ》丸《まる》

これやこの　行くも帰るも　わかれては
知るも知らぬも　逢坂《あふさか》の関

〔口語訳〕これがあの、東国へ行く人も都へ帰る人も、ここでいったん別れては、またお互いに知る人も知らない人もここで出逢《あ》うという、その逢坂《おうさか》の関なのだ。

〔語釈〕

○これやこの―これが（名高い）あの。

○行くも帰るも―行く者も帰る者も。「行く」とは東国へ行くのであり、「帰る」とは都へ帰るのである。

○わかれては―あとの「逢ふ」に続く。後撰集は「別れつつ」。

○逢坂の関―滋賀県大津市の西、逢坂山に置かれていた関所。都と東国方面を結ぶ道の要所に位置し、三関の一とされた。この歌では「逢ふ」を言い掛けている。

〔作者〕平安時代前期の伝承的な人物。琵琶《びわ》の名手で逢坂山に庵を結んだと伝えられるが、生没年をはじめ伝記は不明。

〔出典〕後撰集巻十五、雑一（一〇九〇）

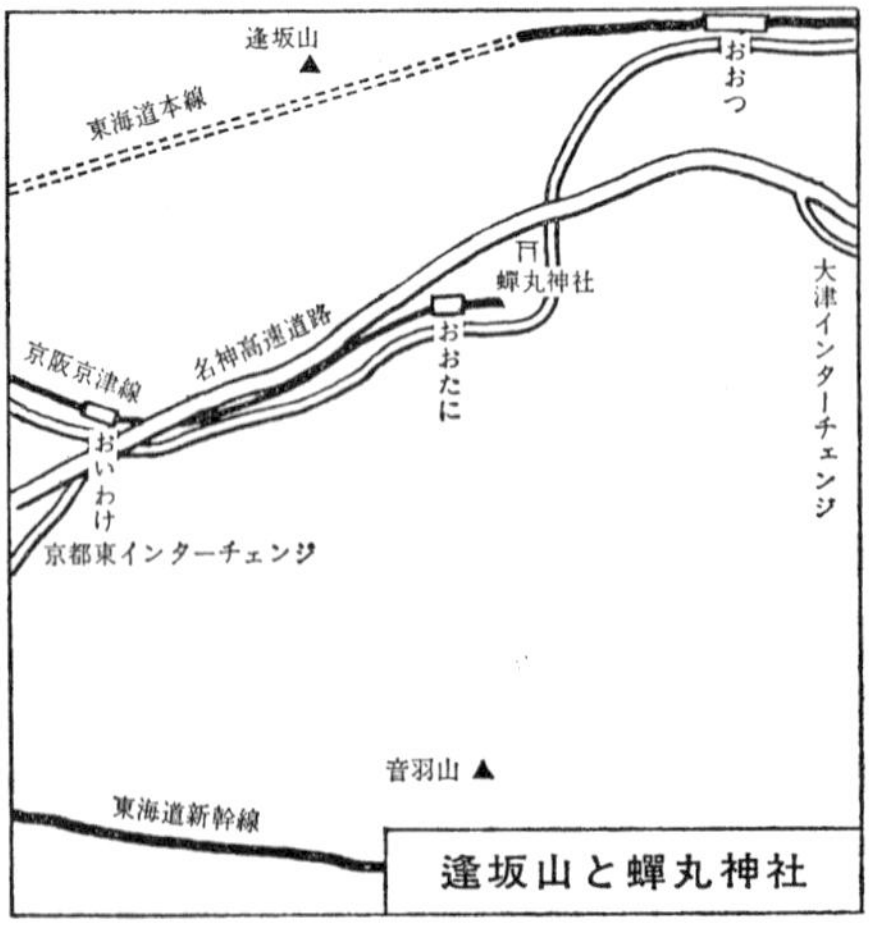

逢坂山と蝉丸神社

〔鑑　賞〕

国学院大学教授　臼田甚五郎

蟬丸が盲人だとしるした文献で早いものは、『今昔物語集』巻第二十四の第二十三話である。宇多天皇の第八皇子たる式部卿宮敦実親王の雑色だったが、盲目となって逢坂の関に庵を造って住んだ。源博雅が京都から逢坂の関にかよって、三年という八月十五夜、遂に秘曲を伝授された。『今昔』が盲《めしい》の琵琶は蟬丸から世に始ったと語り伝えているのが重要である。

取り敢えず手もとにある近世の地誌『諸国案内旅雀』〈貞享四年版・すみや書房影印〉巻一をひらいて見ると、京から大津まで三里とある。夜這《よば》いなら往復数里を通いつづけられないことも聞くが、三年というのはやはり話の型であろう。この『旅雀』にも、蟬丸を関の明神と申して祀ったことを詳記しているが、それに併せて狂気して乞食の百年《ももとせ》の姥《うば》となり、逢坂の関の左なる関寺の辺に草の庵を結んで往き来の人に物を乞うていた話を載《の》せている。逢坂の関とは宗教的芸能人の活動する境であった。

歌は人の心のあふれ出て来るものである。歌の分らなさも心の主体たる人間に帰して考えなければならない。蟬丸の歌も、逢坂の関で琵琶を弾《ひ》く盲目の乞食にもどしてゆくと、世間離れの芸能人が世間の人に呼びかける漂泊的人生観の歌だった。そう見ると、〈これやこの〉の発語に始って、〈行く〉〈帰る〉・〈知る〉〈知らぬ〉の対句も、単なる技巧としてではなく、乞食の悲傷詠嘆としておもしろみがにじみ出てくる。

11 参《さん》議《ぎ》篁《たかむら》

わたの原　八十島《やそしま》かけて　こぎいでぬと
人には告げよ　あまのつり舟

〔口語訳〕海原を多くの島々をめざして漕ぎ出して行ったと、そう都の人には告げてくれ、漁夫の釣舟よ。

〔語釈〕

○わたの原―海原。大海。「わた」は海。

○八十島かけて―多くの島々をめざして。「八十」は実数ではなく、多数を示すのに使われた。詞書きによれば作者が隠岐《おき》に流罪に処せられた時の歌で、当時は難波《なにわ》（大阪）から乗船して瀬戸内海経由で隠岐に向うので、「八十島」はその途中に散在する島々である。

○あま―漁夫。

〔作者〕小野《おの》篁。漢学者で文才があったが、遣唐副使になった時に大使の処置を怒って抵抗したことで隠岐に流された。のち許されて参議に昇進。八〇二―八五二。

〔出典〕古今集巻九、羇旅《きりょ》（四〇七）

八十

⑪の場合、実の数をいうのではなく、ただ数が多い意を表わす。五百＝いほ、八百＝やほ、千＝ち、三千＝みち、八千＝やち、万＝よろず、なども数の多い意を表わす。

八十氏＝やそうぢ　　八十日＝やそか
八十楫＝やそか　　八十影＝やそかげ
八十神＝やそがみ　　八十国＝やそくに
八十隈＝やそくま　　八十坂＝やそさか
八十島＝やそしま　　八十瀬＝やそせ
八十梟師＝やそたける　　八十綱＝やそつな
八十伴緒＝やそとものを　　八十葉＝やそは
八十魂神＝やそみたまのかみ
八十山＝やそやま

〔鑑　賞〕

関西学院大学教授　実方　清

遠島流謫の身となり、家に老母をおいて一人一片の漁舟に身を託して遥けくも遠い隠岐の島へと護送されるため難波の港を船出した時に小野篁が悲しくも詠んだ歌である。仁明天皇の承和五年遣唐使の事があり、藤原常嗣が大使に、小野篁が副使となったとき大使の船が損じたので副使の船と取り替えたので篁は怒って副使を辞退し、更に西道謡を作って遣唐使のことを刺ったため天皇の忌諱にふれて死一等を減じて庶人とされ隠岐に流罪された。このとき役人に護送されて京より難波につき、そこから小舟にのせられて瀬戸内海の島々の間を通り関門海峡を出て日本海に入り隠岐の島へと長い舟路を辿るのであった。この数多い島を巡りながら瀬戸の海を行くので「やそ島かけて」と歌ったのである。わが身のことは、小舟にのせられて島々の間を航行して果てしない海の彼方へ行くのにも似て流謫の孤独が待つのみであり、その悲しさと孤愁とを秘めて詠われている。そして難波の港を出たそのとき流人の身であるため護送されて行くので公然と京の人々に音信することも叶わないので「人には告げよ」という詠出をしたのである。「人に」ではなく「人には」と詠んだ意味が痛切である。この人は家人のことであり、特に老母をさしていることも感じられる。老母を残して万里流謫の身となり、遠い隠岐の島で一生を送る身を思うと、この歌の中に秘められた感懐は切々として深く感じるものがある。けだし格調の高い情感のこもったすぐれた一首であるといえる。

12　僧《そう》正《じょう》遍《へん》昭《じょう》

天《あま》つ風　雲の通《かよ》ひ路《ぢ》　吹きとぢよ
をとめの姿　しばしとどめむ

〔口語訳〕空吹く風よ、雲間の通い路を吹いてとざしてくれ。天女の姿を今しばらく地上に引きとめたいと思う。

〔語釈〕

○天つ風—天の風。「つ」は助詞で「の」と同意。

○雲の通ひ路—雲の間の天への通路。

○をとめ—ここでは五節《ごせち》の舞姫を天女と見なしている。五節の舞姫は、陰暦十一月に宮中で行われた豊明節会《とよのあかりのせちえ》（新嘗《にいなめ》祭の後天皇が新米を食し群臣にも賜わった式）で舞う五人の少女。この舞は、天武天皇の吉野行幸の時に天女が現われて舞ったのに基づいて始められたという言い伝えがある。

〔作者〕俗名は良岑宗貞《よしみねのむねさだ》。仁明《にんみょう》天皇に仕え蔵人頭《くろうどのとう》になったが、天皇がなくなられたのを悲しんで出家、遍昭と称し、のち僧正に任ぜられた。六歌仙のひとり。八一六—八九〇。

〔出典〕古今集巻十七、雑上（八七二）

五節会

元日節会（がんじつのせちえ）一月一日
天皇が豊楽殿にお出ましになり、元日を祝って群臣に宴を賜わった儀式。

白馬節会（あおうまのせちえ）一月七日
天皇が宮中で、馬寮から庭に引き出した白馬をご覧になり群臣に宴を賜わった儀式。

踏歌節会（とうかのせちえ）一月一四～一六日祝歌を歌いながら足踏みで拍子をとって舞う儀式。群臣に宴を賜わる。

端午節会（22ページ参照）

豊明節会（とよのあかりのせちえ）十一月中の辰の日

新嘗祭（いまの勤労感謝の日）の翌日、天皇が新穀をめしあがる儀式で群臣にも賜わった。

〔鑑　賞〕　二松学舎大学教授　岡　一男

遍照は在原業平・小野小町らとともに六歌仙のひとりで、彼らとも交遊があった。この歌は古今に「五《ご》節《せち》の舞姫を見てよめる　良岑宗貞《よしみねのむねさだ》」と、題詞がある。五節は中古宮廷で大嘗会・新嘗祭におこなわれた五人の舞姫による歌舞で、毎年十一月中《なか》の丑の日（丑の日が三つある場合は上《かみ》または下《しも》の丑の日）から、寅・卯・辰の四日にわたり、諸儀があるが、辰の日の豊明節会《とよのあかりのせちえ》の五節の舞が晴れの儀で、もっとも見物《みもの》であった。この舞は、昔天武天皇が吉野の宮で、ある夕方琴《きん》を弾いておられると、俄かに前峰の洞穴《ほらあな》から雲気がたちのぼり、神女が髣髴《ほうふつ》として現われ、「をとめども　をとめさびすも　唐《から》だまを　袂にまきて　をとめさびすも」と、御琴の曲にあわせて五度《いつたび》袖をあげて歌舞したのが、はじまりだという伝説があった。宗貞――良少《りょうの》将は、この伝説をふまえて、舞《まい》終わって退場する舞姫たちに思わずアンコールしたくなって詠んだ歌である。若き日の作者のロマンチックな感傷と蕭洒で高襟《ハイカラ》的な貴公子ぶりがよく出ている。彼が若くして蔵人頭になりえたのは、家学をついだからであり、嘉祥二年（八四九）仁明天皇が宝算四十の賀をうけられた年の四月二十八日渤海国使の入京を迎えて勅使として鴻臚館で慰労した。容儀がうるわしく、才学優れ業平の先行者たる貫録十分であった。ただこの二月後に長兄の良岑木《い》連《たび》が不遇で卒去しており、仁明天皇もご不例がち、翌年の春崩ぜられるが、この歌は天皇最後の新嘗祭の豊明の詠とみると感が深い。

13　陽《よう》成《ぜい》院《いん》

つくばねの　峰《みね》より落つる　みなの川
恋ぞつもりて　淵《ふち》となりぬる

〔口語訳〕筑波山の峰から落ちる水がやがてみなの川になり、末は淵となるように、わたしの恋心もしだいに積もり積もってこよなく深いもの思いになってしまった。

〔語釈〕
○つくばね—筑波山。茨城県にあり男体《なんたい》・女体《にょたい》の二峰をもつ。
○みなの川—筑波山から出て、そのふもとを流れる川。ここは前の「峰よりおつる」に続く「水」を「みなの川」の「み」に響かせたと見たい。
○恋ぞつもりて—恋心が積もり積もって。水の意の「こひ」を言い掛けたという説もある。
○淵—深く水のよどんだ所。「瀬」に対する語。

〔作者〕第五十七代の天皇。清和天皇第一皇子。十歳で即位、在位八年で病気のため譲位。八六八—九四九。

〔出典〕後撰集巻十一、恋三（七七七）

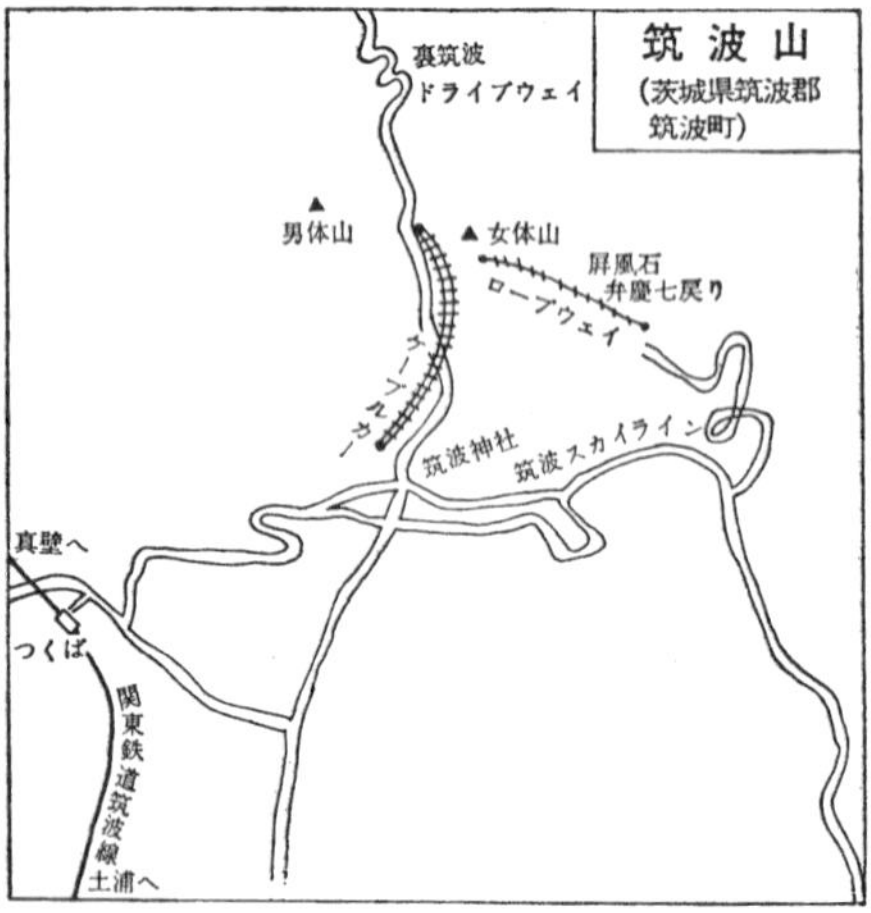

〔鑑　賞〕

国文学研究資料館教授　大久保　正

この歌、出典である『後撰集』恋三には、「釣殿のみこに遣しける」の詞書がある。「釣殿のみこ」は、光孝天皇の皇女綏子《すいし》内親王で、内親王はやがて陽成天皇のもとに入内されているから、作者の「淵となりぬる」（『後撰集』、『百人一首』古写本「なりける」）恋の思いはついに叶えられたわけであるが、いつ、どんな事情でこの歌が綏子内親王に贈られたかはわからない。また陽成院の勅撰集入集はこの一首のみで、その和歌の性格を院の境涯と結びつけて理解することも困難だ。しかし、そうした私小説的穿鑿《せんさく》はこの歌の鑑賞には無用であろう。切実な恋の体験がこの歌の背後に潜められていようとも、この一首は既に実生活から捨象された、「恋」のイメージによる完璧《べき》な美的虚構の世界を構築しているからだ。しかも「恋」のイメージの醸し出す美が逆に生活を規制し、貴紳の生活を彩ったところに王朝のみやびの理想があったのだ。筑波山は古代歌垣（かがい）の行われた地として名高い。庶民の自由な恋が叶った異郷東国の世界が、貴紳の美のヴェールを透かして、ほのかな憧憬を誘うような趣きが上句にはあり、その調べにも謡い物の流れをひくような快さがある。下句は、誇張に過ぎるという批評もあるが、しかし恋が積り積って底知れぬ淵となるという、その「淵」という語感には、底知れぬ恋の不可思議な運命を象徴する風がある。『百人一首』に入ったのは定家の選出によろうが、新古今美の先駆が確かにこの歌にも認められるようである。

14 河《か》原《わらの》左《さ》大《だい》臣《じん》

みちのくの　しのぶもぢずり　誰《たれ》ゆゑに
乱れそめにし　われならなくに

〔**口語訳**〕みちのくのしのぶもじずりの模様の乱れのように、わたしの心は乱れているが、それはほかならぬあなたのためにわたしの心は乱れ初めたのだ。

〔**語釈**〕
○みちのく―東北地方のほぼ東半分の地域。道の奥の意。
○しのぶもぢずり―染料用の草木をすりつけて模様を染めた布の一種。シノブグサを用いたのが名の由来かと思われるが、福島県の信夫《しのぶ》の名産とされたのも、古くからのことである。その模様が乱れているので、ここまでは「乱れ」の序詞。
○われならなくに―わたしではないことだ。

〔**作者**〕源融《みなもとのとおる》。嵯峨《さが》天皇の皇子で、臣籍に下った。河原の院と呼ばれた邸宅に、奥州塩釜の風景を模した庭園を造り、海水を難波から運ばせたという。のち左大臣。八二二―八九五。

〔**出典**〕古今集巻十四、恋四（七二四）

〔鑑賞〕

東北大学教授　北仕敏夫

河原左大臣と呼ばれた源融は、京都の邸宅河原院に、みちのくの名所として知られた塩釜の浦の景色をかたどった庭を作り、毎日潮水を運び入れ、塩を焼き煙を立てさせたという。その融が、同じくみちのくの信夫の里から産したといわれるしのぶもじずりを歌に詠み入れたのは、偶然ではないであろう。

この一首は、しかし、恋の心を詠んだものであって、「みちのくのしのぶもぢずり」はその心の「乱れ」をいうために、序詞として使われたのにほかならない。といっても、それは単なる形式的なレトリックではなく、乱れた心の状態の比喩となり、それを具象的に表現する上で有効なはたらきをしている。わが心はしのぶもじずりのように乱れてしまったが、それは他の誰のためでもないと、相手（女）をなじるのに間接的ないい方をしながら、それがかえって切実なひびきを持っているところに、この歌の妙味がある。

『伊勢物語』の第一段に、この歌の心持を踏まえて詠んだ「かすが野の若紫のすり衣しのぶの乱れ限り知られず」という歌が見えるのを初め、この歌は多くの人々に親しまれて恋の歌の本歌に用いられた。後世、これに因んで信夫の里にもじずり石の伝説が生れ、芭蕉も『奥の細道』の旅にその石を尋ねている。

15 光《こう》孝《こう》天《てん》皇《のう》

君がため　春の野に出《い》でて　若菜《わかな》つむ
わが衣手《ころもで》に　雪はふりつつ

〔口語訳〕あなたに贈るために春の野に出て若菜をつむ、そのわたしの袖に春の雪が降っている。

〔語釈〕

o君がため―あなたのために。「君」という対称の代名詞は、上代には主として男性に対して用いられたが、中古以後には親しい男女間相互に用いられた。

o若菜―早春に新しく生えた食用になる草。セリ・ナズナ等、いわゆる春の七草なども含まれる。

oつつ―この場合のように文末に使われると、反復継続の意味のほかに、余情を伴うことになる。

〔作者〕第五十八代の天皇。仁明天皇の第三皇子。陽成天皇の譲位後、数え年五十五歳で即位、在位三年半でなくなられた。八三〇―八八七。

〔出典〕古今集巻一、春上（二一）

七草

むかし中国で、正月の初めの子の日、岡に登って四方を望む風習や、若菜を食する風習があり、そこからこの日、野に出て若菜を摘む「子の日の遊び」が起ったといわれる（「子日宴」とも）。その後、正月七日に七種の若菜を食する風習も伝わり、のちには「子日宴」に代わって七日の七草のほうが栄えるようになった。

春の七草　せり　なずな　ごぎょう　はこべ　ほとけのざ　すずな　すずしろ
なお秋の七草は　はぎ　すすき　くず　なでしこ　おみなえし　ふじばかま　ききょう

歌人 土屋文明

〔鑑賞〕

作者光孝天皇は、五十四歳で即位ということであるから、これは即位前のまだ年若い頃のお歌であろう。「君がため」はいうまでもなくガールフレンドを指しているのだろう。もっとも「君がため」という句は、万葉時代にも用いられているのだから、この頃はすでに歌言葉となって、あまり実感は伴なわれないものとなっていたのかも知れない。「人にわかな給ひける御うた」とあるそうだが、それによれば何もガールフレンドをもちだすにも及ぶまい。後に、五十四の皇子を即位に尽力するような親しい臣籍の有力なる友人と見てもよいだろう。もっとも「人」という言葉は、古くから随分いろいろに使われるが、歌では愛人を指すことが一番多いようだ。それ故、私の最初の考え方も決して無理とはいえないだろう。「ふりつつ」というのは、無論詩的強調であって、まだ雪のあるのにという位の意と見ればよい。一首はなだらかな調子であり、とどこおるところがない。「君がため」は、いわば、古今集時代の、一番よい特徴を一番よくあらわしている歌ということになるだろう。「君がため山田のさはにゑぐつむと雪消の水にものすそぬれぬ」は、万葉のおそらくは農民の歌であろうが、歌となると農民も天皇もひどくかけはなれて感じられないのは、我々が庶民たるためであろうか。それとも、歌の世界となれば、農民も権力者も差別が縮められてしまうということによるのであろうか。かるたを遊ぶ人などは、作者の如きは意識しないのであろうが、それがよいと思う。

16　中《ちゅう》納《な》言《ごん》行《ゆき》平《ひら》

立ちわかれ　いなばの山の　峰《みね》に生《お》ふる
まつとし聞かば　今帰り来《こ》む

〔口語訳〕わたしはあなたと別れて因幡《いなば》の国へ行くが、その後都でわたしを待つということを聞けば、すぐに帰ってこよう。

〔語釈〕

○いなばの山—因幡《いなば》の国（鳥取県東部）の稲羽《いなば》の地にある山。作者は因幡守になっており、その赴任先の国府は、稲葉《いなば》山のふもとに近い位置にあった。ここでは地名の「いなば」に、「立ちわかれ去《い》なば」の「去《い》なば」を言い掛けている。

○まつとし聞かば—都で自分の帰りを待ってくれると聞けば。「し」は強めの助詞で、「まつ」は「待つ」の意であるが、いなばの山の峰の「松」を言い掛けた表現。

〔作者〕在原《ありわら》行平。平城《へいぜい》天皇の皇子阿保《あぼ》親王の第二子。諸官を歴任したのち、中納言になり民部卿《みんぶきょう》を兼任した。その邸で行われた「在民部卿家歌合《うたあわせ》」は現存最古の歌合。八一八—八九三。

〔出典〕古今集巻八、離別（三六五）

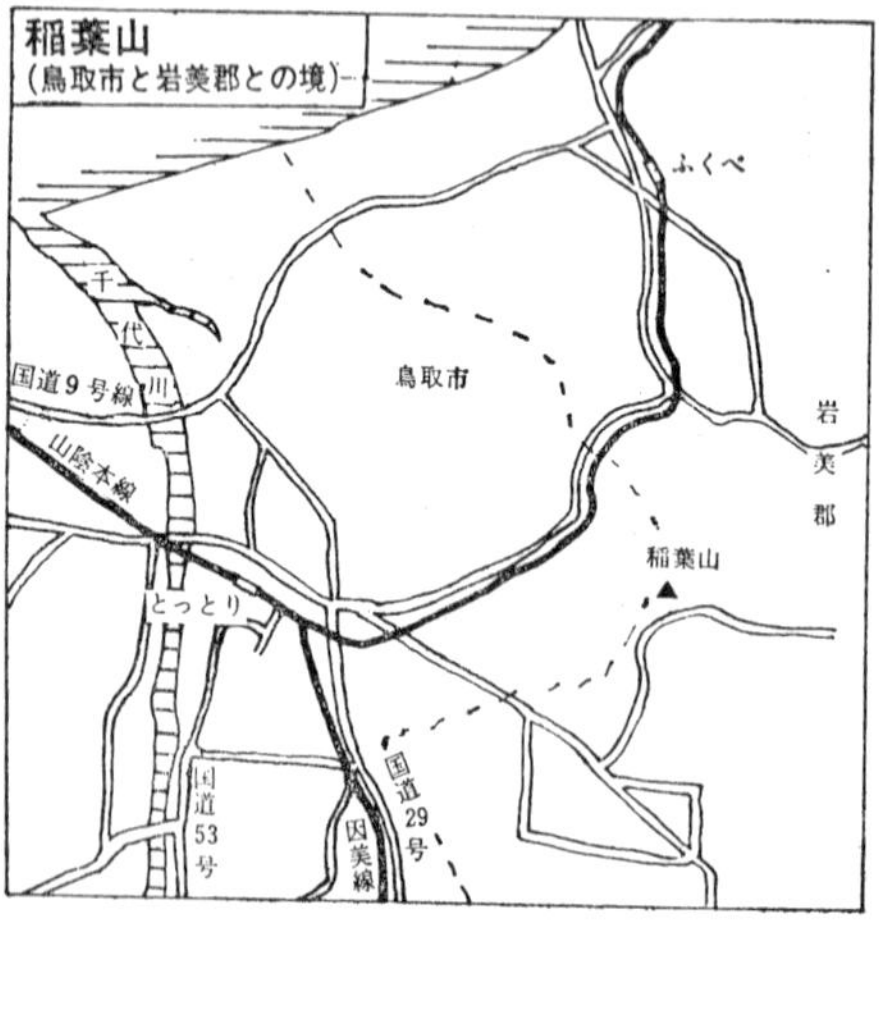

〔鑑賞〕

専修大学教授　早坂礼吾

文徳実録に、「斎衡二年正月、従四位下在原朝臣行平為ル二因幡守ト一」とあるので、作者の赴任の際の別離の歌であろう。寛平五年（八九三）七十六歳で歿したという説をとれば、斎衡二年（八五五）は作者三十八歳である。この外「古今集」には行平の歌は三首あるが、

春のきる霞の衣ぬきをうすみ山かぜにこそみだるべらなれ　（巻一―二三）

こきちらすたきの白玉ひろひをきて世のうき時の涙にぞかる　（巻十七―九二二）

のように、着想の面白さで「八雲御抄」に賞賛されたものと、

わくらばに問ふ人あらばすまのうらにもしほたれつつわぶとこたへよ　（巻十八―九六二）

のようにしみじみとした味わいのあるものとがある。「立ちわかれ――」はその両面にまたがるもので、「いぬ」とかけた「いなばの山」で行く先を示したり、峰の「松」に「待つ」をかけるような技巧の目だつ中で、作者の別離の悲しみというよりもむしろ残される者の悲哀を慰めようとする思いやりが感じられて面白い。特に「今帰り来む」の「今」は、現実には到底直ちに帰来できぬ距離や、許される筈のない事情を知りぬいている作者の悲しみにゆがんだほほ笑みを感じさせる。そうすると先のきらきらした技巧が単なる技巧としてだけでなく、重症患者を慰める時によく用いるユーモアがウイットのように感じられて、裏面に秘められた悲しみがにじみでてくるように思われる。

17　在原業平朝臣《ありわらのなりひらのあそん》

ちはやぶる　神代《かみよ》も聞かず　竜田川《たつたがは》
からくれなゐに　水くくるとは

〔**口語訳**〕ふしぎな事の多かったという神代にも、こんなことがあったとは聞かない、――竜田川で、まっかな色に水を絞り染めにするなどとは。（紅葉が流れる！）

〔**語釈**〕

○ちはやぶる―「神」にかかる枕詞。

○竜田川―奈良県生駒《いこま》郡にある川。紅葉の名所。

○からくれなゐ―濃い紅色。

○水くくる―水をくくり染めにする。くくり染めは、絞り染めと同じで、布地の一部を絞って模様を出す染め方。ここでは川面を流れる紅葉がおのずと模様を作る様子を言っている。

〔**作者**〕阿保親王の第五子。在原行平の弟。中将になったので在五中将と言われた。多感多情の人であったらしく、すぐれた歌人で、六歌仙のひとりに数えられる。八二五―八八〇。

〔**出典**〕古今集巻五、秋下（二九四）

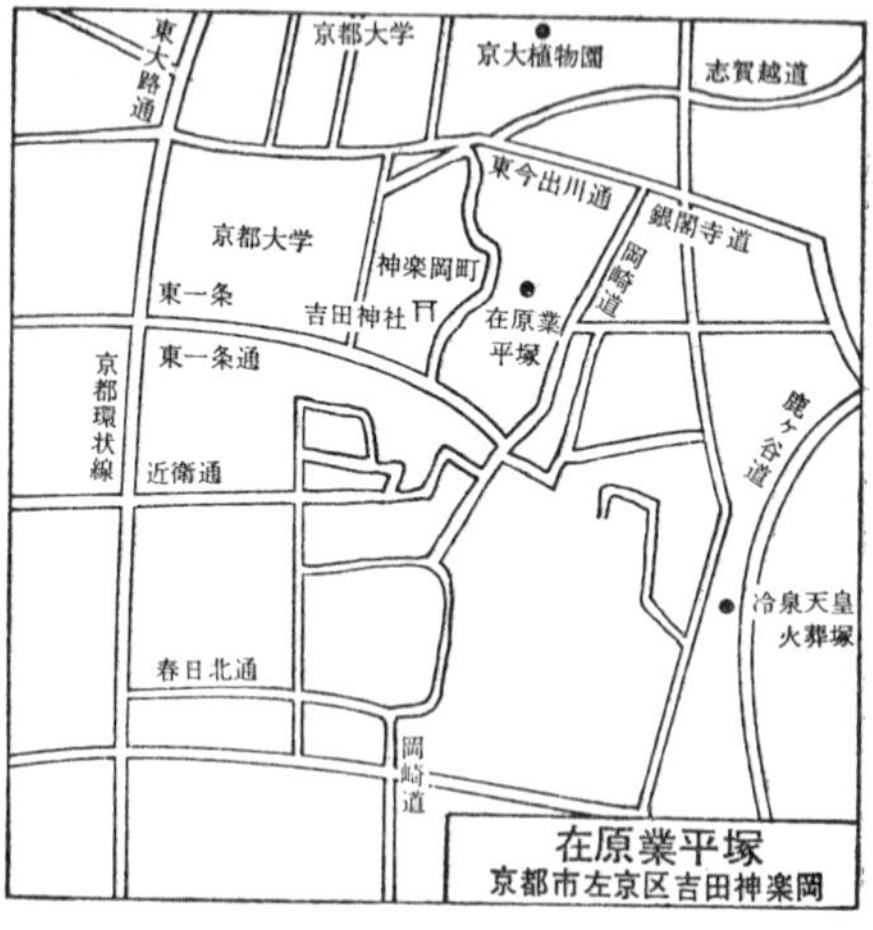

〔鑑　賞〕

慶応義塾大学教授　池田弥三郎

東京生れのわたしなどには、竜田川という川の名には、何の郷愁も思い出もない。小さいときから相撲好きだったわたしは、もちろん、落語の「ちはやふる」などとは関係なしに、相撲取りの名を連想していた。その頃の相撲は、素朴に、民俗の伝承を遺していて、山野の精霊を示して、名には、大てい山か川が付いていたからだ。その上、「水くくる」は、百人一首の読み手は、「水くぐる」と読んでいたから、全く違う想像的解釈を、この歌についてしていたわけだ。

おぼろげに、正しい意味を感じ出すようになってからは、あまりこの歌について、同感をそそられることがなかった。神代が出て来たり、からくれないが出て来たりするのが、何か子ども心には、ものものしかったのだろう。宝塚少女歌劇が、劇団員の少女の名に、百人一首からとった名をつけていた時代で、天津乙女や雲野かよ子などという名があったので、半分わかったような感じで、神代錦という名は、この歌に拠るものとばかり思っていた。竜田川とあれば、何となく錦を感じさせられたものと思う。

はっきりとこの歌をよむようになってからは、作者が在原業平であることを持ちこんで、業平の歌にしては、心あまりて詞たらずのところがなくて、案外いいではないか、と思うようになった。幼い、子どもっぽい心で、自然美に対するのが、古今集時代の作意だったから、この歌はその点、時代の先取りをした、新鮮なものだったのだと思う。

18 藤原敏行朝臣《ふじわらのとしゆきのあそん》

すみの江の　岸による波　よるさへや
夢の通《かよ》ひ路《ぢ》　人めよくらむ

〔口語訳〕昼はともかく夜までも、夢に見る恋の通い路で人目を避けているのは、なぜだろうか。

〔語釈〕
○すみの江—大阪市住吉《すみよし》区の海岸。
○岸による波—岸に打ち寄せる波。「…岸による波」までは、ヨルという音のつながりで次の「夜」を言いだす序詞。
○よるさへ—夜まで。昼はしかたがないが、という気持。
○夢の通ひ路—夢の中で恋人のもとへ通う道。
○人めよくらむ—人の見る目を避けているのは、なぜだろう。「よく」は、よける意。

〔作者〕歌人であるとともに、書道にもすぐれ有名であった。さまざまの官職を歴任した後、最後は右兵衛督《うひょうえのかみ》になっている。?—九〇一?

〔出典〕古今集巻十二、恋二（五五九）

むすめふさほせ

カルタの読み方は、前の歌の下句と次の歌の上句とを続けて読む。その場合、前の歌の下句の最後の音を伸ばしながら、次の歌の上句の第一音に入る。その瞬間が勝負である。
例えば「む」の音ではじまる歌は一首しかいないから、「む」の音を聞くか聞かないかのわずかの瞬間に「きりたち……」の札に手が走る。だから読み手もよほど熟練しているものでなければ勤まらない。
このように、第一音が同じ音ではじまるのがない札のことを「一枚札」または「一字きまり」の札といって、全部で七枚ある。それを〝むすめふさほせ〟として覚える。

〔鑑　賞〕

専修大学教授　松田武夫

お正月が近づくと、百人一首のかるたとりをするのが、私の小学・中学生のころの年中行事だった。百人一首中、一枚札というのがあって、冒頭の一字が、「む・す・め・ふ・さ・ほ・せ」で始まる。「すみの江の岸による波よるさへや」の歌も、その中の一つだった。素早く取り札を取る人は、「すみの江の」の「す」一字を耳にしただけで、手が「夢の通ひ路人めよくらむ」の取り札をはねていた。かるたとりは室内ゲームだから、勝たなければならない。勝つためには、百首全部暗誦しなければならなかったから、百人一首のかるたとりをやる小・中学生は、百首の歌全部を暗記していた。しかし、「すみの江の岸による波よるさへや」と、読み手が読みあげても、「住の江の岸による波」が「よるさへや」の序詞で、その「よる」が「寄る」と「夜」の掛詞になっていることなどは、全然知らなかった。しかし、なんとなく口調がよく、リズミカルに聞こえる言葉だということはわかっていた。ところが、下の句の、「昼はもちろん、夜の夢の通い路までも、人目を、どうして避けるのだろうか」といった、せつない恋の気持など、わかるはずもなかった。全体の歌意がわかり、作者の藤原敏行という人が、古今集時代の有名な歌人であったり、同じ古今集に、小野小町の夢の歌があったり、又、新古今集に、藤原定家の甘美な夢の歌があったりして、それらが皆、和歌として、傑作であることを知ったのは、だいぶあとのことだった。

19 伊《い》勢《せ》

難波潟《なにはがた》　みじかき芦《あし》の　ふしの間も
あはでこの世を　過ぐしてよとや

〔口語訳〕難波潟の芦の、あの短い節の間のように、ほんのわずかな間でさえ、あなたに逢わずにこの世を過ごせと言われるのかしら。

〔語釈〕
○難波潟―大阪市付近の入江。昔は芦が生えて有名であった。
○みじかき芦のふしの間―芦の短い節と節の間。きわめて短い時間の形容として言った。
○世―「世」の意味が中心だが、節と節との間を「よ」というので、「芦のふしの間」と縁語になる。
○過ぐしてよとや―過ごせというのか。

〔作者〕女流歌人。父が伊勢守であった縁で、伊勢と呼ばれたらしい。はじめ宇多天皇の中宮温子に仕え、のちに宇多天皇の愛を受けた。八七七ごろ―九三八以後。

〔出典〕新古今集巻十一、恋一（一〇四九）

歌枕

古来歌の中に多く詠み込まれた名所など。

②	香具山	ほのぼのと春こそ空に来にけらし 天の香具山霞たなびく（新古今、後鳥羽院）
④	田子の浦	知らせばや恋を駿河の田子の浦 恨みに浪の立たぬ日はなし（秋篠月清、良経）
⑬	筑波嶺	君が代は白雲かかる筑波嶺の みねのつづきのうみとなるまで（詞花、能因）
⑭	信夫	いかにして知るべなくとも尋ね見む 信夫の山の奥の通ひ路（新勅撰、俊成）
⑯	稲葉山	たち別れいなばの山のほととぎす まつと告げこせかへりくるがに（金槐、実朝）
㉖	小倉山	夕月夜小倉の山に鳴く鹿の 声のうちにや秋は暮るらむ（古今、貫之）
㉞	高砂	高砂の松もむかしになりぬべし なほ行末は秋の夜の月（新古今、寂蓮）
㊷	末の松山	浦ちかくふりくる雪は白波の 末の松山越すかとぞ見る（古今、興風）
(58)	有馬山	とまるべき方やいづこに有馬山 宿なき野辺の夕暮の雨（玉葉、伏見院）
(60)	天の橋立	思ふことなくてや見まし与謝の海の 天の橋立都なりせば（千載、赤染衛門）
(72)	高師の浜	あだ波の高師の浜の磯馴松 なれずはかけてわが恋ひめやも（続古今、定家）
(78)	淡路島、須磨	淡路島はるかにみつる浮雲も 須磨の関屋に時雨来にけり（玉葉、家隆）

歌人　生方たつゑ

〔鑑賞〕

十六、七才まだ少女期を脱しないころ、伊勢は藤原温子《おんし》に仕えた。宮仕えをすることによって、伊勢の運命は決定した。それは女のもつ不思議な運命であり、愛を中心にして生きた伊勢が流されていく悲傷の流れであった。

最初の愛にやぶれた伊勢は、やがて変身した伊勢に育っていき、美貌と才気にひかれて集ってくるひとびとを、冷静に見きわめるゆとりを身につけていった。それは傷ついたものだけがもつきびしい姿勢であったかもしれぬ。ふたたび男の愛はうけまい、ときめた伊勢にとって、それは当然であった。それにもかかわらず宇多帝の愛をおうけしなければならなくなったのは、どうしたことであったであろう。藤原温子と宇多帝との間にあって、伊勢は悩んだにちがいない。寵愛をこうむった宇多帝が仁和寺にお入りになったあと、伊勢の愛の悩みは脱俗しがたいにんげんの愛にかかっていった。宇多帝の第四皇子敦慶《あつよし》親王になだれるように傾いた伊勢は、かつてのきびしい女の姿勢を捨てていた。私は今日も水の浸す浅瀬にある葦の間に立ちながら、禾本科植物のしなやかな撓みにかつての伊勢の女の姿勢を思うのであった。昔の女人の訴えをきくようにも思い、さやさやともつれ合う葉群れから、愛されるために生き、愛する日の悲しみを食べて生きた伊勢の悲鳴をきくようにも思う。王朝を生きただよった女のいのちの熱い吐息の誘《いざな》いのせいであろうか。

20 元《もと》良《よし》親《しん》王《のう》

わびぬれば　今はた同じ　難波《なには》なる
みをつくしても　逢《あ》はむとぞ思ふ

〔口語訳〕あなたとの仲が人に知られつらい思いをする上は、もうどうせ同じことだ。命をかけてもあなたに逢おうと思う。

〔語釈〕

○わびぬれば—つらい苦しい思いをしているので。

○今はた同じ—今はもう同じことだ。名は同じと見るか、つらさは同じと見るか、身を捨てたも同じと見るか諸説がある。

○難波なるみをつくしても—身を捨てても、というのが主想。「難波なる」は枕詞的に添えたことばで、難波の「澪標《みをつくし》」のことから、同音の「身を尽くし」に言い掛けたものである。「澪標」は、舟に進路を知らせるために立てる杭《くい》で、語原は「水脈《みを》つ串《くし》」と見られる。

〔作者〕陽成天皇の第一皇子。兵部卿になった。その家集には恋の贈答歌がめだっている。八九〇—九四三。

〔出典〕後撰集巻十三、恋五（九六一）拾遺集巻十二にも。

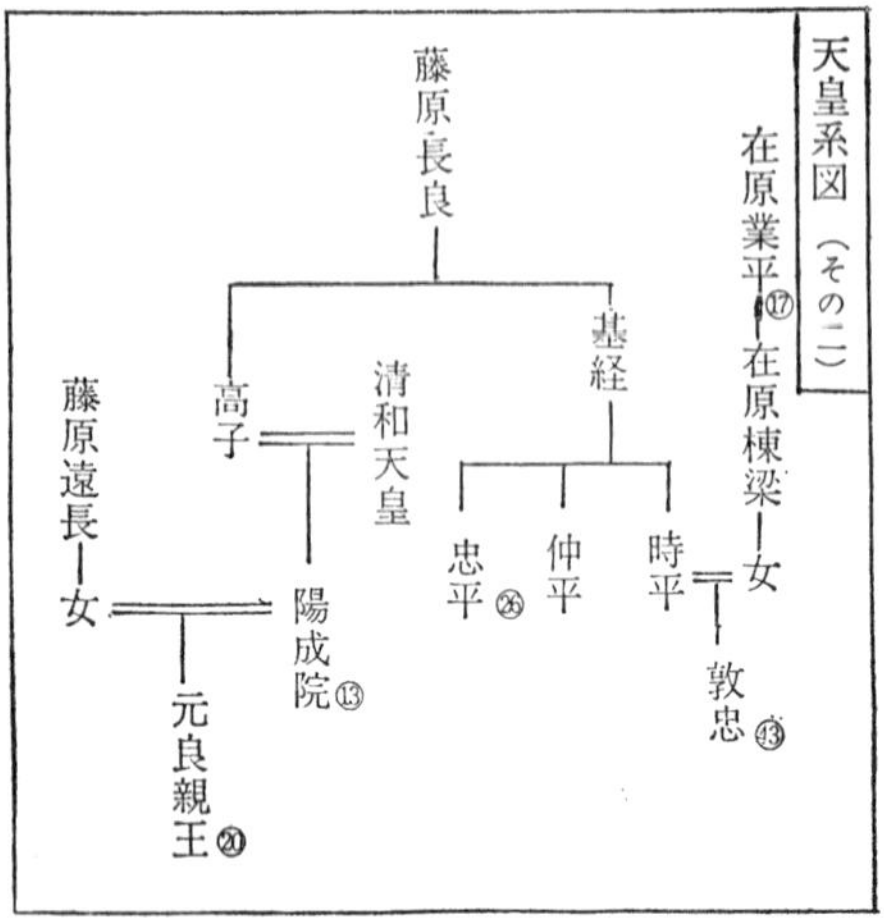

〔鑑　賞〕　東北大学助教授　松野陽一

後撰集のこの歌の詞書には「事出できて後に、京極御息所につかはしける」と記されている。宇多上皇の后であった京極御息所との密事が世に知られてしまった後に、当の相手に送った歌である。多くの女性との交情に彩られている元良親王家集の中にあっても「京極御息所を、まだ亭子院（宇多上皇御所）におはしける時、懸想し給ひて……」「夢の如逢ひ給ひて後、帝に憤み給ふて、え逢ひ給はぬを……」などの詞書をもつ、この女性との関係をうかがわせる作品は、ひときわ不倫の恋の甘美と苦悩の交錯を語って、親王の王朝的な風流好色の貴公子の面目をよく伝えているといってよい。他聞を憚る秘事ほど、当の二人の思いと苦悩とは深く濃く、露見後の社会的非難の強いほど、情はつのり、逢えぬ相手への心やりは果てしなく拡がる。二句切れで三句にややポーズを置き後は一気に思いを吐くかのような強い調べは、一見絶望的なまでの響きを含んだ情熱のほとばしりを感じさせるが、それは実は、刺すような世間の目を、より弱い立場で堪えている共犯者への、思いやりを伝えんがためのものであると思われる。女にも、危険な情熱の渕を覗きこんだ時に、事の結末は既に覚悟されていたはずだが、白日に曝されることになった今、わずかに縋れるのは、男の強い心であったろう。王道（恋はその重要な属性である）に生きる男はその沈黙の切望に応えているのである。破滅への陶酔を共有することの契いを女はどのように迎えたであろうか。

21 素《そ》性《せい》法《ほう》師《し》

今来《こ》むと　いひしばかりに　長月《ながつき》の
有明《ありあけ》の月を　待ち出《い》でつるかな

〔口語訳〕 あなたがすぐに来ようと言われたばかりに、待ったあげく、待ちもせぬ九月の夜長の有明の月が、出てきてしまいました。

〔語釈〕
○長月—陰暦の九月。秋の夜長のころである。
○有明の月—夜明けに空に消え残るようになる月。陰暦二十日ごろから後の月で、その月の出は遅い。
○待ち出でつるかな—待った結果月の出にあうことになった。
なお、この歌は恋人を待つ心を詠んでいるが、待つ身になるのは女性で、作者は女性の立場で詠んだのである。

〔作者〕 俗名は良岑玄利《よしみねのはるとし》。遍昭の在俗時代の子。はじめ官途についたが父がしいて法師にしたという。洛北の雲林院《うりん》に住み、やがて大和の石上《いそのかみ》の良因院に移った。生没年不明。

〔出典〕 古今集巻十四、恋四（六九一）

おもな月の異名

一月	睦月	初空月	霞初月	初春月	
二月	如月	梅見月	雪解月	衣更着	
三月	弥生	花見月	桜月	春惜月	
四月	卯月	花残月	卯花月	花名残月	
五月	皐月	月不見月	早稲月	早苗月	
六月	水無月	風待月	鳴神月	水涸月	
七月	文月	七夕月	女郎花月	秋初月	
八月	葉月	月見月	秋風月	雁来月	
九月	長月	菊月	紅葉月	夜長月	
十月	神無月	時雨月	初霜月	陽月	
十一月	霜月	霜降月	神楽月	雪待月	
十二月	師走	春待月	三冬月	極月	

〔鑑賞〕

同志社女子大学教授　田中順二

女の立場に立って詠むことは当時他にも例が多い。信頼させておいておとずれのない男への怨みを主情としているが、怨みのことばは表に出さず、男の口頭語を引き、それに裏切られた結果の事実のみを言っているところに技巧があって、かえって余情のある一首となっている。相手は待っても来ず、待ちもせぬ夜半の有明の月の出るのを待ってしまったというのは一種の機智で、そのころの歌の流行の歌口と見られよう。「おばこ来るかやと田圃のはずれまで出て見たば、おばこ来もせで、用もないたンばこ売りなど触れてくる」という後世の荘内おばこ節の歌口を思い出させておもしろい。同じ古今集恋五の巻の「今来むといひて別れし朝《あした》より思ひくらしの音《ね》をのみぞ泣く」という歌は「ひぐらし」という虫の名をもじって「一日中」という意に掛けてあるが、この方は単純だ。

ところが、中世になって藤原定家が、この歌に特に「長月」と断っていることからか、或いは恐らく歌を物語めかす嗜好からか、数月来待つ夜を重ねたという意だと言ってから、それが通説となった。古今六帖に「今来むといひしばかりにかけられて人のつらさの数は知りにき」という歌があり、これはすぐ来るという一言に引かれて男の冷たさの数々を知ってしまったという意で、定家の脳中にはこの歌などもあったろうが、近世に入り契沖が「久待恋」の類歌は別の恋五の巻に纒めてあり、これは一夜の事と見たいと言い、やはり本意はそうであったのだろう。

22 文《ふん》屋《やの》康《やす》秀《ひで》

吹くからに　秋の草木の　しをるれば
むべ山風を　嵐《あらし》といふらむ

〔口語訳〕山風が吹くとすぐに、秋の草木がしおれ弱るから、なるほどそれで山風のことを、荒い風、「嵐」と言っているのだろう。

〔語釈〕
○吹くからに―吹くとすぐに。
○しをるれば―しおれるので。
○むべ―なるほど。「うべ」と同じ。
○山風―山から吹いてくる風。
○あらし―荒い風。山風の二字を合わせた形が「嵐」であるのも意識されていたと思われる。

〔作者〕六歌仙のひとり。三河掾《みかわのじょう》などの官を経た後、元慶《げんけい》三年（八七九）に縫殿助《ぬいどのすけ》になっているが、生没年は明らかでない。なお、この歌の作者はじつは文屋朝康だろうと言われている。

〔出典〕古今集巻五、秋下（二四九）

狂歌と百人一首（その一）

①秋の田のかりほの庵の歌がるた
　とりそこなって雪はふりつつ
②いかほどの洗濯なればかく山で
　衣ほすてふ持統天皇
④白妙のふじの御詠で赤ひとの
　鼻の高ねに雪はふりつつ
⑪ここまでは漕出けれどことづてを
　一寸たのみたい海士の釣舟
⑳詫ぬれば鯉のかはりによき鮒の
　みを造りても飲まんとぞ思ふ
㉓月みれば千々に芋こそ食ひたけれ
　我身一人のすきにはあらねど
（大田南畝『狂歌百人一首』より）

〔鑑　賞〕　国学院大学講師　橘　誠

「嵐」を「荒し」に掛け、嵐の文字を「山風」と分析して理知的な解釈を試みた機知・技巧の歌である。古今集の理知的・遊戯的な面を代表している。世俗に分析節がある。「松という字を分析すれば公《きみ》に木《き》(気)が無きや松(待つ)じゃない、又は、公《きみ》と木《ぼく》(僕)との差向い」「戀《こい》という字を分析すれば糸し糸しと言う心—新字体「恋」では亦心《またごころ》で芳しくない」「櫻《さくら》という字を分析すれば二貝の女が木(気)にかかる—新字体「桜」ではツヨイ女に気をつけろとなる」という具合に、漢字の構成を七七七五の民謡調でしゃれのめす遊びである。中国では析字といって「宜《シク》《ベシ》下将《テ》二愁字《ヲ》一作《ス》中秋心《ト》上」など作詩に用いる。千載集冬藤原季通の「事毎《ごと》に悲しかりけりむべしこそ秋の心を愁《うれひ》と言ひけれ」はこの詩の翻案であろう。古今集秋下紀友則の「雪降れば木毎に花ぞ咲きにけるいづれを梅とわきて折らまし」も、この析字技法を取入れた歌である。掛詞も析字も当時は重要視した。

藤原公任は「和歌九品」でこの歌を部分的に趣向のある歌として下品の上(第七位)に置いた。だが秋上の巻頭藤原敏行の立秋の名歌と対偶して秋下の冒頭を本歌で飾ったのは、撰《せん》者たちはこの歌を買っていたのだろう。両首とも生活の中にふと気付いた驚きを表している点で共通している。さらっとしていて友則の歌よりはずっと好感がもてる。各句に異伝があり、作者にも問題がある。「狂歌百人一首」に「喰《く》ふからに汗のお袖のしをるればむべ豆粥《がゆ》をあつしといふらん」とある。

23 大《おお》江《えの》千《ち》里《さと》

月みれば　ちぢに物こそ　悲しけれ
わが身ひとつの　秋にはあらねど

〔口語訳〕月を見ると、さまざまに、もの悲しい気持が動く。わたしひとりに訪れる秋ではないのだけれど。

〔語釈〕

○ちぢに—さまざまに。いろいろに。

○物こそ悲しけれ—もの悲しい。「物悲し」を「こそ」を用いて強めた言い方。

○わが身ひとつの秋にはあらねど—自分だけの秋ではないが。秋は天下の万人に訪れることを顧みた心と解するのが通説。「ひとつ」は「ちぢに」対する。なお「燕子楼中霜月ノ夜、秋来ッテ只《ただ》一人ノ為ニ長シ」（白氏文集）から想を得たか。

〔作者〕漢学者。「貞観格式《じょうがんきゃくしき》」（格式は律令の補助法）の撰に参加している。家集を「句題和歌」といい、古い漢詩句を題に詠んだ和歌を収めた独自のものである。生没年不明。

〔出典〕古今集巻四、秋上（一九三）

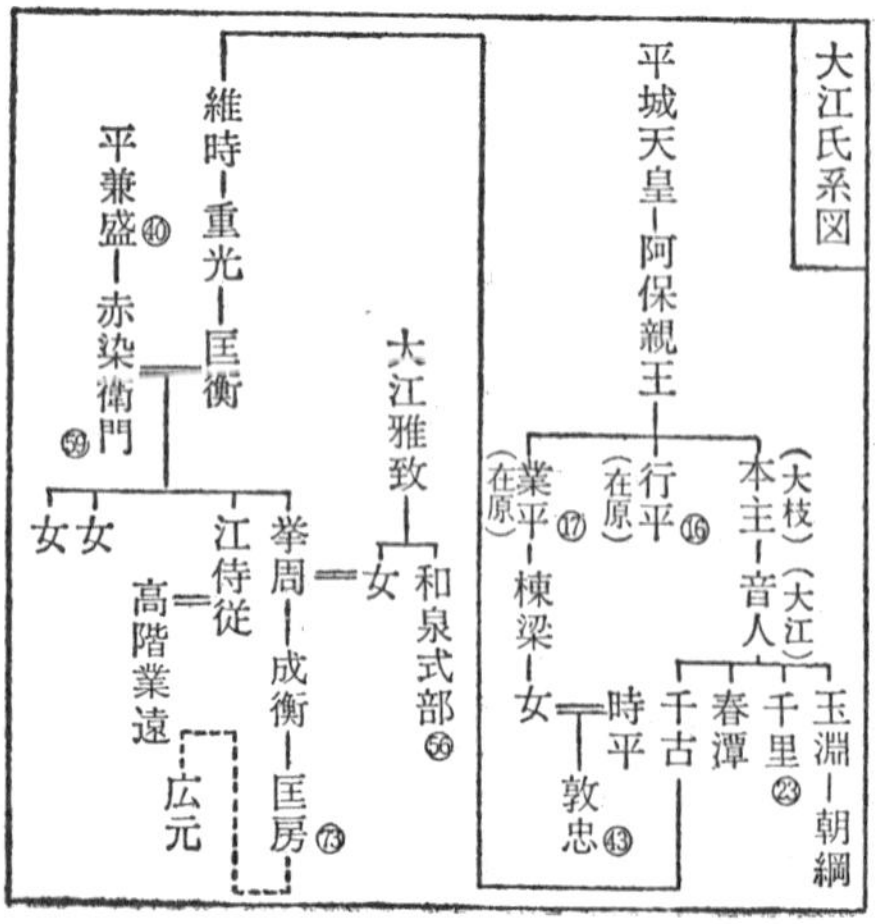

〔鑑　賞〕

跡見学園女子大学教授　伊藤嘉夫

千里は、儒官で博覧能文を以て聞えた。歌を奉れの詔に対し、自分は和歌の門外漢なので、わずかに古句を捜って新歌を作った。目新しい所がお笑草になろうなどと端書して奉ったのが「句題和歌」で、外国文学の日本語訳の鼻祖。この様式は、各時代にうけ継がれ、現代の外国の詩の翻訳に到るものである。百人一首の歌は「句題和歌」にはなく、「是貞のみこの歌合によめる」とある古今集の歌。これも白楽天の「燕子楼中霜月夜　秋来只為一人長」の詩句によるものであろうといわれる。千里にしてみればそうでありそうだとも思われる。「ちぢに物こそ悲しけれ」の千と「わが身一つ」の対比の表現に新味を出したとも思われるが、同じ是貞のみこの歌合で藤原敏行の

白つゆのいろは一つをいかにして秋の木の葉をちぢに染むらむ

も、同じ対比の技法である。この技法、あるいはすでに当時慣用されていたかも知れない。敏行のこの歌で「一つ」は「同一」の意味で、千里の歌の「ひとつ」も同じ意味にとるべきであろう。

古今集では、秋は寂しい、悲しいものであると発見した。風に虫の音に悲しみ、秋の宵は袖が露けく、物思うことの極限である。秋は悲しさ物思わしさそのものである。千里は、下句に「私自身が秋そのものではない筈だのに。」とのおどろきを示した。この歌の眼目である。白楽天の詩句を踏んだとしても美事な脱胎である。「一人」にこだわるのは愚しい。

24 菅家《かんけ》

このたびは　ぬさもとりあへず　手向《たむけ》山
　もみぢの錦《にしき》　神のまにまに

〔口語訳〕今度の旅は、もみじがあまりに美しく、わたくしのぬさなど捧げることができません。この手向山のもみじの錦を時にとってのぬさとして、神のみ心のままにお受けください。

〔語釈〕

○このたび―今度の旅。「度《たび》」と「旅」とを言い掛けた。

○ぬさ―神に祈る時供える物。絹布・麻布・紙などを用いた。

○とりあへず―手に取ることができない。解釈に諸説があるが紅葉の美の前に自分のぬさを貧弱としたと見るのがよいか。

○手向山―神への供え物を手向《たむ》ける山。旅人が手向《たむ》けをする所が峠《とうげ》である。ここは奈良の北の奈良山かと言われる。

〔作者〕菅原道真《すがわらのみちざね》。漢学者・詩人・歌人。宇多《うだ》天皇に重用され天皇譲位後も醍醐《だいご》天皇を助け右大臣に昇進したが、大宰権帥《だざいのごんのそち》に左遷され大宰府で没した。八四五―九〇三。

〔出典〕古今集巻九、羈旅（四二〇）

奈良駅から手向山神社へ

〔鑑　賞〕

東京大学教授　秋山　虔

仮に、百人一首から愛誦する十首を、といわれたとき、この菅公の歌を数えることはないだろう。私にとってなつかしいのはやはりさまざまの恋の歌だ。やるせない物思いが言葉ににじみでていて、口ずさんでいるとおのずからほっと吐息の洩らされるような歌を愛した。またそうした歌が圧倒的に多いのだから、それはそれで選択に苦しむことになるだろうが、してみるとますますこの一首などは遠くおしのけられてしまうことになるが、さればとて、この歌を好まぬというのではない。

詠者の道真については一、二の論を書いたこともあり、私のとくに関心を寄せている人物であるだけに、こうした歌がいついかなる心境で詠まれたのかを考えてみる必要もあった。古今集の詞書によると昌泰元（八九八年）初冬の宇多上皇の宮滝御幸に供奉する旅上の詠であるが、その時期の道真は、例の悲惨な左遷の三年前、まだそうした将来の運命を知らず、なお危険な官途をのぼりつめようとしていた。が、いまそのような詮索に深入りすることは許されまい。私は道真伝から離れ、満山の紅葉する峠路に立って旅の守護神の道祖神に祈りをささげる敬虔な歌びとに心をあわせ、私の心の中に荘厳な秋山図を思い描くことにしよう。このごろ流行の観光コースに組み入れられた紅葉の景ではなく、誰にも知られず滅びの寸前を静かに赫々と燃えている自然の景を心の中に呼び起こそう。その景の中に、この歌を反誦しながら溶け入ってしまいたいとも思う。

25 三条右《さんじょうのう》大《だい》臣《じん》

名にしおはば　逢坂山《あふさかやま》の　さねかづら
人にしられで　くるよしもがな

〔口語訳〕逢って寝るという名をもっているのなら、逢坂山《おうさか》の さねかずらよ、さねかずらをたぐれば来るように、こっそりと来るてだてがあればよいのだが。

〔語釈〕
○名にしおはば―ほんとに名として持つなら。
○逢坂山―「逢坂山」（大津市の西）に「逢ふ」を掛けた。
○さねかづら―蔓性植物「さねかずら」に「さ寝」を掛けた。
○くるよしもがな―来る方法があればよい。「来る」にサネカズラを「繰る」を掛けた。なお「来る」は恋人が来ると見る説、自分が行くのをこう言ったと見る説その他諸説がある。

〔作者〕藤原定方《さだかた》。内大臣藤原高藤の二男。諸官職を累進して右大臣になった。邸宅が三条にあったので三条右大臣という。八七三―九三二。

〔出典〕後撰集巻十一、恋三（七〇一）

縁語

ある語と意味上において関係の深い語を織りこんでいく修辞法。

㉕名にしおはば逢坂山のさねかづら
　人にしられでくるよしもがな
　「かづら」の縁語として「くる（繰る）」を出している。

(55)滝の音はたえて久しくなりぬれど
　名こそ流れてなほ聞えけれ

(72)音に聞く高師の浜のあだ浪は

(75)契りおきしさせもが露をいのちにて

(80)長からむ心も知らず黒髪の乱れて

(88)難波江の芦のかりねのひとよゆゑみをつ
　くしてや恋ひわたるべき

〔鑑　賞〕　　専修大学教授　増渕恒吉

「人に知られで」を、「人に知られて」と、「て」を、清《す》んで詠《よ》んでは、意味が全く通らない。この歌、後撰集には、「女のもとにつかはしける」という詞書がある。恐らく、歌に、「さねかづら」を付けて贈ったのであろう。「さねかづら」は、その実《み》から髪油を採るので、女性に縁のある語。それを手繰《たぐ》るところから「くる」にかかる。「くる」には諸説あるが、「行く」の意に解したい。詠み手自身の動作としなければ、「よしもがな」の強い祈念の情が生かされないからである。恋の相手に忍び逢うことの至難さを、からみあう蔓草によって表現している。しかし、「さねかづら後も逢はむと大船の思ひたのみて」（万葉集巻二柿本人麻呂）と詠まれているように、やがては逢える、という意味が「さねかづら」には籠められている。まして、「逢ふ」という名を持つ逢坂山のさねかづらならなおさらである。恋人に必ずや逢えるものと、さねかづらに託してのぞみをかけながらも、逢う瀬を堰《せ》きとめる、世間の柵《しがらみ》はあまりにも厳重だ。人目につかずに、あの女《ひと》に逢うよい方法はないものかと、思案に暮れる平安貴公子の優艶な姿が髣髴《ほうふつ》とする。縁語や懸詞を自在に駆使したきわめて技巧に満ちた歌である。だが、歌意を理解したうえで、この歌を朗誦してみると、字余りの初句から二句へと、出《で》だしは悠揚迫らざる声調でありながら、四句、結句においては、切なる願望を吐露する作者の急迫した息遣いが、そのまま伝わってくるかのようである。

26 貞《てい》信《しん》公《こう》

小倉山《をぐらやま》 峰《みね》のもみぢ葉 心あらば
今ひとたびの みゆきまたなむ

〔口語訳〕小倉山の峰のもみぢ葉よ、もしお前に心があれば、もう一度みゆきがあるまで、散らないで待っていてほしい。

〔語釈〕

○小倉山―京都市右京区嵯峨《さが》にある山。大堰《おおい》川（大井川）を隔てて嵐山に対し、紅葉の名所。

○今ひとたびのみゆき―もう一度（あるはず）の「みゆき」。「みゆき」は天皇の「行幸」、上皇などの「御幸」のどちらのお出ましも言う。この場合はすでに宇多《うだ》上皇の御幸があり、次に醍醐《だいご》天皇の行幸を予想する場合である。

○またなむ―待ってほしい。

〔作者〕藤原忠平。貞信公はおくり名。関白藤原基経《もとつね》の四男で累進して摂政・太政大臣・関白などになった。兄時平とちがい温厚な人物だったと言われる。八八〇―九四九。

〔出典〕拾遺集巻十七、雑秋（一一二八）

小 倉 山（京都市右京区嵯峨）

〔鑑　賞〕

日本大学教授　鈴木知太郎

この歌は拾遺集巻十七、雑秋に「亭子院の大井川に御幸ありて、行幸もありぬべき所なりと仰せ給ふに、ことのよし奏せむと申して―小一条太政大臣」として出ている。これによれば、この歌のよまれた事情は、「亭子院、すなわち宇多上皇が大井川に御幸なさって、小倉山をはじめ、あたりの秋色がたいへん美しいので、『醍醐天皇にも御覧に入れるべく、行幸を仰ぎたいものだ』と仰せられたので、供をしていた、後の貞信公藤原忠平が、『事の次第を天皇に申しあげましょう』と申して」、上皇の意中をも推察してよんだということになる。この歌は、こうした事情を背景において味わわねばなるまい。したがって、歌を内側からささえているものは、小倉山の紅葉を賞美する心と、上皇の天皇に対する親子愛、さらには作者貞信公の皇室讃仰の精神などであろう。「小倉山峰のもみぢ葉心あらば」とよみ出した句法は、第三句が字余り句のために堂々として格調高く、対象に向って押し迫ってゆくおもむきがある。それを受けた下句の「今ひとたびのみゆきまたなむ」は、むしろ落着いた調べであるが、願望の助詞「なむ」が上の「呼びかけ」の句法と照応するために、行幸を願う赤誠が一段と強く感じられる。また擬人化の発想は、人と自然とを密接に結んで、そこにおのずから親近の気分をただよわせている。万山紅葉の小倉山と清流大井川とに遊んで、君臣和楽を尽す、そのかみの心ゆたかな様が思いやられて、いかにも心楽しい一首である。

27　中納《ちゅうな》言《ごん》兼《かね》輔《すけ》

みかの原　わきて流るる　いづみ川
　　いつみきとてか　恋しかるらむ

〔口語訳〕いつ逢ったというので、このように恋しい気がしてならないのであろうか。

〔語釈〕

○みかの原—京都府相楽郡の土地。聖武天皇の久邇《くに》京の故地。

○わきて—湧《わ》いて、の意の「湧きて」に、みかの原を分けて、の意の「分《わ》きて」を言い掛けたかと見られる。

○いづみ川—木津川の古称。「…いづみ川」までの部分は同音のつながりで次の「いつみき」にかかる序詞。

○いつみきとてか—いつ逢ったというので。これを、まだ逢ったこともないのに、と解する説が多いが、いつ逢ったという定かな記憶もないほどだのに、と解することもできる。

〔作者〕藤原兼輔。邸が賀茂川の堤《つつみ》にあり中納言になったので堤中納言と呼ばれた。八七七—九三三。

〔出典〕新古今集巻十一、恋一（九九六）

瓶原といづみ川
いづみ川は京都府相楽郡加茂町を流れる木津川のこと

〔鑑　賞〕

南山大学教授　松村博司

奈良の古寺は旧制高校生のころさんざん歩き回ったので、昭和十七年の秋、第八高等学校に赴任した時は、見残した古寺を廻ることにした。当尾《とうお》柿の熟しているころだったから、確かその年の秋もたけた日曜のひとときだった。戦時中だったからゲートルをまいた姿で、浄瑠璃寺を訪ねるつもりで家を出た。関西線の加茂で下車すると、その足で泉川（木津川）の大橋を渡って瓶原《みかのはら》に久邇京と国分寺の址をたずねた。三十年前だから、記憶も薄れてしまったが、泉川の右岸はゆるやかなスロープの台地で、そこに遺蹟はあった。ただ、礎石の大きな円い穴は、昨日降ったばかりの雨水を湛え、それが白い雲を映《うつ》していたのを覚えている。

この歌は『新古今集』恋一、九九六に「題不知　中納言兼輔」とあるが、『兼輔集』には見えない。そして、『古今六帖』第三に、「音にのみ聞かましものを音羽川渡るとなしにみなれそめけん」（兼輔）とある歌から数えて九首目にはじめて出てくる。兼輔の歌は一首だけだったのに、『新古今集』は誤って兼輔の歌としたのであった。このことは契沖が指摘したが（『百人一首改観抄』）、そう思って見れば、詠人不知の古歌らしい趣がある。いかにもスロープの果をぬって流れる泉川の状態をよくとらえているが、「わきて流るる」は、「湧きて」と「分きて」の掛詞とする。もし実景ならば「湧きて」の解はとれないはずである。

28　源宗于朝臣《みなもとのむねゆきのあそん》

山里は　冬ぞさびしさ　まさりける
人めも草も　かれぬと思へば

〔**口語訳**〕山里は、冬がとりわけ寂しさがつのってくる。人もたずねてこなくなり、草も枯れてしまったと思うと。

〔**語釈**〕
○山里—山中の村。またはその「山里」にある家。ここは特に都に対して言う気持であろう。
○人め—人の見る目、というのが本来の意味だが、ここは単に人というのと大差ない意と言われる。
○かれぬ—「離《か》れぬ」と「枯れぬ」との掛けことば。すなわち「人めも離れぬ」で、人の訪れもとだえてしまった、の意、「草も枯れぬ」で、草も枯れてしまった、の意。

〔**作者**〕光孝天皇の孫。是忠《これただ》親王の子で、臣籍にくだったが、官職は右京大夫《うきょうだいぶ》（右京のことをつかさどった右京職《しき》の長官）にとどまった。？—九三九。

〔**出典**〕古今集巻六、冬（三一五）

三十六歌仙（178ページ参照）
藤原公任撰になると伝えられる。

③柿本人麿　⑥大伴家持　⑤猿丸大夫
㉟紀　貫之　㉚壬生忠岑　⑰在原業平
㉑素性法師　㉛坂上是則　㉞藤原興風
㊽源　重之　大中臣頼基　源　公忠
㊹藤原朝忠　源　順　㊵平　兼盛
小　大君　中　務　藤原元真
④山部赤人　⑫僧正遍昭　⑨小野小町
㉝紀　友則　㉙凡河内躬恒　⑲伊　勢
⑱藤原敏行　㉗藤原兼輔　㉘源　宗于
斎宮女御　㊸藤原敦忠　藤原高光
源　信明　㊷清原元輔　㊾大中臣能宣
藤原仲文　藤原清正　㊶壬生忠見

文芸評論家　山本健吉

古今集冬の部に出ている。山里の冬は、人目も離《か》れ、草も枯れて、その寂しさは何時よりもまさって感ぜられる、と普通に受取っている。それで決して間違いはないが、それだけですむなら、この歌の面白さは一体どこにあるのかと思う。離るると枯るるとを、人目と草とに言い分けたくらいのことでは、作家の興じ方もおよそ低いと言わなければなるまい。

ところで「ひとめ」とは何を意味したのか。人目という字を当ててみて、人が尋ねて来ることもなくなって、と解してみて、そこに何かギャップがあるのを感じないだろうか。「め」とか「ま」とか、目であるとともに、目が代表する表情や容貌や姿全体をも意味し、また人を見ること、すなわち人と逢うこととなり、引いては男女が相逢うことにもなった。「佐保過ぎて奈良の手向《たむけ》におく幣《ぬさ》は妹《いも》をめかれずあひ見しめとぞ」（万葉集、三〇〇）の用語例が示すように、「めかる」とは長いあいだ逢わないことなのである。目離《めか》るが媾離《めか》る意味を帯びてくる。

するとこの歌の「ひとめも……かれぬと」とは、「人目」と「媾離る」との複合なので、山里の冬の寂しさには、訪ねる人もない中でも、とりわけて思うひとに逢えないという思いが、しぼり出されてくるのである。冬の山里には花も紅葉もないが、もう一つ、思う人にも逢えないのである。逢わぬ恋の歎きが何となく匂い出てくるのが、この一首である。

29

凡河内《おおしこうちの》躬《み》恒《つね》

心あてに折らばや折らむ　初霜《はつしも》の
置きまどはせる　白菊の花

〔**口語訳**〕もし折るとすれば、あて推量に、折ってみようか、——初霜が白く一面に置いて、花か霜か紛らわしくしている、その白菊の花を。

〔**語釈**〕

○心あてに—あて推量で。およその見当をつけて。

○折らばや折らむ—折るならば折ろうか。

○初霜—その年の秋冬に最初に置く霜。

○置きまどはせる—（霜が）置いて、人目をまどわしている。白い霜が置いて、白菊をわかりにくくしているという気持。

〔**作者**〕古今集の撰者のひとりで、古今集時代の代表的歌人。歌人としては紀貫之と並び称せられたが、役人としての地位は低く、甲斐《かい》少目《さかん》・丹波《たんば》権目・和泉《いずみ》権掾《じょう》などにとどまっている。生没年不明。

〔**出典**〕古今集巻五、秋下（二七七）

川柳（その一）

○御父子して千と百とをおんえらみ
　父俊成「千載集」、子定家「百人一首」。

○九十九はえらみ一首はかんがへる
　定家自身の一首を入れる。

○来ぬ人を入れて百人都合する
　定家の「来ぬ人を……」の歌のこと。

○食ふ事がまづ第一と定家撰り
　「秋の田のかりほ……」が一番目。

○智ではじめ徳でをさめる小倉山
　智＝天智天皇、徳＝順徳院。

○百人で九十九人は蛇におぢ
　盲（蟬丸）蛇におぢずの逆。

○百人を五六人して追い回はし
　かるた取りの風景。

〔鑑　賞〕　　東京教育大学教授　峯村文人

わたしは、小学生の五、六年生のころには、百人一首の歌をおおかた覚えていた。それは、「早熟」だったからなどという性質のものではない。わたしの生家に桐の小箱にはいっていた百人一首があって、正月になると、きまって、母親が読み手で、兄や姉や親戚の若い人々が楽しんだものだが、多くの歌は、その理解に、かなり高度の教養がいるのに、美しい音楽の旋律を耳にしているうちにいつしか覚えてしまうのと同じように覚えていたのである。

そんなぐあいで百人一首に親しむようになっていたわたしに、早くから、体感で親近感を呼び起こしていた歌がある。その一つがこの歌である。

わたしの生家は、信州の山間、今は上田市に属しているが、小さい農村にあって、庭の植え込みに、白菊の花が咲いた。毎年の初霜の朝の情景は、今でも忘れられない。その初霜に覆《おお》われた白菊の姿が、下句の「初霜の置きまどはせる白菊の花」の知的描写をすばらしいと感じさせたのである。

和歌史研究の仕事に従事している今のわたしは、上句の「心あてに折らばや折らむ」とのかかわりに、人間関係の意識の投影を深く感じるようになっていて、重苦しい味わい方をしているが、初心に帰って味わいなおさなければならないのかもしれない。

30 壬《み》生《ぶの》忠《ただ》岑《みね》

有明《ありあけ》の　つれなく見えし　別れより
あかつきばかり　憂《う》きものはなし

〔**口語訳**〕有明の月のようにつめたい様子にあなたが見えた、あの別れをしてこのかた、暁ほどつらいものはない気がする。

〔**語釈**〕
○有明―夜明けに空に消え残る月。
○つれなく見えし―冷淡に見えた。これは月のことなのか恋人のことなのか古来両説があるが、恋人の態度であるとともに別れの暁の有明月の白けた感じでもあったと解したい。
○あかつき―夜明け前のまだ暗いころ。当時の習わしとして、男がいとしい女と別れてその家から帰るのは、普通そのころであった。

〔**作者**〕古今集の撰者のひとり。その残した「和歌体十種」は歌体を十種類に分類したものとして意義がある。歌人としてもすぐれていたが官は摂津《せっつ》大目《きかん》などにとどまる。生没年不明。

〔**出典**〕古今集巻十三、恋三（六二五）

月令

月の満ち欠けによって示される日数

晦日	新月
3	三日月
13	小望月、十三夜
14	宵待月
15	満月、望月、十五夜
16	十六夜月
17	立待月
18	居待月
19	臥待月、寝待月
20	更待月、宵闇月
23	二十三夜月

（3〜13）←　○上弦　○夕月夜（宵月夜）

（15〜23）←　○下　弦　○有明の月（朝月夜）

〔鑑　賞〕

大阪市立大学教授　塚原鉄雄

世間には、内密の情事であった。人目を顧慮しなければならない、二人の逢瀬である。早暁——天地は、まだ暗闇だが、すでに、別離の時刻であった。有明月が、そのことを告知している。古代の生活では、月齢と位置とから、夜間の時刻を認知するのであった。

恋人たちにとって、相逢う時間は、無限であってほしい。深夜の永遠を希求する思念は、切実かつ深刻であろう。だが、現実は、常に残酷である。相逢った二人は、また、相別れなければならない。月球の運行は、純然たる天然の事象である。けれども、別離の時刻を告知する有明月は、恋人たちに別離を強要して、一夜の逢瀬を中断してしまう。乾燥したように光沢のない、脱色したように白白しく、枯死したように冷冷とした、——天空に位置する有明月は、まことに、別離愛惜の哀情とは断絶無縁の、酷薄無情な存在というほかなかったのである。

それ以来、その恋人と相逢うことがない。恋人は、真摯な慕情に、冷淡となった。深刻な恋情を、無視してしまう。相逢う機会は、喪失したままになっている。恋人を思慕して、不眠がちに早暁となるとき、あの有明の別離を想起して、作者は、無限の恋慕に嗚咽する。長久の恨事と慟哭する。

「これほどの歌一つよみ出でたらむ、此の世の思ひ出に侍るべし。」（「顕註密勘」）とは、藤原定家の批評であった。作者の心情を理解する、知己のことばというべきであろう。

31 坂《さかの》上《うえの》是《これ》則《のり》

朝ぼらけ　有明《ありあけ》の月と　みるまでに
吉野《よしの》の里に　ふれる白雪

〔口語訳〕夜のほのぼのと明けかかるころ、有明の月の光がさしている、と、いっとき思うほどに、吉野の里に降り積もっていた白雪……

〔語釈〕
o朝ぼらけ―夜がほのぼのと明けるころ。
o有明の月と見るまでに―残月の光がさしているのか、と思うほどに。
o吉野の里―奈良県吉野郡吉野町のあたりの人里。
oふれる白雪―降り積もっていた白雪。作者は残月の光かと思ったのであるから、今降っている雪ではなく、積もった雪。
また「白雪」という体言で止めたのは、感動の気持の表現。

〔作者〕坂上田村麿《たむらまろ》五代の孫といわれる。官職は諸官を経た後加賀介《すけ》になった。蹴鞠《けまり》にもすぐれていたらしい。生没年不明。

〔出典〕古今集巻六、冬（三三二）

勅撰集と百人一首

百人一首の歌はすべて勅撰集の中にあり、それぞれの所属は次の通り。

古今集	24首	⑤⑦⑧⑨⑪⑫⑭⑮⑯⑰⑱㉑㉒㉓㉔㉘㉙㉚㉛㉜㉝㉞㉟㊱
後撰集	7首	①⑩⑬⑳㉕㊲㊴
拾遺集	11首	③㉖㊳㊵㊶㊸㊹㊺㊼53 55
後拾遺集	14首	㊷㊿51 52 56 58 59 62 63 65 68 69 70 73
金葉集	5首	60 66 71 72 78
詞花集	5首	㊽㊾61 76 77
千載集	14首	64 67 74 75 80 81 82 83 85 86 88 90 92 95
新古今集	14首	②④⑥⑲㉗㊻54 57 79 84 87 89 91 94
新勅撰集	4首	93 96 97 98
続後撰集	2首	99 100

〔鑑賞〕　　　　歌人　近藤芳美

夜の明けの月がまだ残ってそのあたり一面を煌々と照しているかのように、吉野の里には一面に雪が降り積っている——その実景を実感として、そのままに詠んだ作品であり、「百人一首」の中でもまれに見るまでに、作りものではない、素直な、むしろさわやかな詩情をたたえた作品だと思う。それもやはり作者の坂上是則が大和の国に旅をし、吉野に至り、雪の降ったときに出会った体験をもととしてうたわれた作品であるからであろう。

平明であり、平坦であり、まるで一枚の水彩画を思わせるかのような作品である。純粋な叙景詩であり、作品にそれ以上のものを語らせようとしていないのもこころよい。作り物の恋愛感情などがここにはまぎれこんで来ていないのがすがすがしい。古今集の作風の、まだ残されていた「詩」のよさをとどめている一首というべきであろう。

吉野をわたしはまだ冬に訪れたことはない。わたしの訪れたのはいつも春から夏にかけてである。だがその谷々に、青白い、雪のような月光が照りわたる情景は知らないわけではない。この歌にうたわれているのはその世界を埋めつくした積雪である。それは月光の下に見るよりさらに夢幻的であろう。吉野は大和の国にありながら、それとは別な、ひとつの世界をなしている。遠い世からそうであった。古代、中世の人々にとり、それは一種の神秘の地だったのであろう。

32 春《はる》道《みちの》列《つら》樹《き》

山川《がは》に　風のかけたる　しがらみは
流れもあへぬ　もみぢなりけり

〔口語訳〕山あいの川に、風のかけ渡したしがらみ――それは流れきれずにいるもみじ葉であった。

〔語釈〕

○山川―山の中の川。ヤマガワとよむ。

○しがらみ―川の流れをせきとめるために杭《くい》を打って竹や柴をからませたもの。むろん人がこれを造るわけであるが、風がかけたしがらみは…ということで述べている。

○流れもあへぬもみぢ―流れきれないでいるもみじ。「も」は強めのために添えた助詞。「…あへぬ」は、しきれない、しかねるの意。

〔作者〕春道は珍しい姓だが、貞観六年（八六四）に物部《もののべ》門起に姓として春道宿禰《すくね》を与えられたことが、三代実録に見える。延喜二十年壱岐守《いきのかみ》になり赴任前没したという。?―九二〇。

〔出典〕古今集巻五、秋下（三〇三）

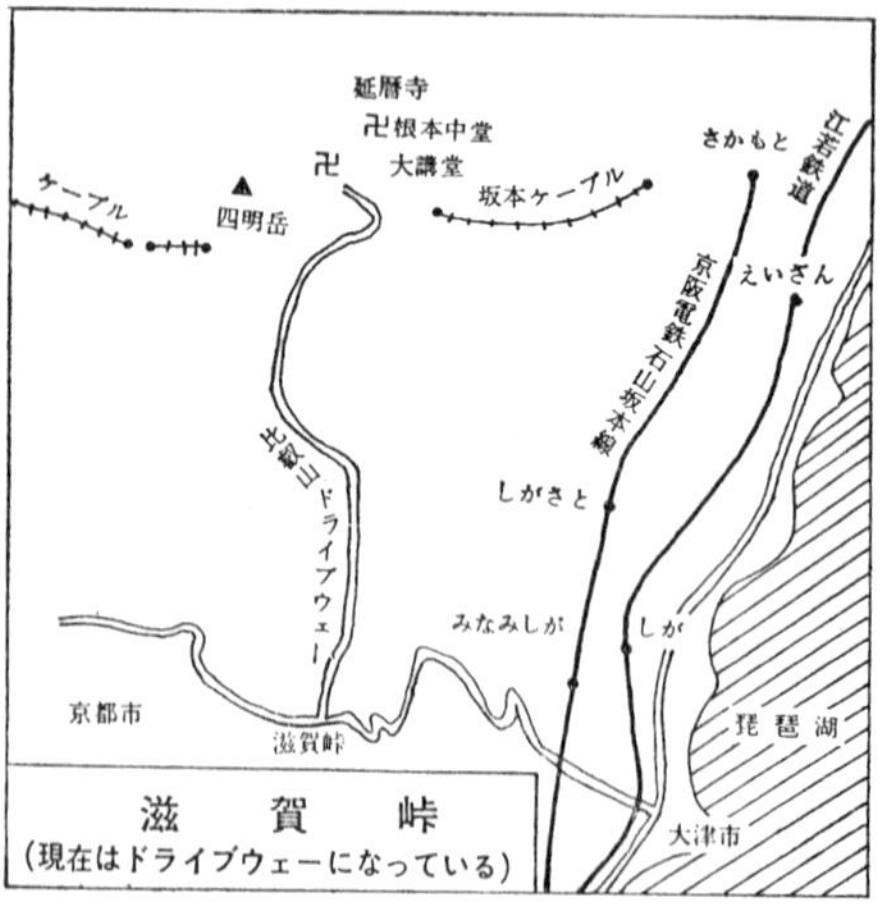

滋賀峠
（現在はドライブウェーになっている）

〔鑑　賞〕

国学院大学教授　内野吾郎

山川は、普通に「やまかわ」と読めば、「山と川」の意味だが、ここは、古今集（巻五―三〇三）の原典に「志賀の山ごえにてよめる」という詞書もあり、「やまがわ」と読んで、「山あいの川」の意味であろう。だから「山あいを流れている川のあちこちに流れ残って溜っている紅葉の葉があかあかとまことに美しい。何だか風がかけてくれた柵のようだなあ。」というのが一首の趣旨で、ほんとうは、山の中の美しい流れと紅葉のあかさが、先ず何よりも第一に読者の目に浮んでくる筈の歌である。ところが、表現が持って廻っていて理屈っぽく、肝腎の情景よりも、説明のことばの技巧が先に立っている。作者自身も、その説明の論理や、発想の面白さに、自ら酔って、いささか得意になっているようだ。近代人の感覚からすれば、あまりよい歌とはいえないが、当時の人は、このくねらせた表現技巧や、ことばの面白さに感心もし、結構楽しんでいたのである。この歌でも、「風のかけたるしがらみ」とか「流れもあへぬ」などという表現が、当時の人びとには、如何にも新鮮にうつって、好評だったのであろう。

なお作者の列樹は、このほかに古今集に二首、後撰集に二首、計五首の歌を勅撰集に残している。しかし「きのふといひけふと暮してあすか河ながれてはやき月日なりけり」（同巻六―三四一）などことばの技巧だけの歌が多い。そういう彼の作品群の中では、この歌はやはり代表傑作である。

33　紀《きの》友《とも》則《のり》

ひさかたの　光のどけき　春の日に
しづ心なく　花の散るらむ

〔口語訳〕日の光ののどかな春の日に、どうして、気ぜわしく桜の花が散っているのであろう。

〔語釈〕

○ひさかたの―枕詞として空に縁のある語などにかかるので、そう見ればここは「光」にかかる枕詞。しかし枕詞から転じた「日の」または「空の」の意味の語と見ることもできる。

○しづ心なく―落ちついた心もなく。

○花の散るらむ―どうして…花が散っているのだろう。「らむ」には、直接見聞きしている物ごとについて「なぜ…だろう」と原因や理由を推量する用法がある。

〔作者〕古今集の撰者のひとり。紀貫之《つらゆき》のいとこ。官は大内記《だいないき》（みことのりの起草や宮中のことの記録に当る役人の上位者）になっている。古今集奏覧の前に没したらしい。生没年不明。

〔出典〕古今集巻二、春下（八四）

八代集

(1)古今集	20ページ参照				
(2)後撰集					
(3)拾遺集					
(4)後拾遺集	20巻	1220首	白河天皇	応徳三年(1086)	藤原通俊
(5)金葉集	10巻	716首	白河院、	大治二年(1127)	源俊頼
(6)詞花集	10巻	411首	崇徳院、	仁平元年(1151)	藤原顕輔
(7)千載集	20巻	1285首	後白河院	文治三年(1187)	藤原俊成
(8)新古今集	20巻	1981首	後鳥羽院	元久二年(1205)	源通具　藤原有家　藤原定家　藤原家隆　藤原雅経（寂蓮）

〔鑑賞〕

詩人　神保光太郎

冬きたりなば　春遠からじ！

春！　待ちに待ったその春の到来。日差しものどやかなあまりにものどやかな雰囲気に身もこころもひたりながら、えもいえないような一種の幸福感、自己満足感をおぼえていた。

その時である。ふと、窓から庭を見やると、どうであろう。今の今まで、華麗の美を極めて、咲きほこっていた桜の花びらが、風に追われるように、あわただしくも散って行くではないか。

それを発見した時のこの作者の驚き。自分で自分の眼を疑うように、けれども、どうともならないような感情の動きに堪えて、その花びらのひとひらひとひらの行方を見つめていた。

これが現実というものか。そして、今しがたまでのわがこころの平安は虚構に過ぎなかったのか。この人はなおも、「これはどうしたことなのか」と自分に問い、自然そのものに訊ねかけてはやめない。

この歌はその冒頭から「ヒサカタノヒカリ……」といった風に、鮮明な音調にささえられ、また、作者の姿勢が、散る花に託して、自然の神秘性に対する問いかけとなっているためか、心に残る作品である。あの夜の愉しい集い。あのひとが、美しくもさわやかにこの歌を読みあげた時のあの表情が蘇えってくる。

34　藤《ふじ》原《わらの》興《おき》風《かぜ》

たれをかも　しる人にせむ　高砂《たかさご》の
松も昔の　友ならなくに

〔口語訳〕いったいだれを、老いたわたしは、友にしようか。高砂の老松、これも昔からの友ではない……

〔語釈〕

○たれをかも―だれをいったい。

○しる人―知人。

○高砂―兵庫県高砂市。地名と見ないで、単に山を意味する語と解する説もあるが、古今集序にも見えるように当時すでに高砂は松の名所であった。

○昔の友ならなくに―昔からの友ではないことだ。やはり松は話し相手にならない、という気持。

〔作者〕藤原浜成《はまなり》の曽孫（浜成は最古の歌論「歌経標式」の筆者）。治部丞《じぶのじょう》などの官をつとめ、管絃も巧みであったという。古今集時代の歌人のひとり。生没年不明。

〔出典〕古今集巻十七、雑上（九〇九）

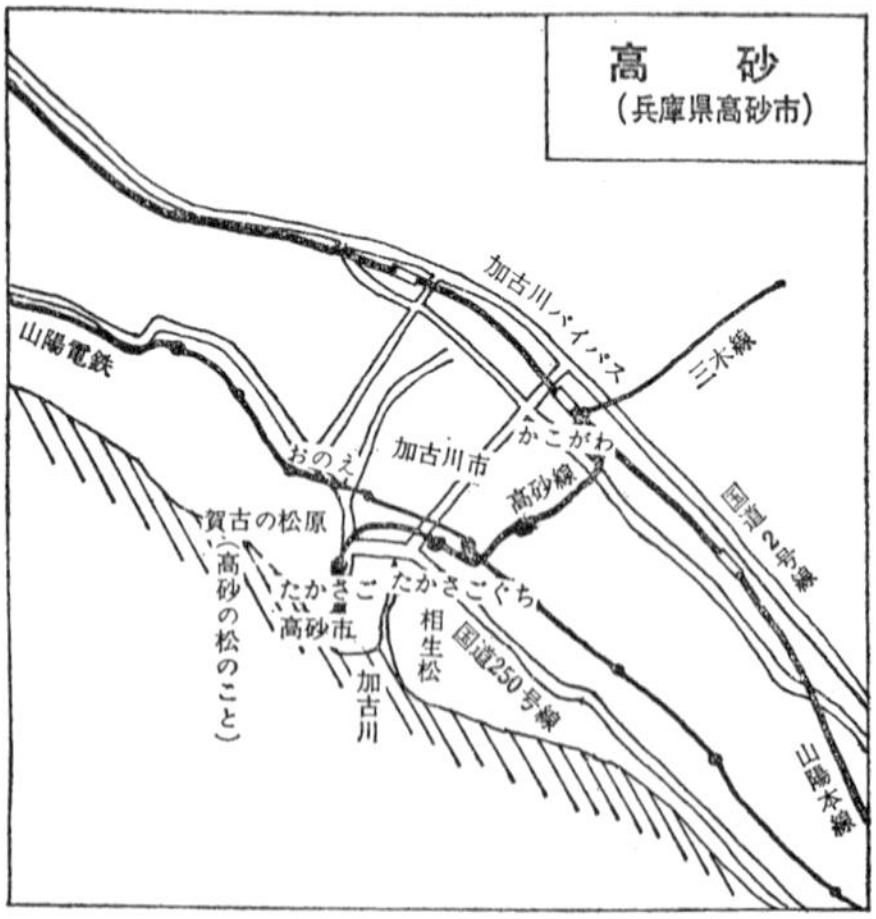

〔鑑　賞〕　　　　茨城女子短期大学教授　酒井清一

「あの人（女）も亡くなって、昔を語る古い馴染はもう誰もいなくなってしまったなあ。」

「おじいさま、長生ってずいぶん淋しいものなんですね。古いお友だちが一人もいらっしゃらなくなって、お話相手をお望みなら、尉と姥とがお揃いで、ご長命でいらっしゃる高砂の相生の松をお友だちになさったらいかが。」

「それもそうだね。……でも、あの松だって私の幼な馴染というではなし、さて、お話相手になってくださるだろうかね。」

一首の短歌を二人の発想に分解して鑑賞することは邪道であろうが、この歌の詠嘆をこめて孤愁を嘆いている初二句と、高砂の松を想起した三四句との間には、作者の沈思の長い時間の流れがある。その黙想の空白を、仮りに第三者の発言に仮託すれば右のような会話の成立も可能である。

作者が「高砂の松」を想起したのも、人間社会を断念して自然界に友を求めるという切羽つまった気持からではない。自然の物象を擬人化して情意の融合を図ろうとしたのは王朝貴族の常套手法であったから。しかし、作者は遂にその松も心の友とすることはできず、孤独のままに残余の人生を送らざるを得なかった。この歌を今日的に味えばまことに深刻な老人問題であろうが、これは平安朝という華やかな時代の寝殿に起居した老翁の悲愁のつぶやきである。

35 紀《きの》貫《つら》之《ゆき》

人はいさ　心も知らず　ふるさとは
花ぞむかしの　香ににほひける

〔**口語訳**〕人は、さあ、変らぬ心でいてくれることかどうか、わからない。が、昔なじみのこの里は、梅の花は、昔どおりの香で美しく咲いている。

〔**語釈**〕

o人ーここでは、初瀬詣での時いつも泊っていた家の主人で、作者が久しぶりに訪ねたのに対して「このとおり宿はちゃんとありますのに」といった挨拶をしたことが詞書きに見える。

oいさーさあ、どうだか。あとの「知らず」で受ける。

oふるさとー昔なじみの土地。

o花ーここでは梅の花であることが、詞書きに示されている。

〔**作者**〕古今集の撰者のひとりで、古今集時代の代表的歌人。御書所預《ごしよどころのあずかり》や、土佐守《とさのかみ》などをつとめた。土佐から帰京する時のことを材料にして「土佐日記」を書いた。八六六ごろー九四五？

〔**出典**〕古今集巻一、春上（四二）

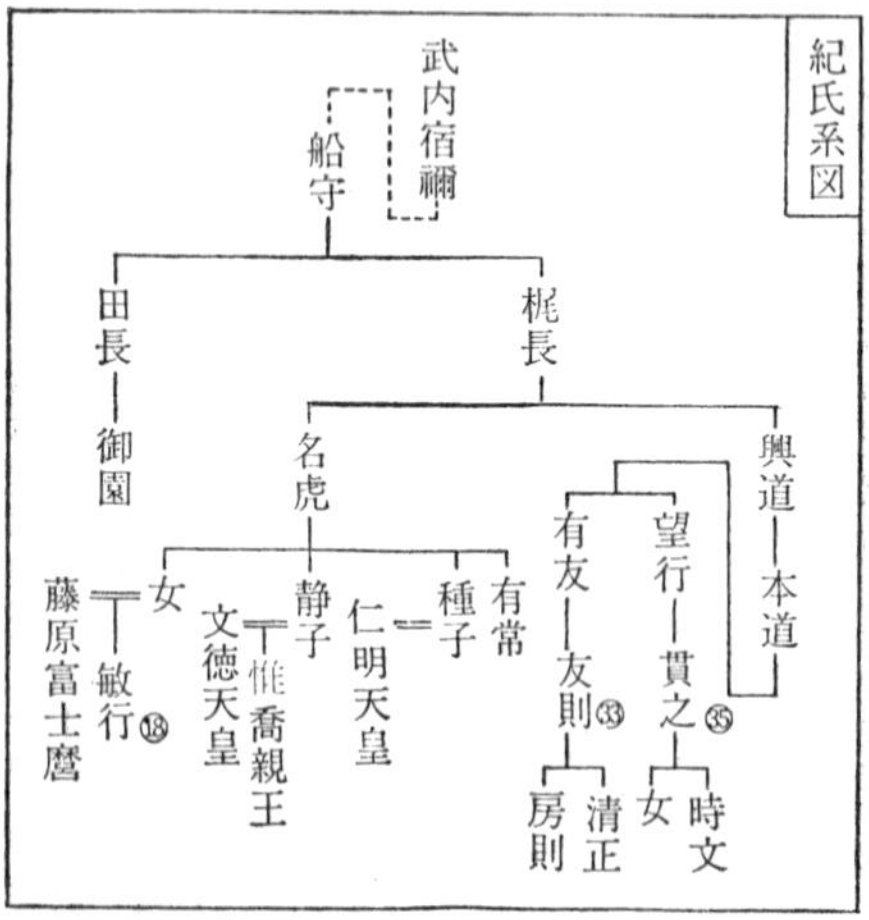

〔鑑　賞〕　　実践女子大学教授　山岸徳平

紀貫之は長谷観音の申し子と伝えられるので、長谷寺に常に参詣した。京都から初瀬まで約七十二キロ（十八里ほど）で二日の行程だ。蜻蛉日記の作者は女でも一泊二日で到着している。貫之は参詣の際必ず途中の定めた宿に一泊していた。そこは、親しみ馴れていた土地なので「ふるさと」と呼んでいた。（一説には奈良とも）この度は貫之が永い間参詣せず、久しぶりに思い立っての参詣なのでいつもの定まった宿に一泊する事とした。それは旅館でなく、知人の家であった。（一説には忠岑に関係ある恭仙法橋の房とも）貫之が到着した時、宿の主人はこういった。

かように定まった宿があるのに、どうして永い間来なかったか。何ぞ変りでもござったのか。親しい間柄なので、宿の主人は待ち遠しかったでもあろう。久しぶりなので喜んだり怨んだりもした。貫之はそれを聞き、庭前の梅の花の枝を折り、次のような意味の一首で答えた。

心は昔のまま変らぬと（君）はいうが、人の心は変るものじゃ。永く隔てていて逢ったのだ。言葉で何というても、心の中はどうなのかわからない。然し、心ないこの梅の花だけは、いかにも昔のまま、香気が豊かに匂っているのだ。この心無い梅の花の香が、自分には本当にゆかしくなつかしいのじゃ。

かように、変化する人の心と、変化しない梅が香とのように、対比的な表現技巧は古今集作品の特色の一つである。この一首でも宿の主人と貫之との思う事を隠さず卒直に述べる極めて親密な交情が知られる。

36 清《きよ》原《はらの》深《ふか》養《や》父《ぶ》

夏の夜《よ》は　まだ宵《よひ》ながら　明けぬるを
　　雲のいづこに　月やどるらむ

〔口語訳〕夏のみじか夜は、まだ宵《よい》という気でいるとそのまま明けてしまったが、中空の雲のどのへんに、月は宿っているのだろう。

〔語釈〕

○まだ宵ながら明けぬるを―まだ宵と思っているうちに、そのまま夜が明けてしまったが。「ながら」は、そのままの状態で。夏の夜の明けやすさを言った。

○雲のいづこに月やどるらむ―雲のどこに月は宿っているのだろう。月は見えないが、西の山まで行き着く間があったとは思われないという気持。

〔作者〕紀貫之とも交際のあった歌人。清原元輔《もとすけ》の祖父、清少納言の曽祖父。内匠允《たくみのじょう》などをつとめ、晩年に洛北に補陀落《ふだらく》寺を建てて住んだ。生没年不明。

〔出典〕古今集巻三、夏（一六六）

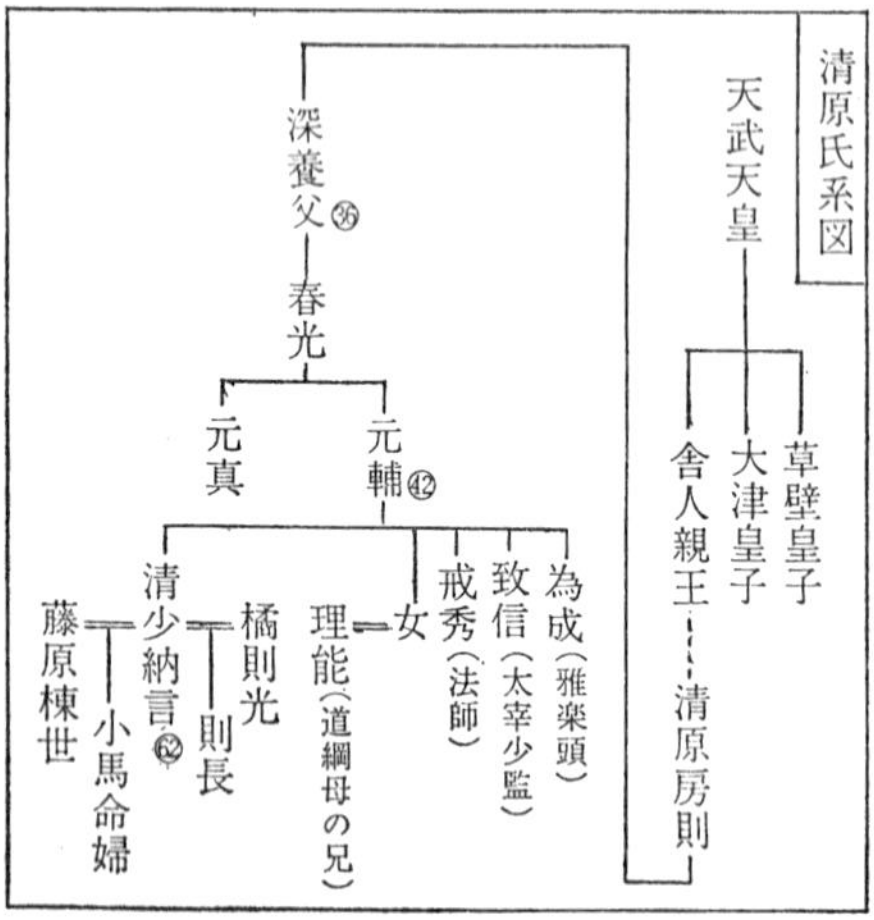

〔鑑　賞〕

東海大学教授　石井庄司

この歌、古今集巻第三、夏歌の終り近いところにあって、「月のおもしろかりける夜あかつきがたによめる」とある。さて歌を読むと「夏の夜はまだよひながらあけぬるを」とくる。作者は、夏の夜を三つに分けて、よひ、夜中、あかつきとしている。「よひながらあけぬ」とは、まだよひのまんまと思っているうちに、夜中を通り越して、あかつきとなったというので、これは、作者の気持である。ところで、月はどうしたろうか。よひ、夜中、あかつきと順序に従って、西の山の方へ落ちて行くはずであるが、まだ、とても西の山へは行き着くまい。いったい、雲のどこに月はいるのだろうかと、空をながめている様子。

子供のころ、かるた取の際は、よく「雲のどっこに月やどるらん」などと言って、さがしたものであった。「いづこ」は何処と書いて、「どこ」と読む。それを「どっこ」と言ってさがしているうちに、友人の膝の下にかくしているのを見つけて、得意になったこともあった。

この歌、よく考えてみると、わからないことが多い。「月のおもしろかりける夜」とある。しかし、あかつきになって、月はどこへ行ったのか、月を見ているのか、いないのか。それは、わからない。しかし、そのとぼけたようなところに、この歌のおもしろみがあるのではないか。

月といえば、秋の月と思うが、これは、短夜の夏の月を味わったものであることに注意したい。

37　文《ふん》屋《やの》朝《あさ》康《やす》

しら露《つゆ》に　風の吹きしく　秋の野は
つらぬきとめぬ　玉ぞ散りける

〔口語訳〕草葉の白露に、しきりに風が吹きわたる秋の野は、緒《お》を通さない白玉が、キラキラと散りこぼれている。

〔語釈〕

○風の吹きしく—風がしきりに吹く。「しく」は「頻《し》く」で、しきる意。

○つらぬきとめぬ玉—緒で貫いてとめることをしていない玉。ここは白露をそういう玉と見なしている。同じ作者の歌に、「秋の野に置く白露は玉なれやつらぬきかくるくもの糸筋」（古今集）があり、これは白露をクモの糸のつらぬいた玉としてとらえようとしている。

〔作者〕六歌仙のひとりである文屋康秀の子と言われている。駿河允《するがのじょう》その他をつとめたと伝えられ、宇多天皇の寛平《かんぴょう》のころの歌合に出ているが、生没年をはじめ伝記はよくわからない。

〔出典〕後撰集巻六、秋中（三〇八）

季語「かるた」

虎の位をかり催す日かるたかな　文　考
この町の屋敷木深くかるたの夜　高浜　虚子
座について加留多上手のさりげ無く　大谷繞石
かるたとる若き心を省みし　島田　青峰
相共に昔恋しきかるたかな　高浜　年尾
歌留多読む声のありけり谷戸の月　松本たかし
こぼれたるかるたの歌の見えしかな　後藤夜半
ならべゆき心とめゆく歌留多かな　阿波野青畝
歌留多散らばり今さら蔵書とぼしさよ　中村草田男
荒れし手とためらひつつぞ歌留多取る　沢田しげ子
鼻先に男の匂ふ歌留多とる　戸塚千代乃
かれがれの日々を歌加留多そらんじぬ　滝井　孝作

『図説俳句大歳時記』より

歌人　鹿児島寿蔵

〔鑑　賞〕

この歌の秋の野は、鑑賞する上から言えば、その時の朝夕のちがい・天候の具合、あるいは温度の如何によって幾許の差異があろう。

「白露」は、時間的に朝夕の何れかであろうが、ここではそういう特定の時を考えないで、秋の露の季節を技巧的に設けたもののようである。

秋の野の草の葉に置く露に対して、何らの具体性をもたせていないから、もしかしたら天然の朝露ではなかろうか。そこまで写生的に考えては、この種の作風の鑑賞から離れないとも限らないが、ここでは、其処に在る秋の野の真景を直接的に写そうとせず、秋の季節に於ける露の美しさを象徴的に美化し、詠歎したのであろう。草に置く白露は玉の群として見られるので、玉の一群を緒で貫き通すという伝統的な美の範疇を基として、一応そこから離れて個々の玉の群としたものと思う。

それらの露の玉が、秋風の吹きのまにまに吹き散らされる光景であるから、いわば、決定的瞬間だけを写しとめたというべきか。これらの句々・助詞等の斡旋や風体は、この時代の歌風の然らしめるところであるから、現代の感覚とのずれは見のがせない。

この作者は「秋の野におく白露は玉なれや貫きかくる蜘蛛の糸筋」（古今集）とも作り、一言で述べれば要するに繊細優美の観念でまとめたものといえる。

38 右《う》近《こん》

忘らるる　身をば思はず　誓《ちか》ひてし
人の命の　惜しくもあるかな

〔口語訳〕あなたから見捨てられるわたしのことは気にしてはおりません。ただ、愛の変らぬことを神かけて誓ったあなたの命が、神罰で縮められてはと惜しまれます。

〔語釈〕

○忘らるる身―恋人から忘れ去られる自分。大和物語によれば「をとこの忘れじとよろづのことをかけて誓ひけれど、忘れにけるのちに言ひやりける」として、この歌が見える。

○誓ひてし―愛情の変らないことを（神かけて）誓った。

○人の命の惜しくもあるかな―恋人の命が惜しいと思われる。誓いを破った上は神罰で命をとられるかもしれないから。

〔作者〕右近少将藤原季縄《すえなわ》の娘。醍醐天皇の皇后穏子に仕えた女房。藤原敦忠《あつただ》・師輔《もろすけ》・朝忠《あさただ》、源順《したごう》等と交際があったらしい。生没年不明。

〔出典〕拾遺集巻十四、恋四（八七〇）

狂歌と百人一首（その二）

㉘山里は冬ぞさびしさまさりける
　やはり市中がにぎやかでよい

㉝ひさかたの光のどけき春の日に
　紀の友則がひるね一時

㊺初松魚くふべき客は不参にて
　みのいたづらになりぬべきかな

⑳淋しさに宿を立出でながめたり
　煙草呑んだり茶をせんじたり

(81)郭公なきつるあとにあきれたる
　後徳大寺のありあけのかほ

(89)玉の緒よ絶えなば絶えねなどといひ
　今といったら先お断り

（大田南畝『狂歌百人一首』より）

〔鑑　賞〕

文芸評論家　荒　正人

わたしは、この歌から、シャンソンやタンゴにうたわれている女のうらみを連想する。うらみはむろん、男に棄てられた悲しみである。ただ、東洋と西洋の深い違いはある。それは、「誓ひてし」という発想である。西洋なら、恋愛は、個人と個人の愛であるから、神の前に誓うというようなことはない。だが、王朝時代の習慣では、神の前に誓うのである。ただし、神といっても、神道ないしシャーマニズムの神である。絶対者としての神ではない。誓いやすいということもあったかもしれぬ。「人の命のをしくもあるかな」は、「誓ひてし」を受けていることはいうまでもない。加えて、こういう微妙な間接的表現はしない。西洋人の恋愛はもっと直接的である。

この歌の主題は、表面だけを受け取れば、恋歌ではない。だが、ことばの背後に、恋愛をかんじる。その点で、日本人の意識の深層に広く長く訴えてくる。また、過去を振りかえっての嘆きということも、王朝時代だけのものではなくて、現代の日本人の心理にも通じる。タンゴには数多く、シャンソンには、別の形で、過去を振りかえっての嘆きはうたわれている。

もうひとつ、歌の調べは、現代に通じる。低音部と高音部が微妙に調和している。この調和の故に、近代になってからも、日本人の心に呼びかける強みを保っているのだと思う。

39 参《さん》議《ぎ》等《ひとし》

浅茅生《あさぢふ》の　をのの篠原《しのはら》　しのぶれど
あまりてなどか　人の恋しき

〔口語訳〕つのる恋の思いを、じっと忍びこらえるけれども、心一つにこらえきれないで、どうしてあなたのことが恋しいのだろうか。

〔語釈〕
o浅茅生―たけの低いチガヤの生えているところ。「浅茅生の」で次の「をの」にかかる枕詞とも見られる。
oをのの篠原―野の篠竹の生えている原。「をの」の「を」は語調を整える接頭語。「…をのの篠原」までは、シノという音のつながりで次の「しのぶれど」をみちびき出す序詞。
oなどか―どうして。

〔作者〕源《みなもと》等。嵯峨《さが》天皇の曽孫。諸官を歴任したのち天暦元年に参議（太政官で大納言・中納言につぐ重職）に任命された。八八〇―九五一。

〔出典〕後撰集巻九、恋一（五七八）

本歌取り
有名な古歌を素材に歌をよむ技法。次のは本歌。
㊴浅ぢふのをのの篠原しのぶとも
　人知るらめやいふ人なしに（古今集）
㊷君をおきてあだし心をわがもたば
　末の松山浪もこえなむ（古今集）
㊾龍田川もみぢ葉流る神なびの
　三室の山に時雨ふるらし（古今集）
㊿松島や雄島の磯にあさりせし
　あまの袖こそかくは濡れしか（後拾遺）
(94)み吉野の山の白雪つもるらし
　ふるさと寒くなりまさるなり（古今集）
(97)…淡路島　松帆の浦に　朝なぎに　玉藻刈りつつ　夕なぎに　藻塩焼きつつ（万葉）

〔鑑　賞〕

茨城大学教授　山口　正

冬が過ぎて三月が来、春休みになると、待ちかねたように、近所のものが家族ぐるみで郊外の野原へ出かけるのが常だった。作ってきた食べものを交換し、大人たちは酒をくみかわしたが、子どもたちは草原の上をはねまわった。

その行事を、方言のひどい鹿児島でも「慰《なぐさ》み」と呼びならわしていた。（この春の野遊びは各地でそして今も伝わっている。）

私にとって、百人一首の中のこの歌は、幼なかった頃の「慰み」の思い出と絡み合っているようだ。茅花《ちばな》（私たちはつばなと言っていた）を抜いて食べた、甘味の記憶があまりにも懐かしくて、後に浅茅生とか浅茅原という床しい言葉に接したときそれを思い起し、やがてそれが重なり合うことになってしまったらしい。

「しのぶれど……」以下の恋の実意などは、私にとって重要ではない。作者のこと作意のことも省略する。万葉以来の序詞《じよことば》が殆ど全部そうであるように、この歌の場合も、どこかの浅茅生、どこかの小野、どこかの篠原、そういう昔懐かしい古里への郷愁が漂い流れている。

かるた取りを覚えてからも、「しのはらしのぶれど」と続く音調美が醸《かも》し出す表現の世界に、改めて魅せられる思いがしたものだ。

しのぶれど　色に出でにけり　わが恋は
ものや思ふと　人のとふまで

40　平《たいらの》　兼《かね》　盛《もり》

〔口語訳〕 じっと隠していたけれども、顔色に出てしまった、──わたしの恋は。もの思いをしているのかと、人がたずねるまでに。

〔語釈〕

○しのぶれど─包み隠しているけれど。

○色に出でにけり─顔色や様子に出てしまった。何がどのように出てしまったかは次に示されている。普通の語順によれば「わが恋は、しのぶれど、物や思ふと人のとふまで、色にいでにけり。」であるのを、倒置して表現したもの。

○ものや思ふ─もの思い（恋の悩み）をしているのか。

〔作者〕 光孝天皇の皇子である是貞《これさだ》親王の曽孫。駿河守《するがのかみ》などをつとめた。天徳四年（九六〇）内裏《だいり》歌合には、兼盛のこの歌が忠見の次の歌と合い勝を得た話は有名。？─九九〇。

〔出典〕 拾遺集巻十一、恋一（六二二）

歌合

物合せの一種で最も重要なもの。物合せの〝物〟に添えて詠んだ歌を合わせたことがはじまり。多くの歌人を集めて左右に分け、対の歌人それぞれが詠んだ和歌を比較してその優劣を競い合う文学的遊戯。平安時代から鎌倉初期にかけて文学的に発達した。

是貞のみこの家の歌合　⑤㉒㉓
寛平の御時きさいの宮の歌合　⑱
天暦の御時の歌合　㊵㊶㊹
永承六年内裏の歌合　(65)
永承四年内裏の歌合　(69)
摂政右大臣の時の家の歌合　(88)
建保六年内裏の歌合　(97)

〔鑑　賞〕

大東文化大学教授　萩谷　朴

天徳《てんとく》四年内裏《だいり》歌合《うたあわせ》の最終番、右方の講師《こうじ》右近中将博雅《ひろまさ》がこの歌を詠み上げた時、左の方人《かとうど》や念人《おもいびと》をも含めて、満座《まんざ》の人人は思わず呼吸《いき》をのんだ。左方壬生忠見《ただみ》の「恋すてふ我が名はまだき立ちにけり人知れずこそ思ひそめしか」と、全くおなじ忍恋《しのぶこひ》の、隠しても隠しきれない微妙な反応を、かくも敏感にかつ優雅に受けとめた歌があったであろうか。

判者《はんじゃ》左大臣実頼《さねより》は、優劣の判定に窮して、大納言高明《たかあきら》に譲るが、高明もまたうつ向いたまま答えようとはしない。左右の方人たちは、それぞれ、忠見の、そして兼盛《かねもり》の歌を詠み揚げて、判者を牽制しようとする。ふとその時、主催者の村上天皇が低声《こごえ》で、「忍ぶれど…」と、兼盛の歌を口ずさんでいらっしゃるのを耳にした高明が、実頼にささやく。「お上《かみ》は、右の歌がお気に召したのじゃありませんかな」。実頼は、救われたような思いで、すかさず「右方の勝ち」と宣言した。それでもまだ、慎重な性格の実頼は、自分の判定にすら釈然としない気持で、「思ふ所あり、暫らくは持《じ》に疑ふ。但し、左歌頗る好《よ》し」と、私見を記録に残している。

宮廷を挙げての晴れの歌合の結びの一番が、これだけがっちり四つに組んで、優劣決し難い名歌であっただけに、負けと判定せられた忠見は落胆して、間もなく病いの床に臥し、遂には落命したとか、行方不明になったというような、虚妄の伝説までが生じるに到ったのである。

41 壬《み》生《ぶの》忠《ただ》見《み》

恋すてふ　わが名はまだき　立ちにけり
人知れずこそ　思ひそめしか

〔**口語訳**〕恋をしているという、わたしの浮名は、早くも立ってしまった。人に知れないように、ひそかに思いを寄せ初めたのだが。

〔**語釈**〕

○恋すてふ―恋をするという。「てふ」は「といふ」と同意。

○わが名―自分の評判。

○まだき―早くも。

○人知れずこそ思ひそめしか―人に知れないように恋をし初めたのだが。「しか」は、強めの「こそ」による係り結びで、過去の「き」が已然形になったもの。「しが」ではない。

〔**作者**〕古今集の撰者のひとり壬生忠岑《ただみね》の子。摂津大目《さかん》などをつとめた。天徳四年内裏歌合で、この歌が惜敗したのが原因で病を発して没したなどというが、伝説であろう。生没年不明。

〔**出典**〕拾遺集巻十一、恋一（六二一）

部立

歌集を作る際の歌の分類のことをいう。（20ページ参照）。本書の〔出典〕のところに、例えば「拾遺集・恋・六二一」とある「恋」が部立名である。百人一首の部立別歌数は次の通り。

春の歌	六首
夏の歌	四首
秋の歌	一六首
冬の歌	六首
恋の歌	四三首
羇旅の歌	四首
離別の歌	一首
雑の歌	二〇首

〔鑑　賞〕

東京学芸大学助教授　小町谷照彦

天徳四年（九六〇）内裏歌合に、前掲の平兼盛の歌と競い合って負となったと言われている歌であるが、拾遺集ではこの歌が恋一の巻頭歌となっており、必ずしも低く評価されていたわけではない。いわゆる「忍ぶ恋」の歌であって、思い初めたばかりですぐに世間の評判になるというのは、心の中に秘めておくことができない烈しい情熱をうたったものであるが、その心情表現があらわではなく、むしろ世間の取り沙汰となってしまったことを哀感をこめて淡々とよんでいる所に、しみじみと伝わって来るものがあるように思われる。

当時の恋歌では恋の感情は情趣化されて、個人的な体験を離れて共通した美意識の対象となり、恋の様々な場面に応じて幾つかの類型的な主題が生み出されていた。この歌に見られる「名が立つ」もその一つである。恋愛の当事者に対する世間の取沙汰への微妙な反応がその内容であり、この頃に編纂された類題私撰集の古今六帖には、「名を惜しむ」「(名を)惜しまず」「無き名」などの主題があげられている。「名が立つ」はすでに万葉集より見られ、拾遺集では恋二の巻頭に十首も集中して並べられており、この歌の背景にそのような多くの類歌によって累積された豊富なイメージを想定して味読すれば、一見平明な字句のそれぞれがまた別な印象を与えるものとなろう。

君によりわが名はすでに立田山絶えたる恋のしげき頃かも（万葉・一七・平群女郎）

42　清《きよ》原《わらの》元《もと》輔《すけ》

契《ちぎ》りきな　かたみに袖《そで》を　しぼりつつ
末《すえ》の松山《まつやま》　浪《なみ》こさじとは

〔口語訳〕ふたりで約束しましたね、——互いに涙を流しながら、あの末の松山を浪が越さないように、ふたりの心は末長く変るまいと。（それなのに…）

〔語釈〕

○契りきな―約束したことだ。約束の内容は後に示される。

○袖をしぼりつつ―涙で濡れた袖をしぼりながら。

○末の松山波こさじ―末の松山を浪が越さないように心変りはすまい。「末の松山」は、宮城県多賀城町に伝説地がある。岩手県ともいう。古今集に「君をおきてあだし心をわがもたば末の松山浪もこえなむ」とあり、これを本歌とする。

〔作者〕清原深養父《ふかやぶ》の孫。清少納言の父。村上天皇の時、梨壺《なしつぼ》の五人のひとりとして後撰集をえらんだ。諸官を歴任したのち周防守《すおうのかみ》・肥後守などになっている。九〇八―九九〇。

〔出典〕後拾遺集巻十四、恋四（七七〇）

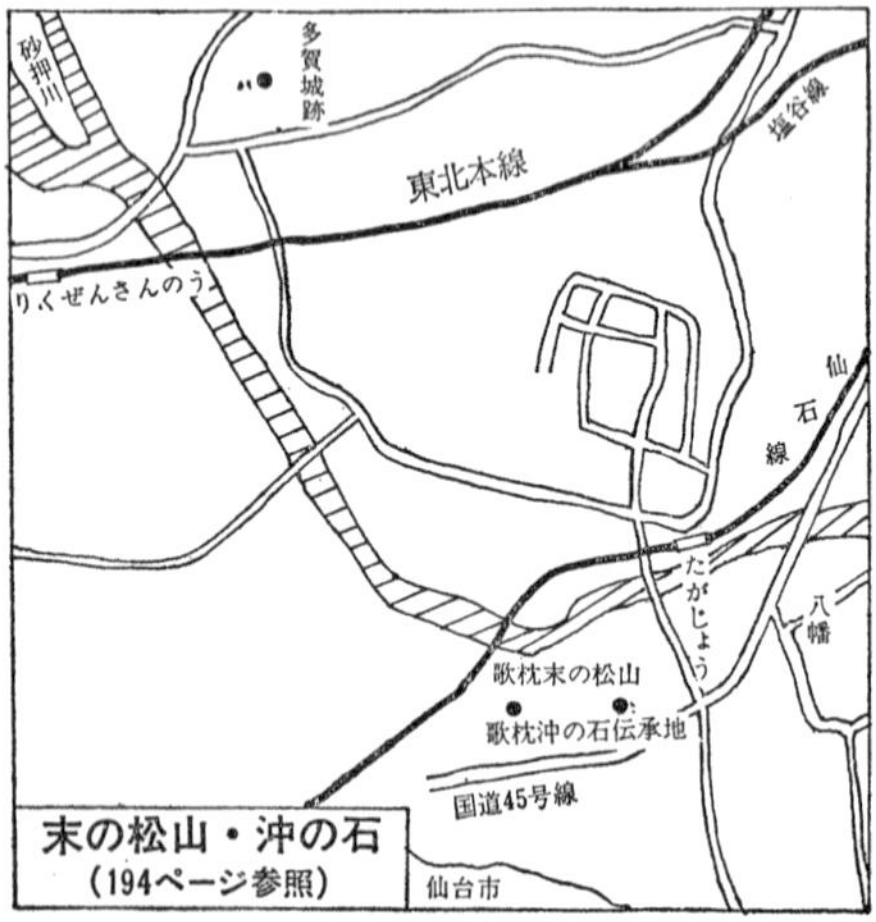

末の松山・沖の石
（194ページ参照）

〔鑑　賞〕

東北大学教授　佐藤喜代治

この和歌が「古今集」の東歌「君をおきてあだし心をわがもたば末の松山浪も越えなん」をもとにして詠まれたことは言うまでもない。末の松山は宮城県多賀城市にあるのがそれだという。海岸からは三、四キロ離れている。昭和二十五年の夏であったか、仙台地方にはまれな水害があり、その頃、末の松山に近い所から海岸に至るまで田地が水びたしになり、一面の海のように見えたことがある。その時「浪も越えなん」という歌が思い出されたのであるが、古代には海が末の松山近くまで入り込んでいたという話もある。末の松山まで浪が越えて来るのは全く根拠のない仮定ではなく、時としてあり得る事実である。そこに一抹の不安もあるのであるが、あえてそれを否定しているところにこの歌のおもしろさがある。

「古今集」の歌では「浪も越えなん」と言って、「越ゆ」という自動詞を使っているに対して、「契りきな」の歌では「浪越さじとは」と、「越す」という他動詞を用いている。浪が越えるのは自然の現象であるが、「越さじ」は「越えるようなことはしませんよ」という強い意志がはたらいている。それが「契る」という語とよく照応し、しかも「契りきな」が最初に詠み上げられ、倒置法になっていて、「契り」が強調されている。それほど固く、涙の袖をしぼって契ったのが裏切られたという悲しみが痛切に言外にひびいているのである。

43 権中納言敦忠《ごんちゅうなごんあつただ》

あひみての　のちの心に　くらぶれば
昔はものを　思はざりけり

〔口語訳〕あなたと逢って契《ちぎ》りを結んでからのせつない恋しさ、それに比べると、こうなる前は恋のもの思いなど、しなかったようなものだ。

〔語釈〕
○あひみてののちの心―恋人と逢って契りを結んでからの心。「あひみる」は、単に対面するだけではなくて、男女の関係をもつこと。
○昔はものを思はざりけり―昔は物思いなどしなかったも同然だ。契りを交わして後のせつないまでの恋しさに比べると、以前の恋の思いなど、ものの数にはいらない、という気持。

〔作者〕藤原敦忠。左大臣時平の三男。母は在原棟梁《むねやな》の娘か。人柄も容貌もよく和歌管絃にすぐれていたと言われ、天慶五年権中納言になったが、翌年早世した。九〇六―九四三。

〔出典〕拾遺集巻十二、恋二（七一〇）

きぬぎぬ
「衣衣・後朝」と書く。
男女が一夜を共寝して別れる翌朝、自分の衣服を着て別れること、またその朝をいう。（後朝の別れ）
その別れた後で贈り贈られする歌（文）を「後朝の歌(文)」という。
当時、男は、夕方女のもとに通って一夜を共寝し、翌朝別れて帰って行く風習があり、その〝翌朝の別れ〟のつらさ、うらめしさを詠んだ歌が多かった。
㊿52は詞書きによって「後朝の歌」であることがわかるが、43 80なども「後朝の歌」として解すればおもしろいかもしれない。

〔鑑賞〕

日本大学教授　森脇一夫

同じような心境を歌ったものとして、万葉集巻四に見える大伴家持が坂上大嬢に贈った歌の中に、

思ひ絶えわびにしものをなかなかに何か苦しく相見そめけむ（七五〇）

相見ては幾日《いくか》も経ぬをここだくも狂ひに狂ひ思ほゆるかも（七五一）

相見てばしましく恋は和《な》ぎむかと思へどいよよ恋ひまさりけり（七五三）

などがあり、また巻十一の「正述心緒」と題せられた作者未詳の作の中にも、

なかなかに見ざりしよりは相見ては恋しき心まして思ほゆ（二三九二）

相見ては恋慰《なぐさ》むと人は言へど見て後にぞも恋ひまさりける（二五六七）

などがある。巻十一の作品は、ほとんど末期万葉、すなわち天平期のものであろうと私は見ているが、こうした発想法は他の時代にはなく、天平期に特有のものである。

百人一首中のこの歌も、万葉に学んだものであろうと思われるが、前記万葉の諸作と比べてみると、発想が逆になっている。すなわち万葉では、相見てのちの心の状態に重点をおいて、そのますます恋しく、苦しく、狂おしいさまを直接法で歌っているのに対して、百人一首の方は、相見ぬ昔の心理を回想することを主とし、相見てのちの心の状態を間接的に表現しているのである。それだけ万葉に比べて情熱的でないともいえるが、より複雑な心情が表現されたともいえるであろう。

44 中納《ちゅうな》言《ごん》朝《あさ》忠《ただ》

あふことの　たえてしなくは　なかなかに
人をも身をも　恨《うら》みざらまし

〔口語訳〕恋しい人に逢うことが全くないとすれば、かえって人の無情を恨むこともなく、自分の不幸を恨むこともなくて、すむであろうに。

〔語釈〕

○たえてしなくは—全くないものならば。「たえて」は、全然の意。「し」は、強めの助詞。

○なかなかに—かえって。

○人をも身をも恨みざらまし—人を恨んだりわが身を恨んだりすることはないだろうに。「人を恨む」とは恋の相手の薄情を恨むこと、「身を恨む」とは自分の不幸を恨むこと。

〔作者〕藤原朝忠。三条右大臣藤原定方の五男。和歌のほかに笙《しょう》にもすぐれていたという。諸官を歴任したのち、応和三年に中納言になった。九一〇?—九六六。

〔出典〕拾遺集巻十一、恋一（六七八）

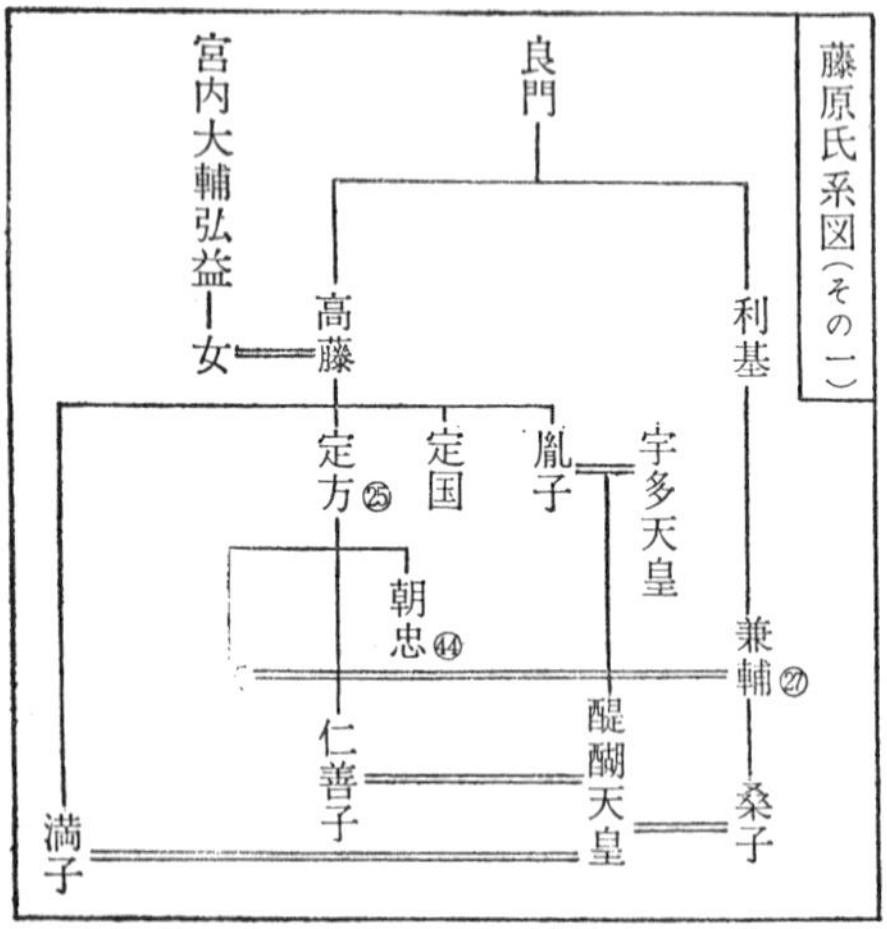

藤原氏系図（その一）

〔鑑　賞〕

大阪女子大学助教授　片桐洋一

天徳四年（九六〇）の「内裏歌合」に出詠された歌である。この歌合の恋の歌は、たとえば「百人一首」にもとられている「こひすてふわが名はまだきたちにけり」にせよ、「しのぶれど色にいでにけり」にせよ、いずれもが「未逢恋《いまだあはざるこひ》」をテーマにした歌ばかりである。また平安中期に歌壇の大御所的存在であった藤原公任の編になる『拾遺和歌抄』、そしてそれを増補した花山院の『拾遺和歌集』においても、やはり「未逢恋《いまだあはざるこひ》」の歌として配列しているのである。したがって、（なまじ逢ったばかりに、逢わぬ時の辛さが身を切るように感じられる）と補なって訳す『日本古典文学大系・歌合集』のような注は、かならずしもふさわしくない。「いやだ、逢いたくないと、はっきり断わってくれた方がかえってよい、今の生殺《なま》しのような状態の苦しさはまことに堪えがたい」という悲痛な歌なのである。

しかし、時代がくだって、定家の編になる『二四代集』では、逢ってからかえって増す恋心の苦しさをよんだ歌の中に配列され、以後『百人一首』の注釈書はおおむねこの解によっている。逢う前の烈しさに対して、こちらの方が情緒纏綿、深い余情が感じられることは確かである。作品が作者を離れて自立しているよい例であるが、『百人一首』としては、もちろん後者の解によるべきであろう。

45 謙《けん》徳《とく》公《こう》

あはれとも　いふべき人は　思ほえで
身のいたづらに　なりぬべきかな

〔口語訳〕いとしいと、わたしのことを言ってくれそうな人がいるとは思われないので、見捨てられたわたしは、このまま、むなしく焦《こが》れ死にをするばかりでしょう。

〔語釈〕

○あはれともいふべき人―かわいそうだと言ってくれそうな人。相手の女性を意識しながら一般の人のこととして表現した。

○思ほえで―思われないで。

○いたづらになりぬべきかな―むだに死ぬことになりそうだ。詞書きによれば、関係をもった女がつめたくなり逢わなくなった時の歌で、そんな状況での自分について言っている。

〔作者〕藤原伊尹《これただ》。貞信公忠平の孫。摂政・太政大臣に進み、没後謙徳公のおくり名を受けた。天暦五年梨壺《なしつぼ》に和歌所が置かれた時は別当（長官）になっている。九二四―九七二。

〔出典〕拾遺集巻十五、恋五（九五〇）

川柳（その二）

百人一首の配列の順序をうまく詠み込んでいる。

③白妙の中に山鳥おりるなり
　②⑤の歌の中に枕詞「白妙の」がある。

④奥山とかぐ山の間に富士の山
　「奥山」が⑤「かぐ山」が②で、その間に④「富士の山」がある。

⑧我庵は月と花との間なり
　「月」は⑦「花」は⑨で、その間に⑧「わが庵」の歌がある。

㉝松と紅葉の真中を花が散り
　「松」は㉞「紅葉」は㉜、「花が散り」は㉝「久かたの……」

(97)来ぬ人は花と風との間に見え
　「花」は(96)「風」は(98)、「来ぬ人」(97)は定家の歌。

〔鑑　賞〕

安田女子大学教授　仲田庸幸

これは、恋の歌である。まず作者は、わたくしをしみじみとかわいいと言ってくれるはずの人は、あなた以外には思われないと言い切っている。それなのに、そのあなたに捨てられた以上、このわが身は、ただもう焦れ死ぬばかりでしょうよ、と相手の心変りに絶望的な悲哀を秘めつつも、ますます切ない恋心を募らせ相手に強く訴えている。出典は、拾遺和歌集十五、恋五、一条摂政（藤原伊尹）であり、その詞書を見ると「物いひ侍りける女の後につれなく侍りて更にあはず侍りければ」とある。

この歌の特色は、恋の「あはれ」を高く歌いあげている点にある。平安朝の文芸が浪漫的に高められ、その「あはれ」は、和歌や物語に最高度に示された。この歌だけを見ると、作者は或は女かとも思われるほどであるが、実は藤原師輔の子の伊尹で、村上天皇の天慶五年（九五一）梨壺五人が後撰集を選んだ時の指揮者である。

作者一条摂政は、真に平安朝の「もののあはれ」の世界に呼吸した人であり、浪漫的な恋の体験者であったと言えよう。彼は四十九歳で薨じ、正一位を贈り謙徳公と諡したとあるが、いかなる権勢をもってしても、恋は意のままにならぬというところに「あはれ」がしみ出ている。

46　曽《そ》禰《ねの》好《よし》忠《ただ》

由良《ゆら》のとを　わたる舟人《ふなびと》　かぢをたえ
　ゆくへも知らぬ　恋の道かな

〔口語訳〕由良の瀬戸を漕ぎ渡る舟人が、かいがなくなって、行くえも知らず漂うように、わたしの恋は、これからどうなってゆくのか、なりゆきがわからない……。

〔語釈〕
○由良のと―由良の海峡。「由良」は紀伊の国（和歌山県）の名だが、ここは作者が丹後掾《じょう》であった関係から丹後の国（京都府北部）のそれとも言われる。
○かぢをたえ―かいがなくなり。「かぢ」は舟を漕ぐ道具で、櫓《ろ》・かいの類（楫《かぢ》）。舟のかじの緒を切らしと見る説もある。ここまでは下句の心を伝える風景で、いわゆる有心《うしん》の序。

〔作者〕平安中期の歌人。丹後掾であったので曽丹《そたん》と呼ばれ、世にいれられぬ変り者だったらしいが、歌の用語や語法に新しさを示した。九八六年までは生存したが、生没年不明。

〔出典〕新古今集巻十一、恋一（一〇七一）

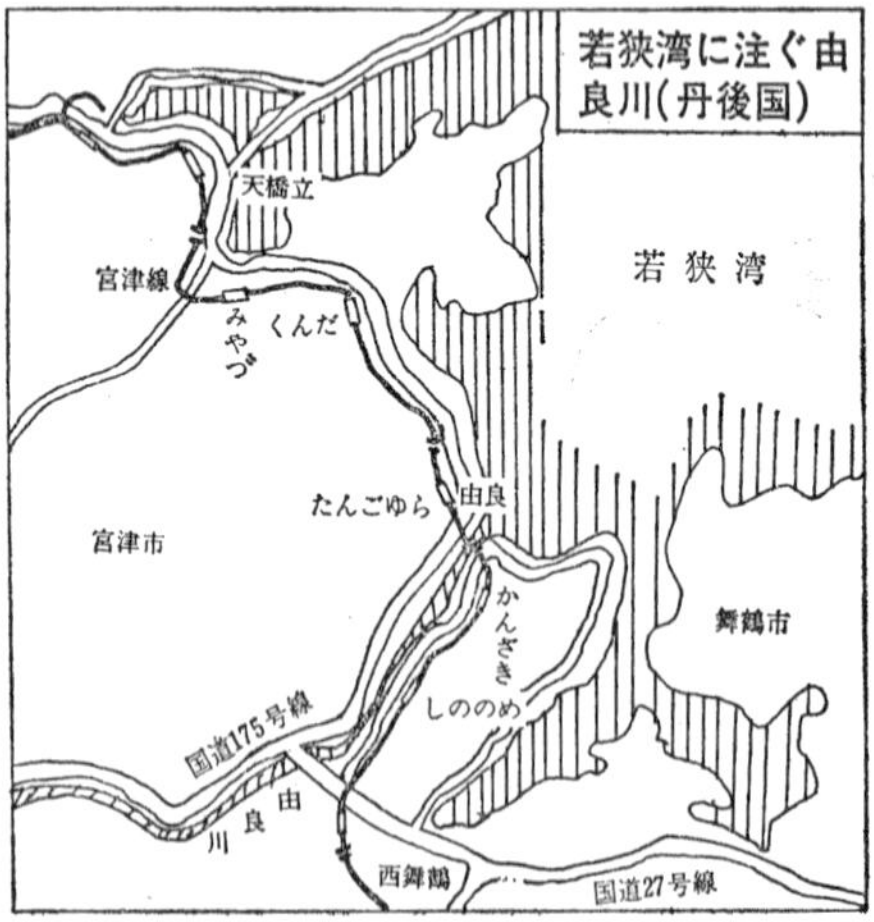

若狭湾に注ぐ由良川(丹後国)

〔鑑　賞〕

東洋大学教授　神作光一

この歌との最初の出会いは、幼少の折のかるた取りであった。それは、歌の意味もよくわからず、ただ暗記するというだけのものであった。続いて、第二の出会いは、学部の卒業論文として「曽祢好忠集」を取りあげたときであった。その卒論以来、今日まで約二十年、いまだに好忠の歌のあれこれから離れられないでいる私である。

この歌は、「好忠集」所収の「好忠百首」の「恋十」首の巻頭に置かれている。「好忠百首」は、平安時代天徳末年（九六〇年）、好忠三十数歳の折の成立にかかる。この百首歌の中には「類よりもひとり離れて飛ぶ雁の友に遅るるわが身悲しな」のごとく、身の不遇を象徴的に歌いあげた秀歌も数多く含まれていて、味わうべき作品が多い。

象徴的といえば、この「由良のとを」の一首も、上の句の意味が象徴的に下の句にかかっているいわゆる有心《うしん》の序《じょ》を用いた巧みな歌である。それは、単に音のつながりから用いた序詞というのではなく、下の句の内容に非常に緊密に結びついた序詞の手法というべきであって、恋心の不安や動揺が、みごとに表出されていると解せる。したがって、「三奥抄」（長流）や「改観抄」（契沖）のごとく、この一首を比喩で説くのは当るまい。「百人一首雑談」（戸田茂睡）や「嵯峨の山ぶみ」（斎藤彦麿）が指摘するように、藤原良経の「かぢを絶え」（新古今・恋二）はこの歌を本歌としている。

47 恵《え》慶《ぎょう》法《ほう》師《し》

八重《やへ》むぐら　しげれる宿の　さびしきに
人こそ見えね　秋はきにけり

〔口語訳〕葎《むぐら》が茂りに茂ったこの家が寂しいので、人はだれも訪れてこないけれど、秋だけはやって来た。

〔語釈〕

○八重むぐら—幾重にも生い茂った葎《むぐら》。「むぐら」は、茂ってやぶを作るつる草の総称。

○さびしきに—寂しいので。ただし「に」の解し方によって、寂しいのに、とも、寂しい所に、とも解される。

○人こそ見えね—人は見られないけれど。

○秋はきにけり—秋はやってきた。詞書きに「河原院にて、荒れたる宿に秋来るといふ心を人々よみ侍《はべ》りけるに」とある。

〔作者〕平安中期の歌人。花山天皇ごろの人で、播磨《はりま》の講師《こうじ》であったという所伝によれば、国分寺の僧として仏典の講義などしたこともあったのであろう。生没年その他詳しい伝記不明。

〔出典〕拾遺集巻三、秋（一四〇）

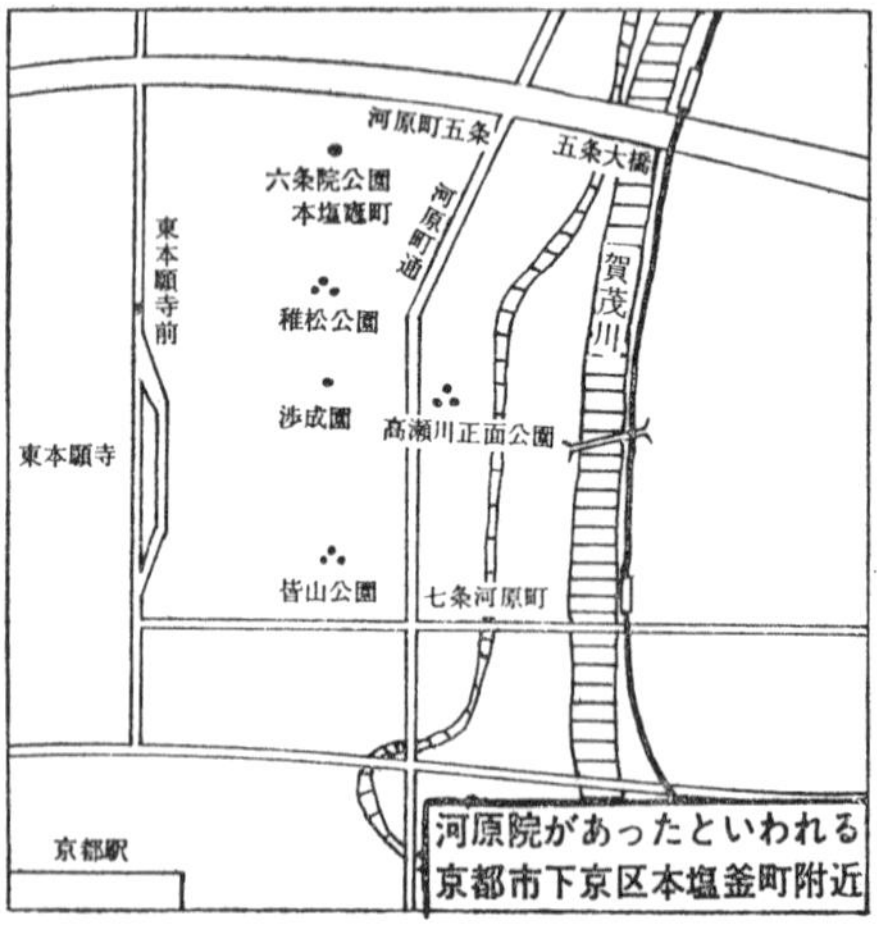

河原院があったといわれる
京都市下京区本塩釜町附近

〔鑑 賞〕

国文学研究資料館教授　古川清彦

「河原院《かはらのゐん》にて、荒れたる宿に秋来るといふ心を人々に詠《よ》み侍《はべ》りけるに　恵慶法師」という詞書《ことばがき》のある『拾遺集』巻三秋歌に収められている作品で、類歌に紀貫之の「訪ふ人もなき宿なれど来る春は八重葎《むぐら》にもさはらざりけり」（新勅選集巻一）がある。春と秋の相違で同じ八重むぐらという荒地の景物も違った印象を与えることは日本人の季節感として当然のことであろう。河原院は六条坊門の南、万里《まり》小路の東にあって、河原左大臣源融《みなもとのとおる》の在世中、この院の庭に奥州塩竈《しおがま》の浦の景色を模造していた。その河原院が後に荒れはてた時に、そこに集まった人々が、荒れた宿に秋が来たという趣を各々歌に詠んだ際のものなのである。「ひとこそ見えね」は「ど」を補って読む。そこに一種の理くつが入って「人は訪れないが秋が来た。」という対照となる。具体的な人と、観念的な秋の対比があって、しかも作者自身は訪れて秋を痛感しているところに面白味がある。そうした理くつを感じさせないのは、「八重むぐら」「宿」という調《しら》べの好さと、秋を擬人化して同感させる明快な歌いぶりであろう。『狂歌百人一首』に「八重むぐら茂れる宿のさびしさに恵慶法師のあくび百ぺん」とあるのは笑止であるが、秋を淋しむ心が日本人にある限り、この歌を愛唱する人もかなりあるのではあるまいか。私は少年時代に塩竈の浦を眺めて育ったので、詞書にひかれてこの作品に一種の親しみを持っていることを付記しておく。特に下の句に廃園の美を感ずるのである。

48 源《みなもとの》重《しげ》之《ゆき》

風をいたみ　岩《いは》うつ波の　おのれのみ
くだけて物を　思ふころかな

〔口語訳〕風がはげしいので、岩を打つ波が砕けて散る、その波のように、わたしだけ、さまざまに心も乱れて恋のもの思いをするこのごろである。

〔語釈〕

○風をいたみ—風がはげしいので。「…を…み」は「…が…ので」の意。「いた」は形容詞「いたし」（はなはだしい意）の語幹。

○岩うつ波の—岩を打つ波のように。

○おのれのみ—自分だけ。恋の相手が平気なのに対して言う。

○くだけて—波が砕けるように心が砕けて（思い悩んで）。

〔作者〕清和天皇の皇子貞元親王の孫。帯刀先生《たちはきせんじょう》（東宮を警備する職員の長）をはじめ諸官を経て、相模権守《さがみのごんのかみ》になり、最後は陸奥《むつ》で没した。？—一〇〇一？

〔出典〕詞花集巻七、恋上（二一〇）

序詞
ある語を引き出すために、枕詞のように語句の上に付す修飾語。枕詞が一句であるのに対し、二句以上からなる。

㊽風をいたみ岩うつ波のおのれのみ
くだけて物を思ふころかな
「風をいたみ岩うつ波の」までが「おのれのみくだけて」の序詞。

③あしびきの山鳥の尾のしだり尾の
ながながし夜をひとりかも寝む

⑭みちのくのしのぶもぢずり誰ゆゑに
乱れそめにしわれならなくに

⑱すみの江の岸による波よるさへや

㊴浅茅生のをのの篠原しのぶれど

㊿有馬山ゐなの笹原風ふけば
いでそよ人を忘れやはする

〔鑑 賞〕

愛知教育大学教授 樋口芳麻呂

源実朝の歌に、「大海の磯もとどろによする波われてくだけてさけて散るかも」という、伊豆の荒磯に激突する波を凝視した作があるが、源重之の歌も、風の激しさに岩頭でしぶきをあげて飛散する波が連想されている。が、重之の詠は恋歌で、少しも自分の気持を汲もうとしない相手の女性がゆるぎない岩と映り、一方、そうしたつれない人を慕って日夜千々に心を砕き思い悩む自分がはかない波と感ぜられ、まことに苦しく切ないというのである。この歌は、「おのれのみ」の句が一首の眼目で、使い方が絶妙である。「岩うつ波の」をすぐ「くだけ」に続けては平凡に堕するのである。それに比べると、「くだけて物を思ふころかな」は、同じ表現が曽祢好忠の歌にもみられるように、類型的で、軽く流してしまった感がある。この歌は、重之がある特定の女性に絶望的な恋をしていたときによんだ歌のようにみえるが、実は机上での想像作である(もちろん、自身の過去の恋愛体験が生かされていよう)。すなわち家集によれば、冷泉院の東宮時代(院は康保四年〈九六七〉十八歳で天皇になるから、それ以前)、年若い重之は東宮護衛武官の隊長をつとめており、東宮から、「お前が歌百首をよむというのなら、三十日の休暇を与えよう」といわれ、休暇を頂戴して、一か月がかりでよんだ百首中の一首である。歌人としての面目をかけ、東宮の期待に答えるべく練りに練った百首だけに、序詞の使用の巧みな、定家好みのこの歌も詠出されたのであろう。

49　大中臣《おおなかとみの》能宣《よしのぶ》

みかきもり　衛士《ゑじ》のたく火の　夜《よる》はもえ
昼《ひる》は消えつつ　物をこそ思へ

〔口語訳〕御所の御門を守る衛士《えじ》のたく火が、夜は燃えて昼は消えている、そのように、わたしの心は恋の炎が夜は燃えて、昼は消え入るばかりになってもの思いにふけるのだ。

〔語釈〕

○みかきもり—御垣守《みかきもり》。皇居の諸門を守る人。

○衛士のたく火の—衛士のたくかがり火のように。「衛士」は諸国から召され皇居の警備に当る兵士。

○夜はもえ—夜は火が燃えるように恋の激情を燃えたたせ。

○昼は消えつつ—昼は消え入るようになってもの思いに沈んで。恋心が消えるのではない。

〔作者〕神官の家の出身で、神祇大副《じんぎたいふ》・祭主になった。歌人としては梨壺の五人のひとりで、後撰集の撰進にあたっている。九二一—九九一。

〔出典〕詞花集巻七、恋上（二二四）

百人一首作者親子関係

①天智天皇—②持統天皇
⑫僧正遍昭—㉑素性法師
⑬陽成天皇—⑳元良親王
㉕三条右大臣—㊹中納言朝忠
㉚壬生忠岑—㊶壬生忠見
㊷清原元輔—(62)清少納言
㊺謙徳公—㊿藤原義孝
(55)藤原公任—(64)権中納言定頼
(56)和泉式部—(60)小式部内侍
(57)紫式部—(58)大弐三位
(71)大納言経信—(74)源俊頼—(85)俊恵法師
(76)法性寺入道前関白太政大臣—(95)前大僧正慈円
(79)左京大夫顕輔—(84)藤原清輔朝臣
(83)皇太后宮大夫俊成—(97)権中納言定家
(99)後鳥羽院—(100)順徳院

〔鑑賞〕

昭和女子大学教授　保坂都

本歌は大中臣能宣の家集にはなく、『詞花和歌集』（恋上）と『八代知顕抄』（恋二）には「題しらず」で能宣の作とし、『古今和歌六帖』（第一）には作者名なく「火」の題で「昼は絶え夜は燃えつゝ」と三・四句に相違がある。家集にないといって能宣作でないとする理由はなく、勅撰集の詞花集に能宣作としている以上選択に根拠があろうし、定家の『八代知顕抄』『百人一首』も之に従ったものであろう。

恋歌である。一・二句が序詞で三句の「衛士のたく火」を引き出し、「もえ」に火の燃え恋にもえる意、「きえ」に火の消える恋心の消沈をかけて内容を複雑にし、衛士、たく火　もえ　きえの縁故のある語をおいて情調に含意を深め、夜と昼　もえときえの対語をもって印象を鮮かにしている。これらの修辞はいずれも部分的に作者の知と才が中心となっているが、全体的には恋のはげしさ切なさを、宮門警護の衛士のたく火の様に譬えて作者の感動が基盤となっている。暗黒の夜空に燃えさかる衛士のたく火の印象的な情火、昼はうって変った消沈の様相が作者の脳裏に強く刻印されていた事であろう。理智と感情のあざやかな融合の世界である。これから連想されるのは更級日記の武蔵国竹芝の伝説である。長文で鮮明に書き綴られた衛士のはげしい恋情と共通するものを感ずる。能宣もこの伝説を既に知っていて作歌のヒントとなったのではなかろうか。本歌は平安朝和歌の特色を生かして貴族の恋心を象徴したもので、着想と表現の老巧さを遺憾なくあらわしている。

50 藤《ふじ》原《わらの》義《よし》孝《たか》

君がため　惜《を》しからざりし　命《いのち》さへ
長くもがなと　思ひけるかな

〔口語訳〕あなたのためにに、逢えさえすれば惜しくはないと、そう思ったこの命までも、逢うことのできた今は惜しくなり、ながらえて逢い続けたいと思うようになりました。

〔語釈〕
○君がため―あなたのために。「君」は、ここでは恋人である女性をさす。
○惜しからざりし命さへ―惜しくないと思った命まで。
○長くもがな―長くあってほしい。歌の詞書きに、「女のもとより帰りてつかはしける」とあり、逢う望みがかなえられると、長く生きて幸福を持続させたいと願うのである。

〔作者〕謙徳公藤原伊尹《これただ》の三男。右近少将になり、仏道を深く信じたと伝えられるが、天然痘のため、兄と同じ日に若くして没した。九五四―九七四。

〔出典〕後拾遺集巻十一、恋二（六六九）

詞書き

歌の前にあって、その歌をいつ、どこで作ったかの事情や理由などを述べた前書きのことをいう。この詞書きがないとその間の製作事由が不鮮明で歌の真意を解することができない場合がある。

これに対して歌の後にある注記を左注といって、詞書きを補足する役をしているが、これは後世書き加えられる場合が多い。

なお詞書きに「題知らず」と書かれてあるものがあるが、題が不明で何を詠んだかわからない、というのではなく、製作事情が不明、ということである。百人一首の中での「題知らず」は26首と約四分の一。

〔鑑　賞〕　　　　実践女子短期大学教授　喜多義勇

「かくばかり恋ひつつあらずは高山の磐根しまきて死なましものを」（万葉、磐姫皇后）はじめ、命をかけての恋を歌った歌は非常に多く、「かくのみし恋ひしわたればたまきはる命も我れは惜しけくもなし」（万葉、抜気大首）のように、恋のためには命も惜しくないとする歌が多く見られる。そして、「よそながらあひ見ぬほどに恋ひ死なば何にかへたる命とかいはむ」と、恋の成立しないままに死ぬのは無意味だといったり、「命をばあふにかふとか聞きしかど我れやためしにあはぬ死にせむ」と、恋の不成立のままに死んで見せようという。後撰集では、「源信明、たのむことなくは（イおもふ事ならずは）死ぬべしといへりければ、中務、いたづらにたびたび死ぬといふめればあふには何をかへんとすらん」、「返し、信明、死ぬ死ぬと聞く聞くだにもあひ見ねば命をいつのよにか残さむ」という贈答歌があり、まだ成立しない恋と死とを結びつけるのが、一つのきまり文句になって、全く新しさが感じられなくなってしまった。お互に死をもてあそんでいるとしかいえない。その状況の中で、この義孝の歌は、「女（人集）のもとより帰りて遣しける（つとめて集）」と詞書するように後朝（きぬぎぬ）の歌で、熱烈に求めていた恋の成立のあとの気持を素直に歌ったところに新しさがあり、「長くもがな」と願うのは、自分の命とともに、女との結びつきがいつまでも続くことを願っている、愛情の素直な表現が見られ、義孝の人柄がにじみ出ている。

51　藤原実方朝臣《ふじわらのさねかたのあそん》

かくとだに　えやはいぶきの　さしも草
さしも知らじな　もゆる思ひを

〔口語訳〕こんなに慕っているのです、とさえ口に出せないでいるので、わたしの内に燃える思いの火があるのを、そうとはご存じないでしょうね。

〔語釈〕
○かくとだに—こういうふうに（恋い慕っている）とさえ。
○えやはいぶきのさしも草—言うことができようか、の意味の「えやは言ふ」に「伊吹のさしも草」を掛けた。さしも草はモグサにするヨモギで下野《しもつけ》（栃木県）の伊吹山はその産地。「伊吹のさしも草」で序詞として次の「さしも」にかかる。
○もゆる思ひ—恋の激情。さしも草—燃ゆる—火で、縁語。

〔作者〕左大臣師尹《もろただ》の孫。歌才があり、官は左近中将になったが、藤原行成と争って陸奥守《むつのかみ》に左遷され、任地でなくなった。
?—九九八。

〔出典〕後拾遺集巻十一、恋一（六一二）

伊吹山（栃木市吹上町）51の伊吹山はここが本ものらしい

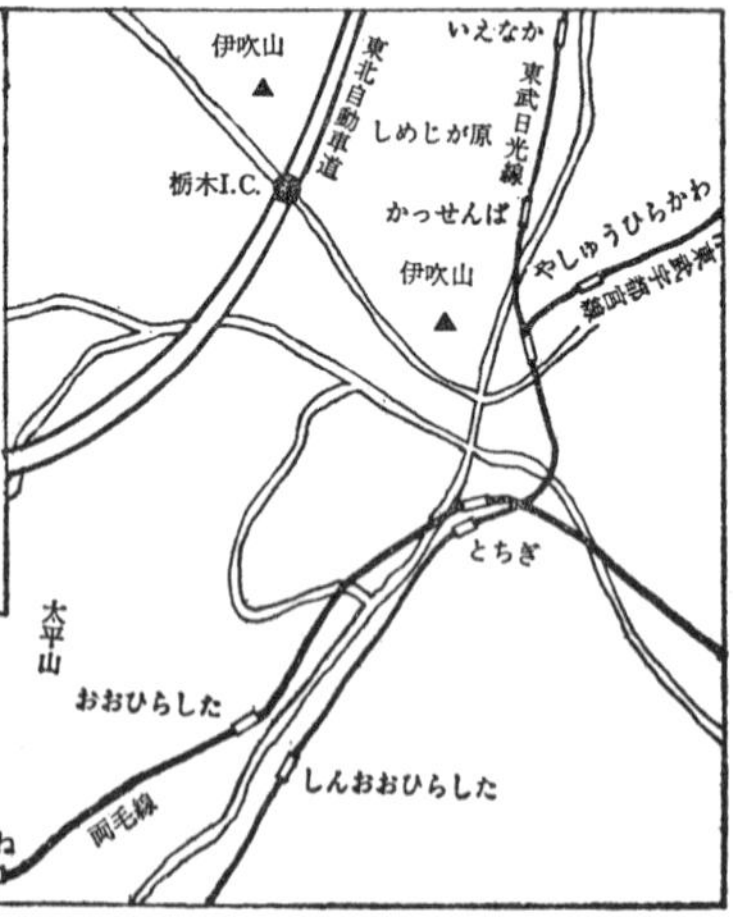

〔鑑　賞〕

池坊短期大学教授　宮田和一郎

この歌は後拾遺恋一（六一二）に「女にはじめてつかはしける　藤原実方朝臣」として出ている。わたしの胸の中に燃えている思いの火を、「この通りの有様です」とだけでも打明けかねていることを、あなたはそうともご存じないでしょうね、の意味で、女に対する熱情を打明けかねている胸の中のもどかしさをうったえているのである。燃える思いをさしも草に託すことは、古今六帖六に「あぢきなや伊吹の山のさしも草おのが思ひに身をこがしつつ」とあり、新古今恋一和泉式部の「今日もまたかくや伊吹のさしも草さしも我のみ燃えやわたらむ」ともあって、実方の独創ではない。実方は、この歌からみると、じつにおとなしい、ひかえめな内気者のようにみえるのであるが、それはまだ手に入れない前の女に対する当時一般の男子の仮面にすぎないのであろう。

実方には実方朝臣集という家集もあり、勅撰集には六十四首も入っている。歌人として自他ともにゆるされておったのに、清涼殿の殿上の間で、一条帝の御前において、能書家藤原行成に、その歌について面罵され、逆上して行成の冠を地上にうちおとし、ために「歌枕見てまゐれ」と陸奥守に左遷され、再び都を見ることもなく、かの地で歿した。後に上賀茂の境内に橋本社として祀られ、業平の岩本社とともに歌人の尊信をうけておったことが徒然草に見えている。

52　藤原道信朝臣《ふじわらのみちのぶのあそん》

あけぬれば　暮るるものとは　知りながら
なほ恨《うら》めしき　朝ぼらけかな

〔口語訳〕夜が明けたからには、いずれ日が暮れるもの、また逢う時が来る、とは知りながらも、やはりあなたと別れる夜明けが恨めしいのです。

〔語釈〕
○あけぬれば暮るるもの―夜が明けたからには、やがて日が暮れるもの。平安時代の貴族社会の風習では、男性は、夜間に愛する女性のもとに来て一夜を過ごし、夜明け前に去るのが常識であった。したがって、夜明けは愛する人に別れる時、日暮れは愛する人に逢える時を意味した。
○なほ―それでもやはり。

〔作者〕右大臣藤原為光の三男。諸官を歴任したのちに、左近中将・美濃権守《みののごんのかみ》などになっている。早世して歌才を惜しまれたという。九七二―九九四。

〔出典〕後拾遺集巻十二、恋二（六七二）

時刻を表わすことば

百人一首の中で夕方から朝までの時を示す語を挙げる。
○夕暮れ＝夕方。(70)(87)(98)
○よひ＝夜になってまだ間もないころ。(36)
○夜ふけ＝午後十一時ごろ？(6)(59)(94)
○夜半＝真夜中、夜間。(57)(68)
○あかつき＝夜のあける少し前。(30)
○あさぼらけ＝ほんのり明るくなるころ。(31)(52)(64)

〔鑑　賞〕　　　　　　　　早稲田大学教授　伊地知鐵男

当時の慣習として、男は夕暮になれば女の許へ通い、一夜をともにし翌朝は、夜の明けぬさきに帰って、逢えたうれしさと別れのつらさを女に告げる後朝《きぬぎぬ》の便りを書くのが恋の日課であった。したがって夜の明けるのは女と別れねばならない時であり、暮れれば女に逢える時である。

歌は、後朝の和歌であり、朝になれば必ず夕暮がきて、また逢えるのだと、理性では理解できても感情的に納得できない恋の苦しさ、恨めしさを訴えたものである。「……ぬれば……ながら、なほ……かな」とつづく修辞は、思い切りのわるい理屈ぽい心情ではあるが、別れ際《ぎわ》になってまで別れの恨めしさを理屈と誇張で楽しんでいるのは、裏をかえせば王朝貴族の好色者《すき》たちが好んだ生活感情でもあった。しかもそのうえ、『道信朝臣集』の詞書によれば、この歌は、よく居留守をつかって逢おうとしなかった女とやっと一夜をともにした後朝の歌になっている。そうした事情をふまえてみると、年来憬れつゞけてきた女との今朝の別れのつらさ、恨めしさが一層明らかになる。一見、女女しいような歯切れのわるい、ねばりっこい歌の修辞で、別れの恨めしさを訴えることは、かえって憬れの女に逢えた感激を強調したものになっている。

53 右大将道綱母《うだいしようみちつなのはは》

なげきつつ　ひとりぬる夜の　明くるまは
　いかに久しき　ものとかは知る

〔口語訳〕嘆きながら、わたくしひとり寝る夜の、明けるまでの間は、どれほど長く思われるものか、ご存じですかしら。

〔語釈〕
○なげきつつ—（あなたの来ないのを）嘆きながら。作者の夫になった藤原兼家は、他の女性とも関係をもち、そのために作者は悩むところがあった。
○ひとりぬる夜—ひとりで寝る夜。夫の訪れがないのをいう。
○明くる間—夜が明けるまでの間。なお、蜻蛉日記によれば、兼家が門をたたいたが作者は門をあけさせなかったと見えるので、門をあける間ということを響かせた表現であろう。

〔作者〕伊勢守藤原倫寧《ともやす》の娘。歌才にすぐれ、美人であったと伝える。藤原兼家の妻となり、子に道綱がある。その実生活に基づいて「蜻蛉《かげろう》日記」を書いている。九三七？—九九五。

〔出典〕拾遺集巻十四、恋四（九一二）

百人一首作者忌日

55	藤原公任	76	一月一日（長久二）
71	源経信	82	一月六日（承徳元）
75	藤原基俊	87	一月一六日（康治元）
89	式子内親王	?	一月二五日（建仁元）
93	源実朝	28	一月二七日（承久元）
86	西行	73	二月十六日（建久元）
99	後鳥羽院	60	二月二二日（延応元）
24	菅原道真	59	二月二五日（延喜三）
91	藤原良経	38	三月七日（建永元）
98	藤原家隆	80	四月九日（嘉禎三）
53	道綱母	?	五月二日（長徳元）
84	藤原清輔	74	六月二〇日（治承元）
87	寂蓮	?	七月二〇日（建仁二）
97	藤原定家	80	八月二〇日（仁治二）
100	順徳院	46	九月一三日（仁治三）
95	慈円	71	九月二五日（嘉禄元）
2	持統天皇	58	一〇月二二日（大宝二）
73	大江匡房	71	一一月五日（天永二）
83	藤原俊成	91	一一月三〇日（元久元）
11	小野篁	51	一二月二二日（仁寿二）

〔鑑　賞〕　　明治大学教授　木村正中

道綱母が藤原兼家と結婚をした翌年、天暦九年（九五五）の秋のころ、彼女は夫の文箱《ふばこ》に、夫が他所の女に遣る手紙を見つけた。また、ある夕方、兼家は「宮中にのっぴきならぬ用事がある」などと言いわけをして出ていく。不審に思って跡をつけさせたところ、案の定、かれの車は「町の小《こう》路《じ》」の女の家の前に止まった。それから二、三日した暁《あかつき》がた、兼家が門を叩くのに道綱母は気づいたが、わざと開けなかった。するとかれは直ちに目的地を変更して、町の小路へ向かったらしい。彼女はそのまま黙ってはおれなくて、朝、早速「なげきつつ」の一首を兼家に遣った。

『蜻蛉日記』にはこのように記されている。男をいかに厳しく拒絶しても、それが男に何ほどの痛痒《つうよう》をも感じさせないことは、わかりすぎるほどわかっているのに、しかしなお、そのいやされぬ鬱情を訴え、男への空しい抵抗を試みて、詠まれているのが、この道綱母の歌である。「独り寝の夜明けがいかに長いか」という空閨の嘆きに加えて、「戸を開ける間も待ちされないあなたにそれがわかろうはずもない」という皮肉をこめる。それに対する兼家の返事、「夜が明けるまで、いや、戸を開けてくれるまで、待とうと思ったけれど、急ぎの使いが来て……。げにやげに冬の夜ならぬ真木《まき》の戸もおそくあくるはわびしかりけり」は、冗談めかして彼女の気持をはぐらかす。こうしてみると、「なげきつつ」の歌は愛に生き愛に悩む女の心を、いかに悲しく歌いあげていることか。

54　儀《ぎ》同《どう》三《さん》司《しの》母《はは》

忘れじの　ゆく末《すゑ》までは　かたければ
けふを限りの　命ともがな

〔**口語訳**〕わたくしを末長く忘れまいと言ってくださる、その遠い行く末までお心の変らないのはむずかしいことですから、このしあわせな今日《きょう》を限りに死ぬことができたらと存じます。

〔**語釈**〕

○忘れじのゆく末—いつまでも忘れまいと、わたくしにあなたが言われる、その遠い将来。詞書きに「中関白《なかのくわんぱく》通ひそめ侍りけるころ」とある。「中関白」は藤原道隆。

○かたければ—むずかしいから。

○けふを限りの命ともがな—きょう限りの命であってほしい。幸福の絶頂にあるきょう限りで死にたい、という気持。

〔**作者**〕高階《たかしな》成忠の娘。名は貴子《たかこ》。円融天皇に仕えて高内侍《こうのないし》と呼ばれた。藤原道隆の妻となり、子に定子（一条天皇の皇后）・伊周《これちか》（儀同三司すなわち准《じゅん》大臣）・隆家がある。？—九九六。

〔**出典**〕新古今集巻十三、恋三（一一四九）

百人一首の種類

普通「百人一首」と言えば「小倉百人一首」をさすが、類書が多い。

後撰百人一首—二条良基（？）
新百人一首—足利義尚（？）
武家百人一首—榊原忠次（万治三）
続武家百人一首—松平定次（文政六）
後撰武家百人一首—松平定次（文政七）
女房百人一首—撰者不詳（？）
源氏百人一首—黒沢翁満（天保一二）
畸人百人一首—撰者不詳（嘉永五）
新葉百人一首—松平楽山（？）
古今百人一首—佐々木弘綱（明治一五）
明治百人一首—石丸忠胤（明治二五）
教訓百人一首—後藤和子（明治三九）
愛国百人一首—日本文学報国会（昭和一七）

など今日までに九百種を越えている。

〔鑑賞〕

椙山女学園大学教授　藤田福夫

不安な未来を想察した理性の中に激しい想いがこめられている。恋愛についてけ不安定な境遇にあった平安時代の女性であったが、わけても「中関白通ひそめける頃」（新古今集）という愛の初期における不安な心情が心をうつ。そうした愛の初期の幸福状態のままにいっそ命を絡りたいというのは、実存的な考えの強い現代人にとって特に共感が深い。昔も今も愛の保証に確かなものがあるわけではない。長い生涯の間の一刹那とも言うべき今日一日の愛が確かなものであるにすぎない。その今日、この時に愛のすべてをかけようとする、不安の幸福の思いに接すると、我々は「今日を限り」ではなく、むしろ「今を限りと」とうたいたい。

わずか数首の作を残しているにすぎない作者だが、切実な秀品を残したのに感嘆する。一首の絶唱を残し得たら歌人は満足すべきかもしれない。百人一首中、出色の恋歌であり、萩原朔太郎は「新古今恋歌中の名歌と言うべきである」（恋愛名歌集）という。特殊な表現も見られず、具体的なところも無いにかかわらず、強く現代に訴える力があるのは愛の不安という第一原理に触れているとともに一、二句が単なる抽象的な未来を言うのでなく、男の約束のことばの語気を感じさせるからでもあろう。与謝野晶子は「明星」第七号に「わすれじ」の題で鉄幹との出会いの思い出を美しく描いた。早くから日本の古典に親しんだ彼女のこととてこの歌の心が裏うちされているように思われる。

55　大《だい》納《な》言《ごん》公《きん》任《とう》

滝の音は　たえて久しく　なりぬれど
名こそ流れて　なほ聞こえけれ

〔口語訳〕この滝の音が絶えて、久しい年月になったけれど、その名は長く流れ伝わって、今なお広く世に聞こえている。

〔語釈〕

○滝の音はたえて―滝の音はしなくなって。拾遺集の詞書きに「大覚寺に人々あまたまかりたりけるに、ふるき滝をよみ侍りける」とある。京都市西郊、嵯峨《さが》の大覚寺は、もと嵯峨上皇の離宮で、そこに滝が落とされ、滝殿が造られたという。なお拾遺集本文の多くは「滝の糸…」、千載集では「滝の音…」

○名こそ流れてなほ聞えけれ―（滝の）名声は伝わって今なお世間に聞こえている。「流れ」「聞え」は「滝」の縁語。

〔作者〕藤原公任。関白頼忠の子。権大納言になった。漢詩・和歌・管絃の三つにすぐれた才人だったという。「和漢朗詠集」その他編著が多い。九六六―一〇四一。

〔出典〕拾遺集八、雑上（四四九）　千載集巻十六にも。

〔鑑　賞〕　　　　　宮内庁書陵部図書調査官　橋本　不美男

初・二句(た)、たたみかけるように三・四・五句（な）と踏んでいる頭韻。滝にはじまり、音・絶え・流れ・聞え、と連続する縁語のかさなり。洗練された表現による流れるような調べとは、実にこのような歌をいうのであろう。反面、流麗すぎて心にとまらず、内容は空疏ともいわれる。

しかしながら、この歌は、公任の晴《はれ》の歌でもないし、対象を熟視した独詠歌でもない。道長体制が始動したばかり、三十四歳の指導者道長をかこみ、ほぼ同世代の側近達による、騎馬での晩秋野《のの》逍遥《しょうよう》の一コマでの詠である。場所は嵯峨の大覚寺滝殿、この野逍遥のはじめの目的地であった。

今に名声の残る旧嵯峨上皇離宮の佳景、往時を偲ぶには余りにも変りはてていると聞いている。しかしながら、馬をとどめ、朝霧を通して耳目を凝らすと、かすかなせせらぎが聞えてくるではないか。たちまちに人々の脳裏には、二世紀前の名滝が再現される。この時、思わず公任の口を衝いて誦せられたのが、この感慨であり、一同も同感し、口々にこの歌を朗詠したのであろう。

この日、一行は此処をでて大井河畔にいたり逍遥、「処々尋紅葉」の題で歌を詠み、道長邸へ帰って和歌が披講された。しかし、同行した藤原行成の日記には、披講歌は全くとどめられず、「初め滝殿に到り、右金吾（公任）詠じていはく」として、この一首のみが書きとどめられている。この一行の西山巡りにおける美的造形は、この公任の一首に尽きていたのであろう。

56　和泉式部《いずみしきぶ》

あらざらむ　この世のほかの　思ひ出に
いまひとたびの　あふこともがな

〔口語訳〕間もなくわたしは世を去るでしょうが、あの世での思い出になるように、どうかもう一度お逢いしたいものです。

〔語釈〕

○あらざらむ―この世にいなくなるであろう。歌の詞書きに、「心地《ここち》例ならず侍りけるころ、人のもとにつかはしける」とある。病気で自分が死ぬだろうと予測する気持。この初句でいったん切れると見るのがよいか。後へ続ける考えもある。

○この世のほか―現世以外。あの世。

○あふこともがな―逢う瀬がほしい。

〔作者〕越前守大江雅致《まさむね》の娘。和泉守橘道貞《みちさだ》と結婚し、二人の間に小式部が生まれたらしい。ついで為尊《ためたか》親王、さらに弟宮の敦道《あつみち》親王と恋をした。後者を描く歌日記が「和泉式部日記」。のち藤原保昌《やすまさ》の妻になった。生没年不明。

〔出典〕後拾遺集巻十三、恋三（七六三）

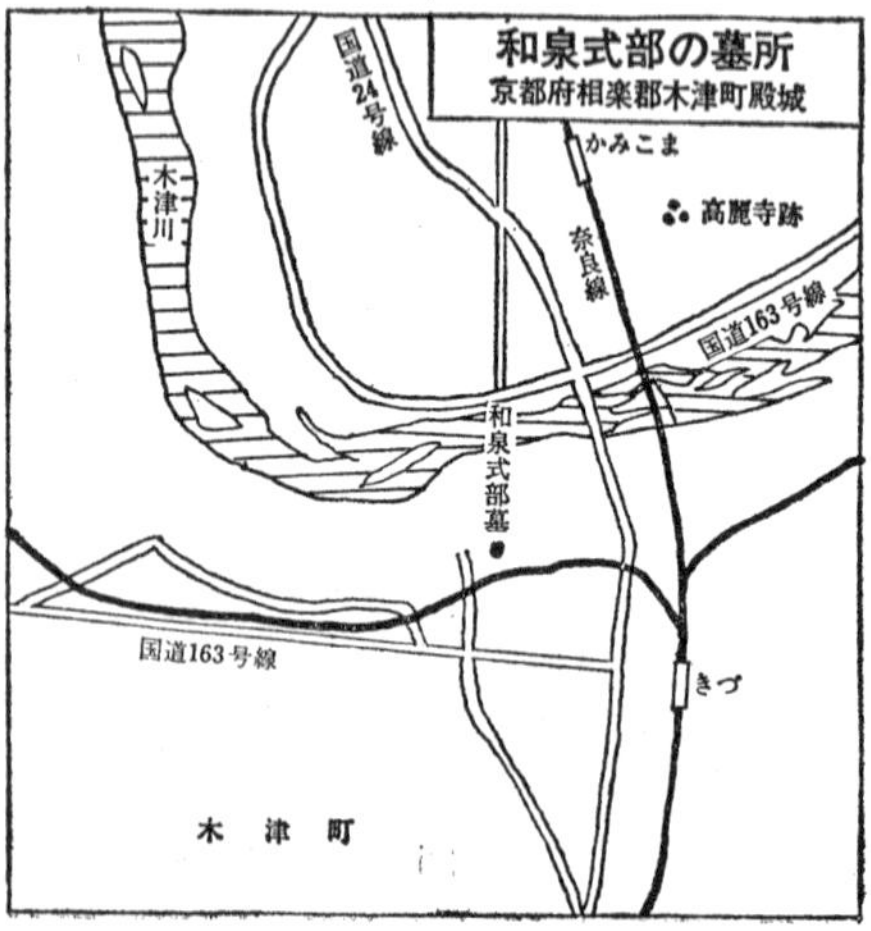

〔鑑　賞〕

比治山女子短期大学教授　清水文雄

戦後間もないころ、高見順の『今ひとたびの』という小説が新聞に連載されたことがある。つい読みそびれたが、今も作品の名だけははっきり覚えているのをみると、題名からこの歌を連想したからであろうが、そればかりでなく、この詞句には、心をとらえる、なにか不思議な響きがある。

宗祇が、この歌について、「そのおもひのせつなる心を思ひやりて見侍るべきなり」（百人一首抄）といっているように、われわれはこの一首に、式部の哀切な祈りの声をきく思いがする。とりわけ、「いまひとたびの……」には、愛人との最後の逢う瀬にかけられた願望が、一段と高らかにひびき出ているようである。

和泉式部日記に、女主人公が「つれづれ」を慰めようと、石山参籠に出かける場面がある。せっかく参籠はしたものの、心はそぞろに都にとぶ。そこへ帥宮から歌がとどけられる。女の心の動向を洞察したうえでよまれたとしか思えぬ、宮のこの音問は、女の心をあやしくゆさぶる。「山をいでて暗き道にぞたどりこしいまひとたびのあふことにより」という女の歌には、法《のり》の山から、宮との逢いの瞬間に向かって、情念の谷間をなだれおちるようなすさまじさが感じられる。

篤いやまいの床から、今生の思い出にと、最後の逢う瀬を希求する姿に、私は和泉式部の生涯の縮図を見るような気がする。

57　紫《むらさき》式《しき》部《ぶ》

めぐりあひて　見しやそれとも　わかぬまに
雲がくれにし　夜半《よは》の月かな

〔**口語訳**〕久びさにめぐり逢って、見たのは、それなのかどうか、さだかでないうちに、夜中の月が姿を隠した——その月のようなあなたでした。

〔**語釈**〕

○めぐりあひて—めぐりめぐって逢って。表面は月のことだが月に託し友のことを歌う。新古今集の詞書きは「はやくよりわらは友だちに侍りける人の、年ごろ経て行きあひたる、ほのかにて、七月十日のころ月にきほひて帰り侍りければ」。

○夜半の月かな—夜中の月よ。月に託してあわただしく帰った友のことを歌う。紫式部集新古今集など「夜半の月かげ」。

〔**作者**〕越後守藤原為時《ためとき》の娘。藤原宣孝《のぶたか》と結婚したが間もなく先立たれ、そのころから源氏物語を書き進めたらしい。その後中宮彰子に宮仕えをした。生没年不明。

〔**出典**〕新古今集巻十六、雑上（一四九七）

紫式部邸跡のある廬山寺
ここで「源氏物語」などを執筆したかといわれている。

〔鑑賞〕

実践女子大学教授　阿部秋生

「早うより童《わらは》友達なりし人に、年頃経て行き逢ひたるが、ほのかにて十月十日の程に、月に競ひて帰りにければ」という詞書がある。「本当にあの昔の友達にあったのだろうか、幻ではなかったのかしら」と呟かずにいられないほどあっけない出逢いを思い、なつかしさと心残りと恨めしさが尾をひいている。あの昔の友達ならあんなに急いで帰りもしまい、久しく離れて暮らしている間に、人が変ってしまったのだろうか。それを見きわめるひまもなく行ってしまった。「見しや」は「めぐりあひて」と「それともわかぬ」との間にあって、両者をつなぐと共に、意を深め、想を展開する。連歌の句の趣きがある。「見しや」に結節して、それが変貌して次の想へ流れてゆく。その間に複雑な思いのもつれあう姿が拡がってゆく技法は、源氏物語のものでもある。「めぐりあひて」とは、月のめぐるのに寄せた趣向だけではない、その人その人の宿命のままに逢ったり別れたりする流転して定まらぬ人の世における思いがけぬめぐり逢いのよろこびである。その中に、昔の友達を見ようとしたのだ。「おのづからかき絶ゆる」昔の友達を思い、久しぶりでわが家に戻って、「あらぬ世に来たる心地」がまさると歎く作者の日記の中の独白に通ずるものが、「見しやそれともわかぬ」という語の裏にあるだろう。万葉の「み空ゆく月の光にただひと目あひ見し人の夢にし見ゆる」とも相通ずる思慕と寂寥とが、この歌に影を落していると思う。

58 大《だい》弐《にの》三《さん》位《み》

有馬山《ありまやま》 ゐなの笹原《ささはら》 風吹けば
いでそよ人を 忘れやはする

〔口語訳〕心もとないと、あなたは言われますけれど、さあ、そのことです、わたしのほうはあなたを忘れるものですか。

○有馬山ゐなの笹原風吹けば—有馬山から、猪名《いな》の笹原へ風が吹き渡ると。すると笹がソヨソヨとそよぐことから、あとの「そよ」を呼びおこす序詞。「有馬山」は、神戸市兵庫区の有馬町付近の山。「猪名」は、ほぼその北東にあたる地。

○いでそよ—さあ、そのことですよ。「いで」は勧誘や決意の場合に感動をもって言う。「そよ」は、それだと思い当った気持。詞書きによると、足遠になった男が「おぼつかなく」など言ってきた時の歌で、男のことばを逆手にとった表現。

〔作者〕藤原宣孝の娘で、母は紫式部。名は賢子。後冷泉院の乳母をつとめた。正三位太宰大弐《だざいのだいに》高階成章の妻になっている。生没年不明。

〔出典〕後拾遺集巻十二、恋二（七〇九）

現在の有馬地方と猪名地方

〔鑑　賞〕

学習院女子短期大学教授　阿部俊子

後拾遺集の中の詞書からみると、自分の事は棚に上げて、どうもあなたの気持が信じきれないと男が言ったのに対して「あなたが言葉をかけてさえ下されば、私はどうしてあなたを忘れたりするものですか」と答えた歌ということになり、上の句は「そよ」の序詞《じょことば》、「有馬山いなの笹原」は「しながどりいなのをくれば有間山夕霧立ちぬ宿はなくして」以来の歌枕を詠み込んだものと、教養の分析が普通行われる。作者が、紫式部の娘で、上臈女房として活躍した才女大弐三位であるから自然智的な技巧面が注目されるのであろうか。しかし「有馬山いなの笹原風吹けば」と読み下す時、これはただ歌枕をよみこんだ序詞というだけでなく「夕霧立ちぬ宿はなくして」とよまれた茫々の草原に佇《たたず》む寂寥《せきりょう》感が滲《にじ》み、更に風立つ笹山の中で人麿が「笹の葉はみ山もさやにさやげども我は妹思ふ」と歌い上げている妹思う男の情を切望している女心が息づいていると思われる。時は秋であろうか、笹原を風が渡る。その風にそよぐ葉ずれの音に誘発される寂しさに、嘗《かつ》て愛を語りかけたあの人の言葉のぬくもりが蘇《よみが》える。そして「陸奥《みちのく》のまのの萱《かや》原遠けども俤《おもかげ》にしてみゆ」と言うとか、稀《まれ》にしか訪れない彼ではあるが、彼の女は風立つ笹原にその俤を追い、風渡る笹原のそよぎにその声を偲《しの》ぶ。理窟で割り切った抗議だけでなく、その底に、茫々たる情景の想いの中にその人を忘れかねている寂莫《じゃくまく》たるつぶやきのあわれを聞くべきであろう。

59　赤《あか》染《ぞめ》衛《え》門《もん》

やすらはで　寝《ね》なましものを　さ夜ふけて
かたぶくまでの　月を見しかな

〔**口語訳**〕おいでにならないと分っていたら、ためらわないで寝てしまったでしょうに。ついお待ちして、とうとう西の山に傾くまでの月を見てしまいました。

〔**語釈**〕

○やすらはで寝なましものを—ためらわないで、寝てしまっただろうに。来るということばをつい信用して待ってしまったという気持。詞書きによれば、中関白《なかのかんぱく》藤原道隆が、作者の姉妹にあたる女性と関係をもち、ある時訪ねると約束しておいて来なかった、その翌朝、その女に代って詠んだ歌という。

○かたぶくまでの月—西に沈みかかるまでの月。

〔**作者**〕赤染時用《ときもち》の娘。母は初め平兼盛の妻で、兼盛の娘とも言われる。藤原道長の妻倫子《りんし》に仕え、大江匡衡《まさひら》の妻になった。栄華物語の作者に擬せられる。生没年不明。

〔**出典**〕後拾遺集巻十二、恋二（六八〇）

〝月〟

和歌の世界での〝月〟のとらえ方はさまざま。百人一首の中ではどうであろうか。

⑦いでし月……三笠山の上に出てきた。
㉑有明の月……待っているうちに出ました。
㉚有明の（月）……つれなく見えます。
(81)有明の月……それだけが残っていました。
㉓月みれば……すべてが悲しく思われます。
㊱月やどるらむ……雲のどのあたりかしら。
(57)夜半の月……雲にかくれたのは月かしら。
(68)夜半の月……恋しく思いだされるだろう。
(59)月を見しかな……西の空にかたむくまで。
(79)月の影……さやかに見えることよ。
(86)月やは……物思いをさせるのか。

〔鑑賞〕

日本女子大学教授　上村悦子

この歌の詞書に「中関白少将に侍りける時、はらからなる人に物いひわたり侍りけり。たのめてこざりけるつとめて、女にかはりてよめる」とあるので、赤染衛門の代詠であるが、一夫多妻の通い婚下、閨怨の情に悩む全王朝貴夫人の代弁歌ともいいうる。

中関白は貴子の夫道隆で、こうした結婚風習下夫や愛人は今夜行くと文を寄こし、また実際出かけても途中で気が変り他の女の許へ行き、来ない時があることは「来むといふも来ぬ時あるを（坂上郎女）」の歌などが証明している。来ないと始めから解っていたら、さっさと寝てしまい、待つ身のこのいらだたしさ、切なさは味わわなくても済んだのに来るとあてにさせたばかりに念入りに身仕度し車の音毎に「殿のおいでか」と全身耳にして待っているのに現れず、西へ西へと進んだ月も今や山の端に沈みかけている。もう来ない！　という失望落胆、約束を破った男への憤り、今後の不安、柔肌の渇きが一度に噴き上って居たたまれない。こうした心情・苦悩は来ぬ人への怨嗟となって皮肉をこめて詠っている。下句に長時間縁に出て一人で月を見つつ悶え歎く麗人の姿が印象深く出ている。相手が名門の貴公子だけに直接その不実をなじらず、夕方から空しく待ちつづけた苦悩、男の愛を失った我が身の哀れさを月の動きにからませて穏やかに訴えることにより、男の心に反省と女へのいとしさをよび起させるであろう。閨怨の情と移り行く月の情景を巧みに結びつけた秀歌である。

60 小《こ》式《しき》部《ぶの》内《ない》侍《し》

大江山《おほえやま》 いく野の道の 遠ければ
まだふみも見ず 天《あま》の橋立《はしだて》

〔口語訳〕大江山や生野《いくの》を通って行く道が遠いので、わたしはまだ天の橋立へも行っていませんし、母の文《ふみ》も見ていません。

〔語釈〕

○大江山―京都府乙訓郡と南桑田郡の間の山。与謝郡とも言う。

○いく野―京都府福知山市生野《いくの》。「行く」を言い掛けている。また「幾野《いくの》」（幾多の野）も掛けたとも言われる。

○ふみも見ず―土地を踏んでもいないし、手紙も見ていない。「踏み」と「文《ふみ》」とを言い掛けている。詞書きによれば、作者が都で歌合に加わる時、藤原定頼が、作者の母で丹後にいた和泉式部に歌の相談をしたかとからかったのに答えた歌。

〔作者〕橘道貞の娘。母は和泉式部。上東門院彰子に母と仕えた。のち藤原保昌《やすまさ》の妻となった母が夫の任地丹後へ行っていた時、この歌を詠むことがあった。生没年不明。

〔出典〕金葉集巻九、雑上（五八六）

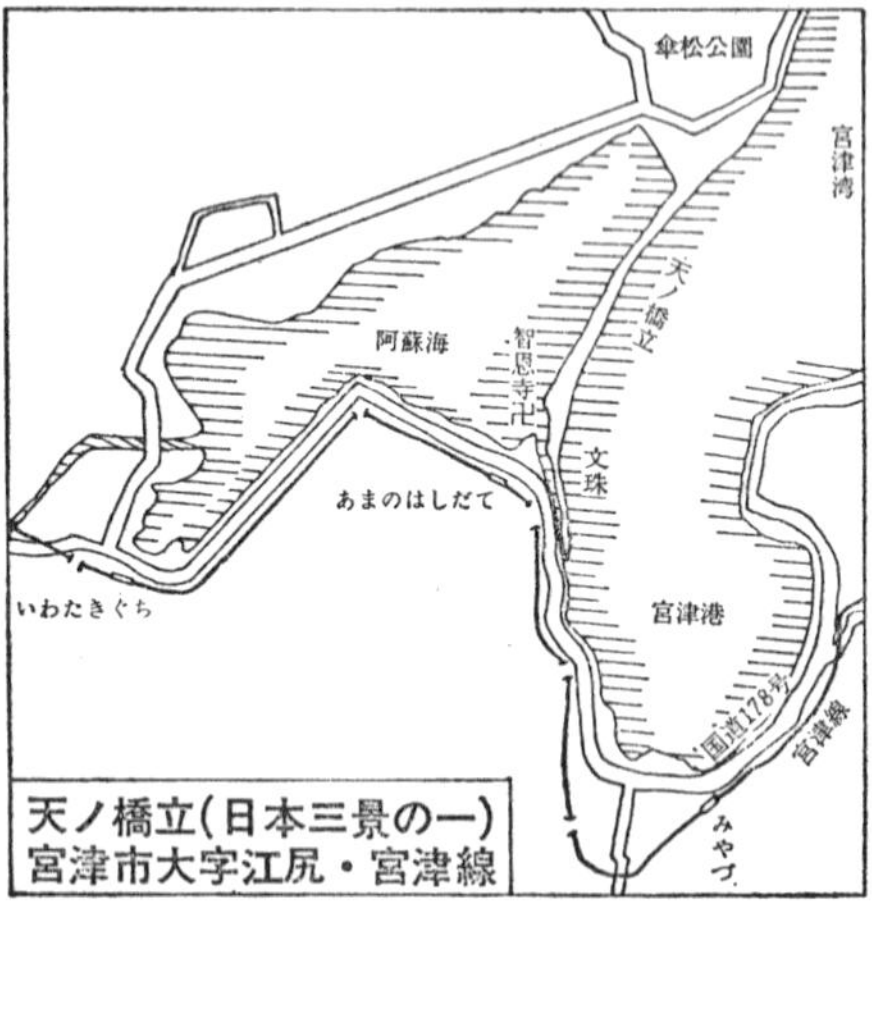

天ノ橋立（日本三景の一）
宮津市大字江尻・宮津線

〔鑑　賞〕

日本女子大学教授　青木生子

金葉集の詞書によると、母の和泉式部が丹波国にいっていたとき、都に歌合があり、小式部もその歌人に選ばれたころ、中納言定頼が、「歌はどうなされました？　母上に言ってやりましたか、使はまだきませんか」とからかったので、即座にこの歌をよんで応酬したという。

親が有名人であることは、子にとって必ずしも幸せとはいえない。小式部の歌は平生母の代作だろうなどと評判が立てられる。歌の優劣に命をかけた当時の人たちである。そねみがこんな噂を生むのも、和泉の娘なるがゆえである。面と向ってのこんな冗談口など、まだたちのよいほうで、或いは二人は気のおけぬ仲だったのかもしれない。

定頼もまた博学多才の大歌人公任の息子であった。「朝ぼらけ宇治の川霧云々」の百人一首の作者でもある。彼も親の有名が重荷になっていたはずなのに、これはいささか軽卒な言葉であった。小式部にやりこめられて、返歌も出来ず、こそこそ逃げたという。

丹後の名高い景勝地「天の橋立」、伝説で有名な「大江山」、歌の名所「生野」をよみこみながら、掛詞を見事にあやつり、わが意を弁じることぐらい、日頃の才からして十分可能であった。世間は、この当意即妙の秀歌を語り草にした。

母への顔も立てた彼女は、若くして母に先立ち、世を去った。

61 伊《い》勢《せの》大《たい》輔《ふ》

いにしへの　奈良《なら》の都《みやこ》の　八《や》重《へ》桜《ざくら》
けふ九重《ここのへ》に　にほひぬるかな

〔口語訳〕昔の奈良の都の八重桜が、きょうは、この宮中でひとしお美しく咲きにおっています。

〔語釈〕
○いにしへの奈良の都―昔の奈良の都。元明帝以後七代の都。
○八重桜―重弁の花の咲く桜。伊勢大輔集の詞書きによれば、中宮彰子が宮中にいた時、奈良から僧都が八重桜を献上し、その取り入れ役を紫式部が新参の作者にゆずったという。
○九重―皇居。昔中国の王城の門を九重に造ったことによる。ここでは特に前の八重に対応させた表現。
○にほひぬるかな―色も美しく咲いていることだ。

〔作者〕大中臣能宣《よしのぶ》の孫。大中臣輔親《すけちか》の娘。父が伊勢の祭主、神祇《じんぎ》大副《たいふ》をつとめたのでこの名で呼ばれ、上東門院彰子に仕えた。生没年不明。

〔出典〕詞花集巻一、春（二七）

奈良へのコース

〔鑑　賞〕

京都府立大学教授　寿岳章子

とろりとして、しかも気品に満ちたこの歌には、絵のような宮廷風景の一コマが、ことばのからみかやみごとに浮び上っている。いかなるものを犠牲にし、いかなるものを無視して出来上った藤原氏の栄華の世界か、それは十分承知していても、それでもなおかつ完璧に美しい歌だ。いいじゃないか、たまゆらの幻想のように、この歌のかもし出す華麗な甘さに少しはひたっても、と私はいつも思ってしまう。古都と言われる京都に住み、もう一つの古都奈良にもしばしば通う私は、両方のまちをこの上なく愛するが故に、僅か三十一文字を使って二つの都を八重の桜で結合した、けんらんたるそれでいてどこか高雅な風情が保たれたこの歌の世界にうっとりする。

ただきらびやかなだけではない、「いにしへ」ということばのかすかな哀愁、「奈良の都」への吐息のような憧れ、「八重」と「九重」の重なりの絶妙な対比。最後に「にほふ」という可憐でしっとりした動詞で詠嘆をとどめたやさしさ。それは古典の世界に纏綿悦惚たる美の世界である。

伊勢大輔は何に気負うて彼女の才をかくも鮮やかに展開したのか、この歌自身はいわば彼女のデビュー作のようなものらしいが、その事情は事情、もはやこの和歌は既に一人立ちして奔放に歩み出している。過去へのはげしい愛を、いっそうはなやかに今日この現実に燃え上らすような彼女のひそかな情熱さへ私は感じとってしまうのである。

62 清《せい》少《しょう》納《な》言《ごん》

夜をこめて　鳥のそらねは　はかるとも
よに逢坂《あふさか》の　関《せき》はゆるさじ

〔口語訳〕夜がまだ深いころ、鶏の鳴きまねをしてだまそうとしても、函谷関《かんこくかん》ならともかくも、逢坂《おうさか》の関は通るのをけっして許しますまい。わたくしは逢いなどいたしません。

〔語釈〕
○夜をこめて―夜がまだ深いうちに。
○鳥のそらね―鳥の鳴きまね。斉の孟嘗君《もうしょうくん》が深夜従者に鶏の声をまねさせて函谷関の門を開かせ脱出した故事による。
○逢坂の関―大津市の西に置かれた関。男女が逢う気持を含めた。詞書きによれば、作者の所から夜ふけに帰った藤原行成が「逢坂の関」の語を用いて便りをしたのに応じたもの。

〔作者〕清原元輔《もとすけ》の娘。一条天皇の中宮（のち皇后）定子に仕え、和漢の教養を発揮して、後宮サロンに活躍した。「枕草子」の筆者。生没年不明。

〔出典〕後拾遺集巻十六、雑二（九四〇）

三関（さんかん）
鈴鹿（伊勢＝三重県鈴鹿峠）
不破（美濃＝岐阜県不破郡）
愛発（越前＝福井県）
　後に「逢坂」に代わる（30ページ参照）
三景
松島（陸前＝宮城県）
天の橋立（丹後＝130ページ参照）
宮島（安芸＝広島県）
三山（大和）（14ページ参照）
畝傍山、天香具山、耳成山
三夕の歌（184ページ参照）
三代集（20ページ参照）
三春（陰暦一、二、三月。52ページ参照）

〔鑑　賞〕

相愛女子短期大学教授　田中　重太郎

理屈っぽい歌であり、衒学的《ペダンティック》な作品であるが、小倉百人一首に加えられたからこそ清少納言の代表歌として現代まで人口に膾炙《かいしゃ》しているといえる。そして、この歌は有名な藤原行成との問答から成立したことは、ご存じのとおりである。出典の後撰集（雑二、九四〇）の詞書《ことばがき》は採らないで清少納言の枕冊子（第一三一段）から本文を引いてみると、

頭《とう》の弁（藤原行成）の、職《しき》（中宮職）にまゐりたまひて（ワタクシト）物語などしたまひしに、夜いたう更《ふ》けぬ。（中略）つとめて、蔵人所の紙屋紙《かうやがみ》ひきかさねて、「けふは（昨夜短時間シカシャベッテイナイノデ）のこりおほかるここちなむする。夜をとほして、昔物語も聞えあかさむとせしを、鶏《にはとり》の声にもよほされてなむ（気ノキカヌ鶏ノ声ニセキタテラレテ）」といみじう言《こと》おほく（キレイナ文字デ）書きたまへる、いとめでたし。御返りに、（ワタクシガ）「いと夜深く侍りける鶏の声は、孟嘗君《まうさうくん》のにや」と聞えたれば、たちかへり（行成卿カラスグニ）「『孟嘗君の鶏は函谷《かんこく》の関を開《ひら》きて、三千の客《かく》わづかに去れり』とあれども、これは逢坂の関なり」とあれば、

とあって、この一首があり、「（日本ノ逢坂の関ニハ鶏ノマネデハダマサレヌ）『心かしこき関守侍り』と聞ゆ」と書いている。合縁奇縁ということばがあるが清少納言も行成も作歌が好きでなかったらしい。百人一首にも藤原行成の作品はない。だのに、清女と行成との相寄る歌魂が清少納言にこの一首を即座に成さしめたのであろう。行成がいてはじめて清女のこの歌ができたのである。この一首の鑑賞には、前掲枕冊子の本文を成立事情としてかならず読むことがたいせつである。

63 左京大夫道雅《さきょうだいぶみちまさ》

今はただ　思ひ絶えなむ　とばかりを
人づてならで　言ふよしもがな

〔口語訳〕逢える望みの絶たれた今となっては、ただ、この恋は思い切ってしまいましょう、ということだけでも、人づてでなくて、じかにお話しできるすべがあればと思います。

〔語釈〕
○今は—今となっては。後拾遺集の詞書きによれば、伊勢の斎宮のあたりから上京した女性に、作者がひそかに通ったのを帝が聞かれて番を置いて逢うことを禁じられたとある。事実は女性は斎宮自身で、三条院の皇女当子内親王であった。
○思ひ絶えなむ—思い切ってしまおう。
○言ふよしもがな—言う方法があればよいが。

〔作者〕藤原道雅。内大臣伊周《これちか》の子。官位の昇進ははじめ順調であったが、当子内親王との恋愛事件で三条院の勅勘を受け、左京大夫で世を終った。九九三？—一〇五四。

〔出典〕後拾遺集巻十三、恋三（七五〇）

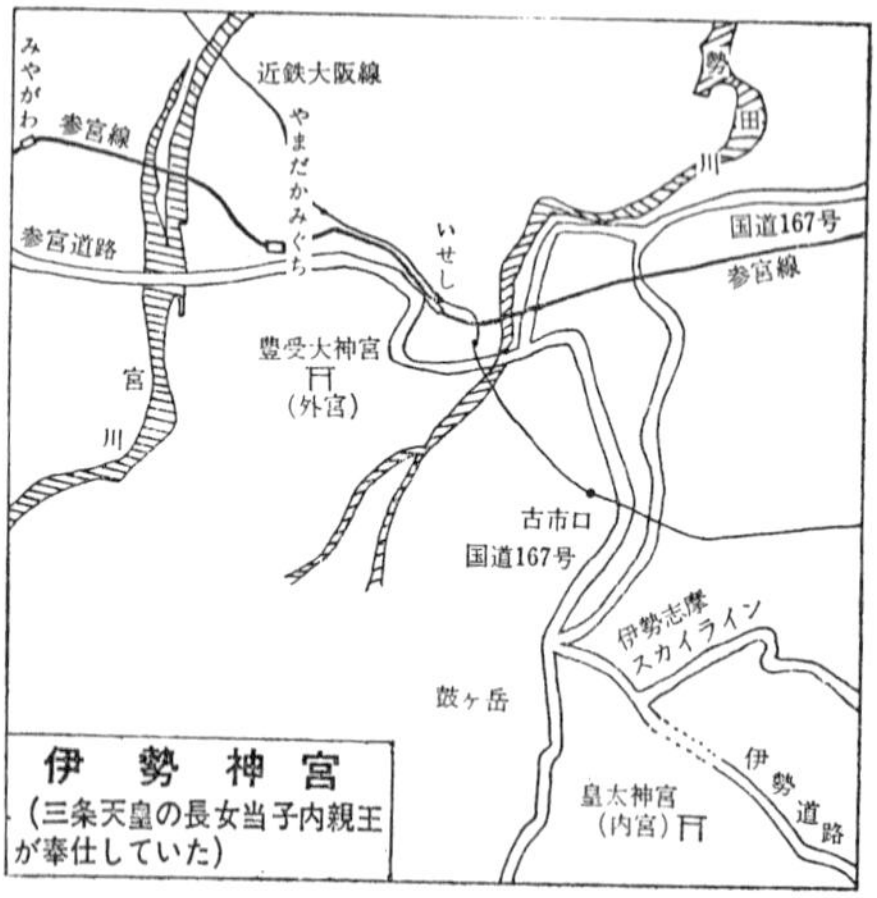

伊勢神宮
（三条天皇の長女当子内親王が奉仕していた）

〔鑑　賞〕

東洋女子短期大学教授　丸野弥高

痛ましい実感のこもった歌である。歌だけ読むと逢えない恋を歎く女の歌のようにも聞える。歌がるたで「人づてならでいふよしもがな」と下の句だけ読むとそんな感じもする。然しこれは恋路を断絶された男がぎりぎりの所で歌い上げた絶唱である。

道雅は名門の家に生れ、幼時は祖父関白道隆に愛されて華やかなひとときもあったが、父伊周《これちか》の失脚後は道長の権勢におされて一家衰運をたどった。そうした中で起きた恋愛事件である。三条天皇の第一皇女前斎宮当子内親王に恋したが、それが父三条院の怒りに触れ、監視までつけられて断絶させられた。その時の悲恋の歌である。

初句で「今はただ」と真向から感動を歌い下ろして、結句の「いふよしもがな」に呼応するあたり、単純な一本調子の歌のようだが、その間の第二句から第三句にかけて「思ひ絶えなむとばかりを」というあたりで、たゆたうように屈折している、そこに心のうめきが聞える。「人づてならで」という語も、先例があるにしても、この場合のっぴきならぬものとして生きている。

一門の衰運という悲劇的な宿命を背負わされ、どうしたわけか子まである妻に逃げられ、前斎宮に恋したばかりに三条院の勘当を受け、晩年は不遇のままに、従三位左京大夫で世を終った道雅という人間のあわれさが思われる歌である。

64

権中納言定頼《ごんちゅうなごんさだより》

朝ぼらけ　宇治《うぢ》の川霧《かはぎり》　たえだえに
あらはれわたる　瀬々《せぜ》の網代木《あじろぎ》

〔**口語訳**〕夜明けになって、宇治川にかかる霧がとぎれとぎれに晴れかかり、川の瀬ごとに立つ網代木が、しだいにあらわれてくる。

〔**語釈**〕

○宇治の川霧―宇治川にかかる霧。宇治川は、琵琶湖から出た瀬田川が、京都府宇治市のあたりで宇治川と呼ばれて、末は淀川になる。

○網代木―氷魚《ひお》（アユの稚魚）などをとるために、川の瀬に、竹や木を編んで立て、端に簀《す》をつけたものを網代というが、その網代を支える杭《くい》。なお網代は宇治川の冬の景物。

〔**作者**〕藤原定頼。大納言公任《きんとう》の子。権中納言・兵部卿などになった。父ゆずりの才人で、和歌のほか書にもすぐれていた。九九五―一〇四五。

〔**出典**〕千載集巻六、冬（四一九）

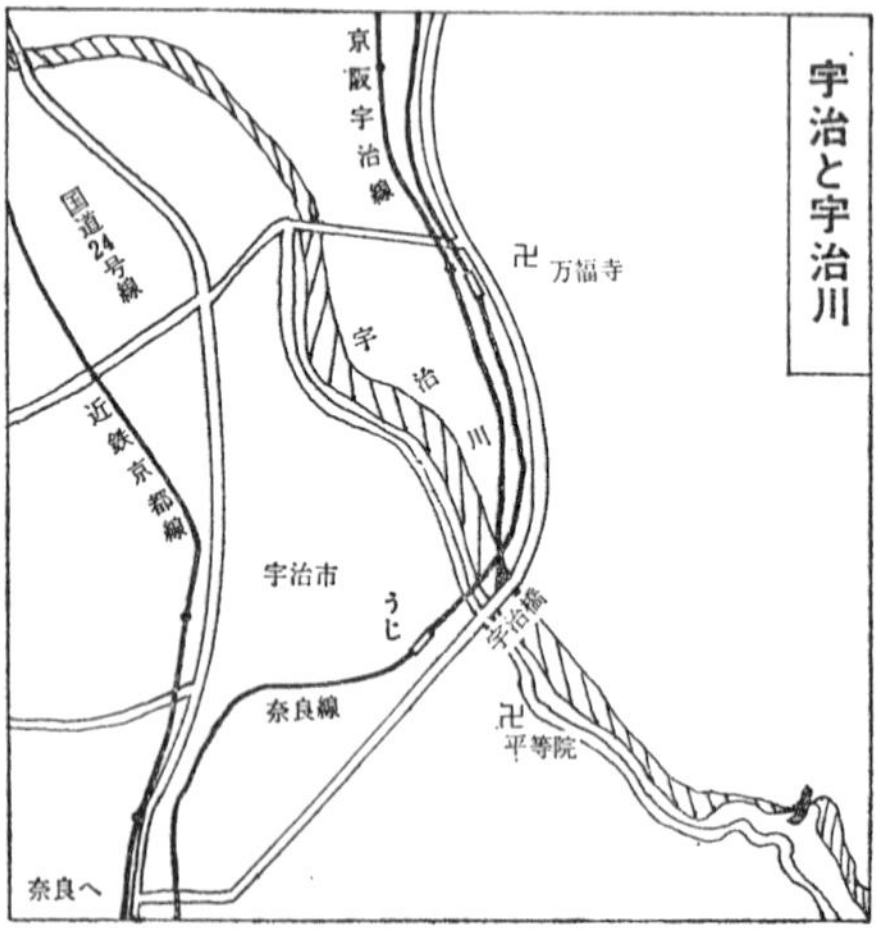

宇治と宇治川

〔鑑賞〕

日本女子大学教授　中島斌雄

百人一首は、まず耳から私のなかに入ってきた。幼い私は、はやく大人たちの仲間入りがしたくて、父母の膝もとに身を寄せ、聴き耳を立てていたものである。あとから振りかえってみると、ずいぶん変なおぼえ方をしていた場合が少なくない。この歌に関しては、それほどひどい聞きちがいはなかったが、それでも「瀬々の網代木」のところを、「ぜぜのあじろぎ」とかなり長い間思いこんでいた。そんなふうに読みならわす人がいたのであろう。

さて、この歌だが、百人一首というと、思慕悲傷の恋歌が多いなかで、かなり純粋に叙景に終始している、数少ない詠歌のひとつではあるまいか。そして、その奥に、作者の悠容たる心情が息づいている。この一首が、私にとって好ましい所以は、その辺のところにあるように思われる。

夜明け方、ゆたかな宇治の流れを包んでいた朝霧が、次第に霽れあがっていく。それにつれて、あちこちの早瀬に仕掛けられた網代木がその姿を明らかにしていくのである。乳白色にぼかされた、淡彩の風趣というべきであろう。

今春（昭和四十八年）、芭蕉没後二百八十年を記念して、ゼミの学生たちと近江、伊賀の古跡を訪ねた。近江の湖面には汚物が漂い、瀬田の橋下には、青黒い水が淀んでいた。下流はどうか。宇治の橋欄による旅人も、この一首を思い浮かべて、痛惜のおもいを深くするのではあるまいか。

65 相《さが》模《み》

恨《うら》みわび　ほさぬ袖《そで》だに　あるものを
恋に朽《く》ちなむ　名こそ惜しけれ

〔**口語訳**〕つれない人を恨み、嘆いて、涙で袖が乾く間もない思いをしているのに、その上この恋のために名をおとすのが、口惜しいことです。

〔**語釈**〕

○恨みわび―（無情な愛人を）恨み（身の憂さを）悲しんで。

○ほさぬ袖だに―涙に濡れてかわかす間もない袖さえ。あとに「恋にくちなむ名」とあるので、涙に濡れ続ける袖がやがて朽ちることとも思わせる表現。

○恋にくちなむ名―恋のために（浮名を流して）朽ちてしまうにちがいない（自分の）名。

〔**作者**〕源頼光《よりみつ》の娘と見られる。大江公資《きんより》の妻となり、公資が相模守になった時、その任国に伴われた。のち脩子《しゅうし》内親王に仕えた。生没年不明。

〔**出典**〕後拾遺集巻十四、恋四（八一五）

女流の人びと

②	持統天皇	天智天皇第二皇女
⑨	小野小町	伝未詳
⑲	伊勢	藤原継蔭の娘
㊳	右近	右近衛少将季縄の娘
㊸	右大将道綱母	藤原倫寧の娘
㊹	儀同三司母	式部卿高階成忠の娘
㊻	和泉式部	大江雅致の娘
㊼	紫式部	藤原為時の娘
㊽	大弐三位	藤原宣孝の娘
㊾	赤染衛門	赤染時用の娘（実父は平兼盛）
㊿	小式部内侍	橘道貞の娘
61	伊勢大輔	大中臣輔親の娘
62	清少納言	清原元輔の娘
65	相模	源頼光の娘
67	周防内侍	周防守平棟仲の娘
72	祐子内親王家紀伊	紀伊守藤原重経の妹か？
80	待賢門院堀河	神祇伯顕仲の娘
88	皇嘉門院別当	源俊隆の娘
89	式子内親王	後白河院第三皇女
90	殷富門院大輔	藤原信成の娘
92	二条院讃岐	源頼政の娘

〔鑑賞〕

共立女子短期大学教授　糸賀きみ江

つれない恋人を恨み、わが身の憂さを嘆き悲しんだ歌である。難解な作で、歌中、二句、三句の「ほさぬ袖だにあるものを」が、古来、二様に考えられてきた。すなわち「袖だに朽ちずあるを」ととる説と、「袖だに朽ちてあるを」ととる説である。が、契沖が『百人一首改観抄』の中で、「袖さへある物をとよめるを袖はくちやすき物なるにそれさへ朽ずして有をと心得たる註あり用ふべからず」と、前説を否定してから従うものが多く、後説が一般に行なわれていろ。

いうまでもなく「袖」は、無情な人があきらめきれず、悲嘆にくれて流す涙で濡れた袖、この袖もやがては朽ち果ててしまう。恋の涙に朽ち果てる「袖」の連想で、名を惜しむ矜恃、つまり「恋に朽ちなむ名…」が喚起され、畳みかけてゆく確かな歌いぶりに、かの女の意匠の冴えが見られよう。

相模には他に、「ありそ海の浜のまさごをみなもがなひとりぬる夜の数にとるべく」のような、情熱的な詠嘆もあるにはあるが、「わすらるる身をば思はず（右近）」とか「玉のをよ絶なば絶ね（式子内親王）」、「おきの石の人こそしらねかはくまもなし（讃岐）」などに比較すると、恋の情念に身を埋没させるようなところが稀薄で、たえず自己を意識する自尊心の強さが明白である。この明晰な歌風は、あるいは、夫に忘れ去られた後再び出仕して、さらに歌道に精進した結果、一流の女歌人として名を馳せ歌壇に指導的な地位を占めた、そうした相模の実人生と無縁ではないかもしれない。

66

前大僧正行尊《さきのだいそうじょうぎょうそん》

もろともに　あはれと思へ　山桜
花よりほかに　知る人もなし

〔口語訳〕思いがけず咲いていたなつかしい山桜よ、おまえもまた、わたしをなつかしいと思ってくれ。この山奥には、花のおまえよりほかに友もいないのだ。

〔語釈〕

○もろともに―わたしといっしょに、おまえも。

○あはれと―しみじみなつかしいと。

○花よりほかに知る人もなし―山桜のほかには知己もいない。金葉集の詞書きによれば、大峰《おおみね》山で思いがけず桜の花を見て詠んだ歌である。大峰山は奈良県吉野郡十津川の東の山脈で修験《しゅげん》道の行をつむ霊場として有名。海抜一七〇〇メートル。

〔作者〕参議源基平《もとひら》の三男。十二歳のとき園城寺《おんじょうじ》（三井寺）に入って出家し、十七歳から諸国を遍歴した。行者として尊敬を受け、天台座主《ざす》や大僧正になった。一〇五五―一一三五。

〔出典〕金葉集巻九、雑上（五五六）

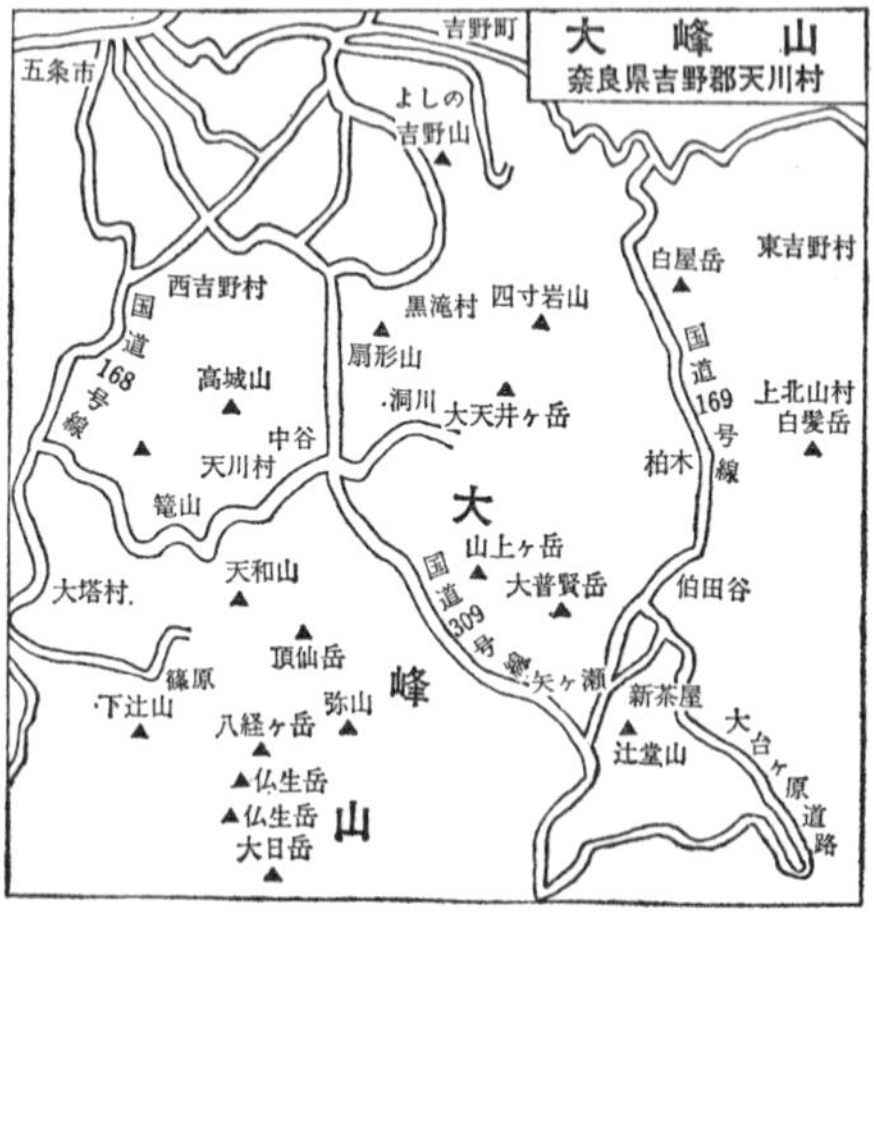

〔鑑　賞〕

青山学院大学教授　新　間　進　一

『金葉集』に「大峰にて思ひかけず桜の花を見て詠める」と詞書があるので、成立事情がわかる。大峰山はいうまでもなく、大和国吉野郡にある修験道場として有名な処。作者行尊は、十七のとき三井寺を出て十数年諸国を修行し、特に大峰入りにまつわる説話が『古今著聞集』巻二などに多く伝えられている。まさに「苦修練行タグヒナキ人」（『真言伝』）であった。

『梁塵秘抄』の法文歌に、「大峰行なふ聖《ひじり》こそ、あはれに尊きものはあれ、法華経誦《ず》する声はして、確かの正体まだ見えず」というのがある。縹渺《ひょうびょう》たる宗教的な雰囲気をかもし出していて、この聖には或いは行尊の面影を見ることもできようか。ところで、この「もろともに…」の歌には、そのような宗教的なもののほかに、さらに自然に融けこんだ境地が志向されている。「深山木はおほかた常盤木《ときはぎ》にてある中に桜のまれにあるをいふなり」と契沖が注したが、緑の樹々の中に清楚に咲きほこる山桜を見て思わず口をついて出た感懐であろうか。そこには「大僧正行尊」という肩書はもちろん不要で、一介の修行僧であり自然詩人である作者像が聳立するだけである。

第三句に「山桜よ」と呼びかけた擬人法の手法が、この場合技巧を越えて自然に受容される。人跡絶えた山中に、作者はしみじみとなつかしい気持ちで花に対しているのである。行尊を西行法師の先蹤と讃える向きもあるが、この歌はそのような評価に応えるものであろう。

67 周《す》防《おうの》内《ない》侍《し》

春の夜の　夢ばかりなる　手枕《たまくら》に
かひなく立たむ　名こそ惜《を》しけれ

〔口語訳〕春の夜の夢ほどのはかないたわむれのあなたの手枕をしたために、つまらない浮き名が立っては、口惜しいことです。

〔語釈〕
○夢ばかりなる―夢ほどのはかない。
○手枕―腕を枕とすること。詞書きによれば、二月ごろ月の明るい夜、二条院で大勢話をしていた時、作者が「枕があればよいが」と言ったのを聞いて、大納言忠家が「これを枕に」と腕《かいな》を簾の下から入れたので、よんだ歌という。
○かひなく―つまらなく。「腕《かひな》」を掛けて手枕の縁語とした。

〔作者〕周防守《すおうのかみ》平棟仲《むねなか》の娘。平継仲の娘ともいう。本名は仲子はじめ後冷泉天皇に仕え、さらに後三条・白河・堀河天皇にも仕えた。生没年不明。

〔出典〕千載集巻十六、雑上（九六一）

狂歌（その三）

『狂歌百人一首』以外の南畝作がるた

①秋のたのかりほの庵の歌がるた
　手もとにありてしれぬ茸狩
　　　　　　（自筆百首狂歌秋の中）

㉕小ぐら山みねのもみぢは一葉づつ
　しぐれに染むる色紙百まい
　　　　　　（千紫万紅）

㊵忍ぶれど色にいづるを見のがして
　物や思ふと問はぬめでたさ
　　　　　　（めでた百首夷歌）

(81)ほととぎす鳴つる影は見えねども
　きいた証拠は有明の月
　　　　　　（万紅千紫・自筆百首狂歌雑の中）

〔鑑　賞〕

歌人　五島　美代子

王朝爛熟期というよりは、むしろ頽廃期の代表的作品といえよう。後冷泉・後三条・白河・堀川四代の御代の掌侍というと、周防内侍は「源氏物語」の源典侍のような人ではなかったかと思われるが、それはあまり酷で、この時はまだ若盛りの才女であったろう。勅撰集にのった歌の詞書に「よりふして枕をがなと忍びやかにいふ」云々は、何としてもおどろくべき奔放さである。それに対して「これを枕に」とみすの下から腕をさし入れた大納言忠家。その「かひな」を詠みこんだ即吟のおもしろさから、妖艶などいう讃辞が一般のものになっているらしいが、男女とも官能的な情趣にのみ走ったむしろいやらしい歌とおもう。忠家の返歌の方が、いささかでも実がある。

「春の夜の」は、はかないものとして夢につづけてとる説よりは、現在「二月はかりの月あかき夜」なのだから、現前の春の夜をさすものとして、「ほんの短い夢を結ぶほどの手枕」ととった方がよく、「今あなたのお手を枕にして、短い夢を結びたいとはおもいますが……」という媚態がふくまれている。名を惜しむということも、例えば万葉集の鏡王女の「君が名はあれどわが名し惜しも」のような凜とした調べではなく、「今名が立ってもあなたの方は本気ではないでしょうから」と、気をひきあうような、平安貴族女性の痴話めいたものにきこえる。歌というものが個人の名誉と女の保身の術とに多くつかわれた時代としての、秀作とはいえるのであろうが。

68 三《さん》条《じょう》院《いん》

心にも　あらでうき世に　ながらへば
恋しかるべき　夜半《よは》の月かな

〔**口語訳**〕 心にもなく、つらい世の中に生きながらえたなら、今夜のこの夜中の月が、さぞ恋しく思い出されることだろう。

〔**語釈**〕

○心にもあらで—心ならずも。

○うき世にながらへば—つらいこの世に生きながらえるなら。後拾遺集の詞書きに「例ならずおはしまして位などさらむとおぼしめしけるころ、月のあかかりけるを御覧じて」とある。三条天皇は病身で、ことに眼病に悩まれた。そのうえ皇居の炎上が再度に及び、また藤原道長の圧迫があり、したがって「憂《う》き世」はこの歌では単なる慣用的表現ではない。

〔**作者**〕 第六十七代の天皇。冷泉天皇の第二皇子で、母は藤原兼家の娘超子《ちょうし》。藤原道長の娘彰子の生んだ後一条天皇を即位させようとする動きの中で約五年間で譲位。九七六—一〇一七。

〔**出典**〕 後拾遺集巻十五、雑一（八六一）

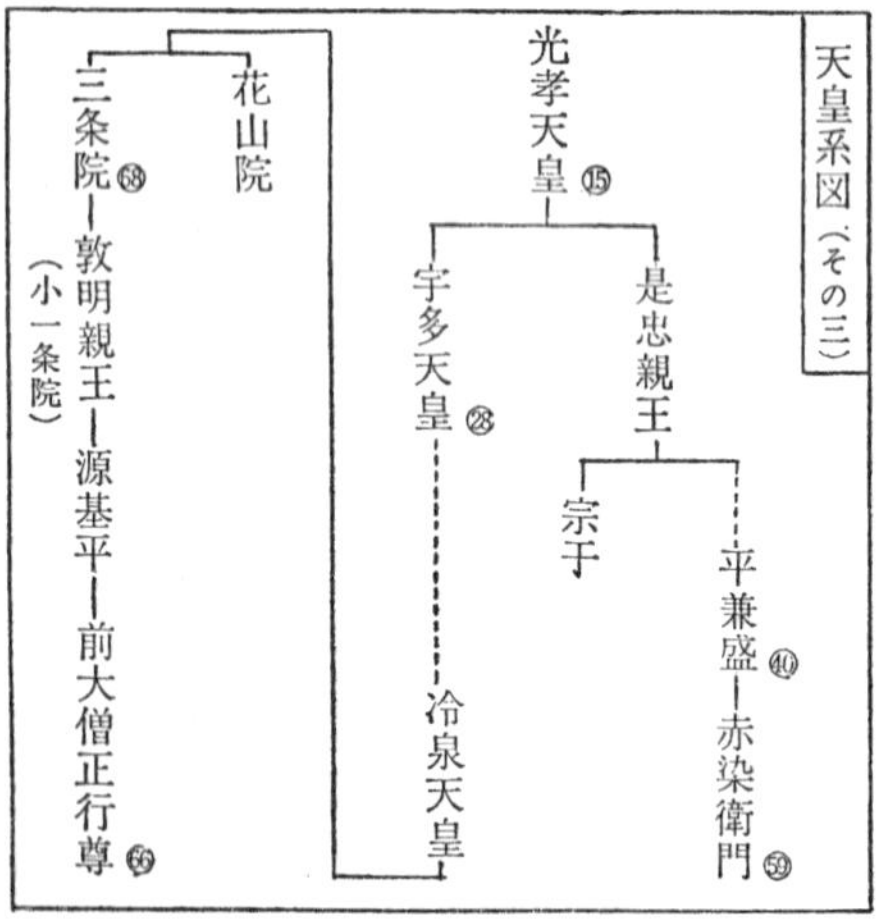

〔鑑　賞〕

お茶の水女子大学教授　次田真幸

『後拾遺集』にはこの歌の詞書として、「例ならずおはしまして位など去らんとおぼしめしけるころ、月のあかかりけるを御覧じて」と記されている。『大鏡』には三条院について、「院にならせ給ひて、御眼を御覧ぜざりしこそいといみじかりしか」と述べ、御退位も延暦寺で祈禱されるためであった、と記している。しかしその効果もなく、三条院は退位の翌年（寛仁元年）に、御年四十二で世を去られた。

一方、『栄花物語』には、「御心地例ならずのみおはします」三条天皇は、「しはすの十余日の月いみじう明きに、上の御局にて、宮の御前に申させ給」うた歌としてこの歌を掲げている。清涼殿で真冬の夜半に明月を眺めて、中宮妍子（道長の女）にこの歌を贈られたというのである。中宮の返歌があったらしいが、『栄花物語』には記されていない。

三条天皇は不治の眼疾のためと、彰子の生んだ敦成親王の即位を願う道長の圧迫とによって、退位を余儀なくされたものといわれている。「心にもあらで……」の句には、そうした天皇の失意と不満の気持が表れている。宮中で眺める寒夜の月は、どんなに寂しくまた清らかに感じられたであろう。天皇は退位を決意し、失明を予感されていたであろうから、宮中で眺める寒月の美しさを、後まで恋しい思い出となるであろう、と深い愛着と感慨をこめてよまれたものと思われる。

69 能《のう》因《いん》法《ほう》師《し》

嵐《あらし》吹く　三室《みむろ》の山の　もみぢ葉は
竜田《たつた》の川の　錦なりけり

〔**口語訳**〕嵐の吹く三室の山のもみじ葉は、竜田川に散りしいて、錦を織りなしている。

〔**語釈**〕

○三室の山―奈良県生駒《いこま》郡斑鳩《いかるが》町亀田にある神奈備《かんなび》山の別称。紅葉・しぐれの名所として歌枕化された。ただし「み室山」は、ほんらい神のいます山のことで、各地にその名があり、万葉集では三輪山や神丘《かみおか》のことをそう呼んでいる。

○竜田の川―奈良県の西北部生駒郡にある川。上流を生駒川と言い、大和川にそそぐ。紅葉の名所として歌枕化された。

○錦―種々の色糸や金銀糸を用いた、華麗な厚地の絹織物。

〔**作者**〕俗名は橘永愷《ながやす》。橘諸兄《もろえ》十世の孫。藤原長能《ながとう》を歌の師とし、歌道の師弟関係の初めをなすと袋草子に言う。出家し融因といい後に能因と改め、各地に旅をした。九八八―？

〔**出典**〕後拾遺集巻五、秋下（三六六）

〔鑑　賞〕

和洋女子大学教授　伊原　昭

「錦」は赤・黄・青・紫など、種々の彩糸《いろ》や、金・銀糸で、模様を織り出した厚地の絹織物で、絢爛《けんらん》・豪華な美を代表するものと言えるようである。このような「錦」に、秋に色づく「もみぢ葉」をたとえて、その華麗な美しさを讃《たた》えることは、すでに古今集の歌あたりから少なからず見られ、その後も次第に盛んになってゆくようで、特に、この歌の独創とは言えない。

しかし、この歌が、「もみぢ」の名所、三室の山から嵐に吹き散らされて川面《かわも》に浮かび流れてゆく竜田川の「もみぢ葉」の美しさをとらえ、これを、清澄な水の碧色《へきしょく》を地色とし、「もみぢ葉」のあざやかな紅《くれない》・丹《に》・朱《しゅ》・黄などの様々の色彩を織模様とした「錦」に見立て、堂々と、格調高く一気に歌い上げているのは、さすがにすぐれた作と言えるであろう。宮廷で催された歌合《うたあわせ》（後冷泉天皇、永承四〈一〇四九〉内裏《だいり》歌合）の席上よまれた歌にふさわしい。

清冽な川面に散り乱れて浮く多様な「もみぢ葉」のいろどりこそ、大自然が人間に与えてくれる、秋の、この上もないぜいたくな美の贈物《おくりもの》であろう。

公害で色づくこともできず、きたなく枯れしぼんで落ちる秋の木の葉、そしてゴミと汚れた排水でドブのように濁った川。旅をこのみ、この上なく自然を愛した、この歌の作者、能因法師が、今、生きかえったなら、一体何とこの光景を歌い上げるであろうか。

70 良《りょう》暹《ぜん》法《ほう》師《し》

さびしさに　宿《やど》をたち出でて　ながむれば
いづこも同じ　秋の夕暮れ

〔口語訳〕さびしさのあまり住まいから出て、ながめ渡すと、どこも同じように寂しい秋の夕暮れである。

〔語釈〕

○さびしさに―さびしさのために。

○宿をたち出でて―住まいから外に出て。「宿」は、ここでは作者の住む僧庵であろう。「たち出でて」について、契沖が「かりそめに庭などに出でたるにはあらず。住み捨てて出づる詞」だと言っているのは、やや大げさすぎる解であろう。

○いづこも同じ秋の夕暮れ―「同じ」で文が切れると見るか、続くと見るかの違いにより「どこも同じだ。秋の夕暮れは。」の意とも、「どこも同じ秋の夕暮れだ。」の意ともとれる。

〔作者〕比叡《ひえい》山関係の僧で、洛北の大原に庵室があり、歌人としても当時世に聞こえたらしいが、生没年をはじめ伝記不明。

〔出典〕後拾遺集巻四、秋上（三三三）

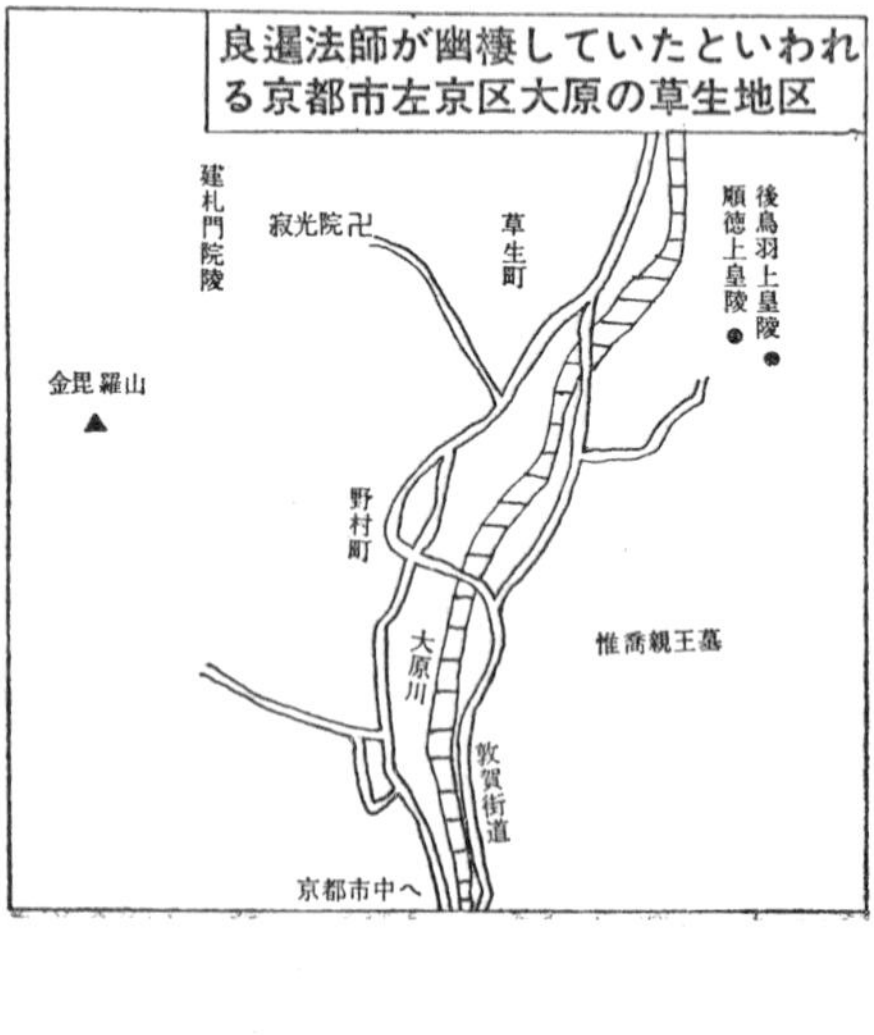

良暹法師が幽棲していたといわれる京都市左京区大原の草生地区

〔鑑賞〕

東京教育大学教授　中田祝夫

現代人でも、心に多少のデリカシーをもっている人なら、この歌の気分に似たものを例外なく経験しているのではないか。秋の夕刻など、ひとり一室に閉じこもっていて、強い憂鬱に胸をしめつけられるような気分に落ちいる、その重圧にも似た憂鬱をまぎらわそうとして外出してみるが、心の楽しみになるようなものがなく、寂寥一色といった味けなさで、夕暮の街を行く。もっとも世には一片のデリカシイーも詩心もない人もいるから、そんな人にはこの歌は共感できないであろう。そんな人には、この歌は空虚な言葉の羅列に過ぎまい。かれはデリカシー欠乏症の男である。

作者は天台宗の僧で、比叡山の西麓、京都の北にあたる大原の山里――有名な寂光院の辺り――の山寺（草庵）に住んでいた。この歌は、だから大原の辺りの山里の秋の淋しい景色である。秋は淋しいという固定観念が古くからあるが、この歌はそんなマンネリズムのひからびた歌ではない。作者が大原の草庵にいたこと、それに大原辺りの秋の夕暮の景色を眼底に思い浮かべれば、これはこのまま素直《すなお》に鑑賞できる。共感できる歌であり、よい歌であると思う。

室内の寂寥は強いが、それがそのままに山里の景色の寂寥であると指摘したのが新しい発見で、十分に新味ももっている。普通、外に出で景色を眺めれば心も慰むのに、……というのである。

この前の能因の歌は、絢爛たる秋。次の経信の歌は、清冷の秋。秋が二首並んでいて面白い。

71 大納言経信

夕されば　門田の稲葉　おとづれて　芦のまろやに　秋風ぞ吹く

〔口語訳〕夕方になると、家の前の田の稲葉をそよがせて来てそれから芦ぶきのいなか家に、秋風が吹きわたる。

〔語釈〕
○夕されば—夕方がくると。
○門田—家の前の田。
○おとづれて—訪れて、の意味であるが、音を立てて、の意もこめられたものと、ここでは見たい。
○芦のまろや—芦でふいた、そまつないなか家。詞書きには、「師賢朝臣の梅津の山里に人々まかりて、田家秋風といへる事をよめる」とある。梅津は洛西、桂川のほとり。

〔作者〕源経信。大納言・大宰権帥などになった。和歌・漢詩・音楽にすぐれ、和歌は当時の代表的な作者であり、特に叙景歌に清新な作風を示した。一〇一六—一〇九七。

〔出典〕金葉集巻三、秋（一八三）

梅津の山里
現在の京都市右京区梅津の桂川にかかっている松尾橋あたり

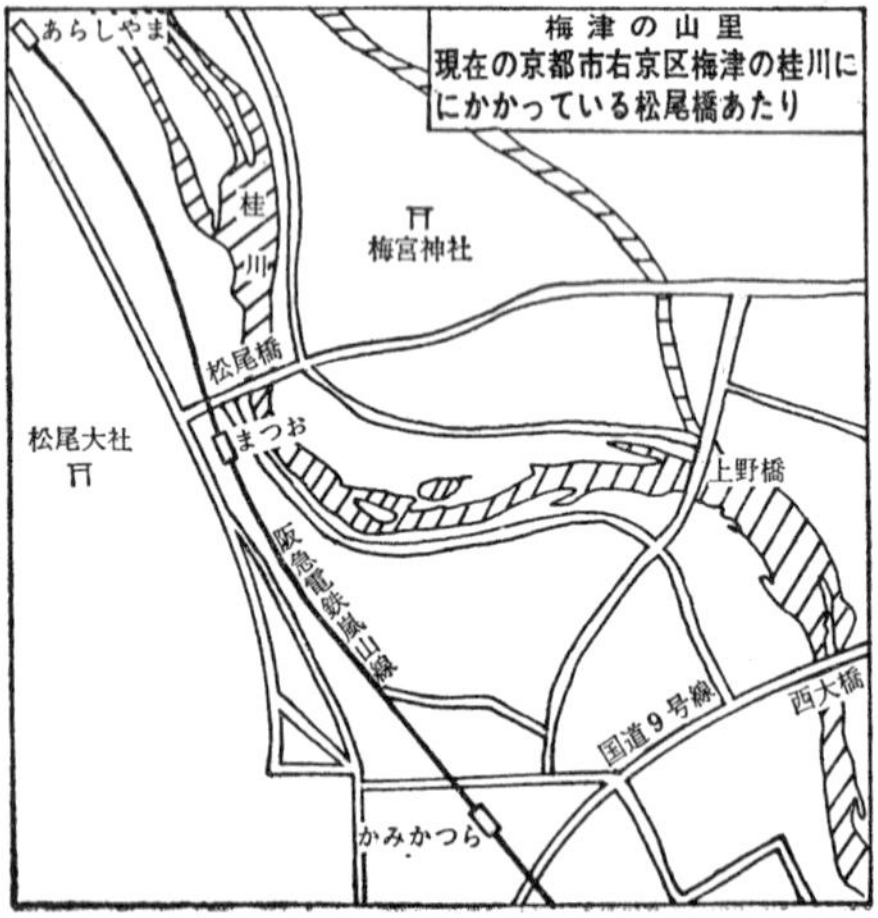

〔鑑　賞〕

東京大学助教授　久保田　淳

源経信には、田園風景を詠んだ作品が少なくない。この歌や、

ひたはへて守《も》るしめ縄のたわむまで秋風ぞ吹く小《を》山田《やまだ》の稲

などは、その一斑である。漢詩にも、「秋日田家眺望」などと題するものがある。

都市生活が爛熟の極に達すると、人間は渇えたように自然を求める。これは今に始まったことではない。摂関時代の最盛期も、そのような、都市生活が一つの極点に達した時期であったかもしれない。それに引続く、後冷泉朝から院政期ごろの貴族の間には、田園趣味が流行した。彼等の多くが、宇治・梅津・桂など、京洛の郊外に別荘を設けた。経信自身の山荘は近江の田上《たなかみ》にあった。そして、この「夕されば」の歌は、同族源師賢《もろかた》の梅津の別荘で詠まれたものであるという。

それゆえ、この清新な田園即事も、いってみれば、作者の生きた時代の好尚の最大公約数的表現であるともいえよう。そのことは、この作の価値を引下げることにはならない。すぐれた詩人は、時代全体の志向を最も鋭敏に感じ取り、それをみごとに表現するのである。

時代の志向を適確に表現化した点とともに、この一首には経信の孤高な詩的精神を探るキー・ワードがこめられていることも見のがせない。それは「芦のまろや」という語である。颯々たる秋風に吹かれてぽつねんと立っている「芦のまろや」は、順徳院が屈原に譬えた経信自身である。

72　祐子《ゆうし》内親王家《ないしんのうけの》紀《き》伊

音にきく　高師《たかし》の浜《はま》の　あだ浪《なみ》は
かけじや袖《そで》の　ぬれもこそすれ

〔**口語訳**〕うわさに高い、高師の浜に立ち騒ぐ波は、袖にかけますまい、濡れては困ります。——名高い浮気な殿御の契りは受けますまい、泣き濡れることになっては困ります。

〔**語釈**〕
○音にきく―うわさに聞く。
○高師の浜―大阪府堺市浜寺海岸。「高し」を言い掛けた。
○あだ波―いたずらに寄せてはかえす波。浮気な男のたとえ。
○かけじや―波をかけまいよ。男の情は受けまい、という心。
○ぬれもこそすれ―濡れるようになっては困る。濡れるのは、波にであるが、涙にということを裏に示す。

〔**作者**〕出自不明で、諸説があるが、紀伊守藤原重経《しげつね》の妹かとも言われる。後朱雀天皇の第一皇女祐子内親王にお仕えした。生没年不明。

〔**出典**〕金葉集巻八、恋下（五〇一）

現在の高師の浜附近

〔鑑 賞〕

北海道大学助教授 近藤潤一

男の、哀願するような求愛を、きっぱりはねつける、こきみいい歌である。着想も技巧も、舌をまくほどあざやかな、才女の歌だ。

日本の女は、歌の上では、みんな才女だった。民謡以来、恋のたてひきで、女性はちっとも、男性に負けていない。むしろ、たいへん才気走った機智あふれるやりとりで、いつも男の求愛を切りかえす、そんな華麗な技巧家だった。むりもない、顔を見たこともない貴族の恋愛で、男は、美しく飾った言葉の上だけの恋の猟人である。その誠意を試すのには、とことん言い負けずに、相手を疑い、あざけり、からかって拒否するほかはない。才女になるのは、女が、わが人生をまもる大切な方法だった。この歌は、「堀河院御時艶書合《あわせ》」（一一〇二年）という遊びのために作られた、偽装恋愛の歌だけれども、そのまま実人生の気合もこもっていて、女の歌の模範といっていい出来栄えだ。

歌の二重映像をみるとよい。ひとつは、大阪湾で、波にぬれる海人《あま》の姿。それと重なって、あだなさけゆえ、後になって涙に袖をぬらす女の姿。一歩間違うと、そうなるさびしい女の宿命があるから、昂《こう》然と、とりつくしまもなく相手を拒否するのである。なにしろ、相手は、評判の高い浮気者、「音に聞く高師の浜のあだ波」だ。この縁語・掛詞の修辞も、つよく、おもしろく響いている。きっぱりして、しかも優美な諧謔の調子にまとめられていて、さすがに、王朝老練の女流の歌だ。

73

権中納言匡房《ごんちゅうなごんまさふさ》

高砂《たかさご》の　尾上《をのへ》の桜　咲きにけり
外山《とやま》のかすみ　たたずもあらなむ

〔**口語訳**〕山の峰の上の桜が咲いた。里近い山の霞よ、立って人目をさえぎることは、しないでほしい。

〔**語釈**〕
○高砂—山。高く砂が積み重なったものの意と見るのが通説。松の名所の高砂（兵庫県高砂市）と見る説もある。
○尾上—峰の上。
○外山—人里近い山。奥山・深山《みやま》などに対して言う。
○かすみたたずもあらなむ—霞が立たないでほしい。里近い山に霞が立ちこめると、奥山の峰の上の桜が見えなくなるからである。

〔**作者**〕大江匡房。漢学の家に生れて異才を示し、諸官を経たのち権中納言・大宰権帥・大蔵卿などになった。博学で多くの著書を残した。一〇四一—一一一一。

〔**出典**〕後拾遺集巻一、春上（一二〇）

宝塚と百人一首

「舞台名は、創始者である小林一三の創案によって、その当時の一般家庭に親しまれていた小倉百人一首のことばからとりあげたもので、響きのよい親しみ深いその歌ことばが、宝塚の若い娘スターたちを、いっそう親しみ深くしました。」（『宝塚五十年史』より）

① 秋田　露子	㉖ 小倉もみぢ	(62) 清少　郁音
④ 富士野高嶺	㉝ 久方　春代	(71) 芦野まろや
⑥ 鵲　わたる	㊴ 浅茅しのぶ	(73) 尾上さくら
⑫ 天津　乙女	㊾ 御垣　悦子	(77) 滝川　末子
⑬ 筑波　峯子	(58) 有馬　稲子	(78) 淡路　通子
⑰ 神代　錦	(59) 小夜　福子	(87) 霧立のぼる
⑱ 夢路かよ子	(60) 大江　幾乃	(93) 天乃　小舟

〔鑑賞〕

福岡女子大学教授　目加田　さくを

朧な月が上った。庭前の桜花は爛漫、ひら〳〵ひら〳〵と舞いおちる花びら。吹くともみえぬ春風は甘美な花の香を漂わせ、御簾のあたりからは、たきしめられた空だきものの匂いが馥郁とたちこめる。内大臣師道邸の寝殿では、今や酒宴たけなわである。盃もいくめぐりしたであろうか。「さあさあ諸兄、一首ずつ御披露あれ、題はこれに」と文台を指さす大臣の頬はいい色に染んでいる。叡才の誉れ高い大江匡房は、にっこりと歌題を披いた。曰く。「遥ニ望ミ山桜ヲ一」今宵も後宴は琵琶・箏・琴・横笛の合奏があるらしい。侍所で調子をととのえる音がひびいてくる、「あるじの君に慶賀の意を、ま、さりげなくこめなければいけまいな。さあて、長寿といえば、高砂・住の江の松か、さよう、「かくしつつ世をやつくさむ高砂の尾の上にたてる松ならなくに」でいく事とするか、彼はさら〳〵と筆を走らせた。「高砂の尾の上の桜さきにけり外山の霞たたずもあらなむ」

「ほう、遥か彼方の高砂の尾根のあたりが、白う浮きあがったわ、まるで白雲がもく〳〵と湧くようにさ。到頭、待ちにまった桜が咲いてくれたが。高砂の尾の上の松の間にあちら此方、真白なあの桜の花は、何とまあ、目にしみるように美しい。松の翠に一段と冴えて、すっきりと美事な眺めじゃ。永の月日、折角楽しみにしてきた高砂の尾根の桜の花じゃ、どうか外山の霞よ、かくさないでおくれ、頼むから。花の間は、立たないでくれよ。」

74　源俊《みなもとのとし》頼朝《よりのあ》臣《そん》

うかりける　人を初瀬《はつせ》の　山おろしよ
はげしかれとは　祈らぬものを

〔口語訳〕わたしにつらく当ったあの人を、…心がとけるように初瀬の観音さまに祈りはしたが、…初瀬の山おろしの風よ、おまえのように、きびしさが烈しくなれとは祈らないのに。

〔語釈〕

○うかりける人―自分につらい目を見せた人。

○初瀬の山おろしよ―初瀬の山から吹きおろす風よ。「初瀬」は奈良県の初瀬で、町の北に山がある。その中腹には、古来有名な初瀬寺（長谷寺《はせでら》）の観音が祭られ、広く信仰された。

○はげしかれとは祈らぬものを―山風の烈しいように、恋人のつれなさが烈しくなれとは（観音に）祈りはしないのに。

〔作者〕大納言源経信《つねのぶ》の三男。官は左京権大夫《ごんのだいぶ》・木工頭《もくのかみ》にとどまるが、和歌の新風を代表する当代一の歌人で、白河院から勅撰集撰進の命を受け金葉集を撰んだ。一〇五五―一一二九。

〔出典〕千載集巻十二、恋二（七〇七）

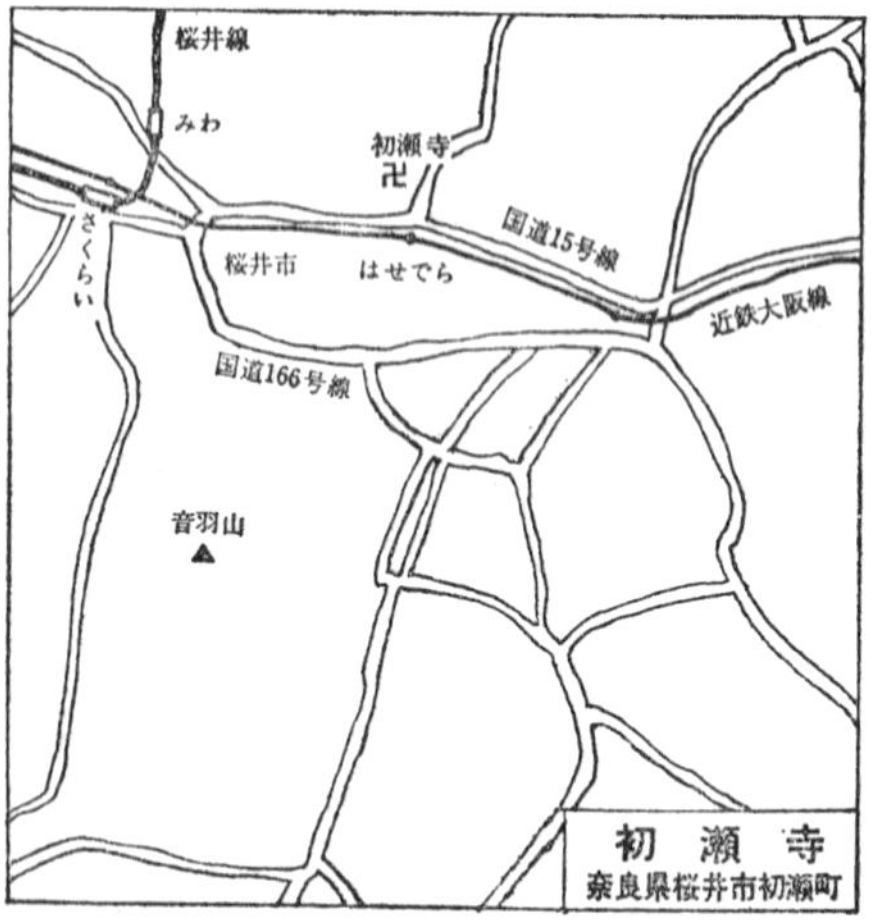

初瀬寺
奈良県桜井市初瀬町

〔鑑　賞〕

お茶の水女子大学教授　関　根　慶　子

「祈れども逢はず」という題で詠んだ歌で、現代人には余りぴんとこないかもしれないが、当時や続く時代には絶賛された歌である。「後鳥羽院御口伝」に、「俊頼堪能の者なり。歌の姿二様《やう》によめり。うるはしくやさしき様も殊に多く見ゆ。又もみもみと、人はえ詠みおほせめやうなる姿もあり」とあって、「もみもみと」の例にこの歌を挙げられたように、入り組んだ意味を屈折した表現でたくみにまとめあげた点が、当時の人に訴えたのであろう。相手の薄情さを「初瀬の山おろし」のはげしさなどに譬えた所も新趣向だったろう。深く激しく恋する者にとって、祈ったかいもない相手のつれなさは、まるでその初瀬の山おろしのきびしさにも似て痛烈なのを、慨嘆するのである。しっとりした味わいは感じられないが、とにかく巧緻で「もみもみと人はえ詠みおほせぬ」というのは至言である。次代の大歌人「俊成」もこれを千載集に採ったが、彼は俊頼を千載の首位に置き、五十二首という最大多数を撰入した。それらの歌を見ると、さすがに俊成は俊頼の佳作を知っており、その中には、後鳥羽院の言われた「うるはしくやさしき様」に当るような優雅な又幽玄ともいうべき歌風のものもある。俊頼は多面的な詠風の持主で、後鳥羽院が「歌の姿二様に」と言われたのも、そうした点に着目されているのであろう。院が「うるはしき姿」の例に挙げられたのは、「鶉鳴く真野《まの》の入江の浜風に尾花なみよる秋の夕暮」で、俊頼自身も金葉集にこれを自撰した。

75 藤《ふじ》原《わらの》基《もと》俊《とし》

契《ちぎ》りおきし　させもが露《つゆ》を　いのちにて
あはれ今年《ことし》の　秋もいぬめり

〔口語訳〕あれほどお約束くださった、頼《たよ》りにしていよという恵みの露のようなおことばを、命ともたのんで参りましたが、ああ、ことしの秋もむなしく過ぎてゆくようです。

〔語釈〕

○させも―させも草。さしも草と同じでモグサにするヨモギ。詞書きによれば、作者はその子の僧都《そうず》光覚を維摩会《ゆいまえ》の講師《こうじ》にと願ったが選にもれたので、藤原忠通に恨みを言うと、忠通は「なほたのめしめぢが原のさせも草われ世の中にあらむ限りは」（新古今集・清水観音の歌）によって答えたが、また選にもれたので詠んだという。ここは「させも」と言って、忠通の用いた歌の頼りにせよとの主旨を示したもの。

〔作者〕右大臣藤原俊家の子。佐衛《さえ》門佐《もんのすけ》になった。保守的歌風で当時の歌壇に源俊頼と相対した。一〇六〇？―一一四二。

〔出典〕千載集巻十六、雑上（一〇二三）

維摩会

十月十六日は藤原鎌足の命日にあたるので十月十日より一週間、藤原家ゆかりの興福寺において維摩経を講読する法会が行われた。これを「維摩会」という。

「維摩」とは釈迦如来の弟子の名で、彼の教えを書いた教本を「維摩経」といい、「維摩経」を講読することを「維摩会」という。

この「維摩会」の講師には名誉があって、毎年五月に宮中清涼殿で行われる「最勝会」（高僧を招いて国家安泰を祈願する法会）での講師を勤める資格が与えられる。そこでその地位をねらい今でいう裏工作がその当時でも必要であったのかもしれない。

〔鑑　賞〕

武蔵大学教授　平井卓郎

基俊がその子光覚の栄誉を前太政大臣（忠通）に嘆願したが実現しなかったのを嘆いた親心の歌だが解りにくい。「人の親の心は闇にあらねども子を思ふ道にまどひぬる哉」（兼輔）などの方が平凡ながら素直である。「さしも草」は序詞の役に使用されているが、「けふもまたかくやいぶきのさしも草さらば我のみ燃えやわたらむ」（和泉式部）のように燃えるものとして胸の火を訴える素材に用いられている方が効が大きい。それにしても艾《もぐさ》ではせせこましい。万葉以来の野火などの方が一層適切である。基俊は出もよく、元永元年内大臣（忠通）家歌合には俊頼と共に判者をも勤めた。忠通は基俊の嘆願を受け得る氏の長者としての位置にあった。事が思い通りに運ばなかった理由は明らかでない。基俊は中古歌仙の一人で保守的傾向を持ち、むしろ清新の歌風を代表する俊頼とは対立した。和漢の学に通じ、歌学に造詣深かったが、学識を誇り驕慢で、人を難ずる癖が激しかったので失敗も多かった。無名抄などに詳しい。俊成はその晩年の門弟だが、実のところ彼はあまり基俊を高く評価していない。定家は基俊を重んじているが、父の師という意味が強かったような気がする。基俊の代表歌としては必ずこの歌を挙げているが、近代秀歌にもこの歌をも含めて二首しか採っていない。このような歌があくまで代表歌とされているところに基俊の歌人的限界がありはしないか。

76
法性寺入道前関白太政大臣《ほうしょうじのにゅうどうさきのかんぱくだいじょうだいじん》

わたの原　こぎいでて見れば　ひさかたの
雲ゐにまがふ　沖つ白波

〔口語訳〕広い海上に舟を漕ぎ出して見わたすと、空の白雲と見まがうばかりに沖の白浪が立っている。

〔語釈〕
○わたの原—海原。広い海。
○ひさかたの—枕詞で、空に縁のある語などにかかる。ここは「雲ゐ」にかかる。
○雲ゐ—雲。「雲居《ゐ》」で、雲のある所すなわち空の意の用例が平安時代には多いが、ここは雲の意に見るべきかといわれる。
○まがふ—見まがう。見分けがつかない。
○沖つ白波—沖の白波。
〔作者〕藤原忠通《ただみち》。関白忠実《ただざね》の子。鳥羽・崇徳・近衛・後白河四代の関白となり、また摂政や太政大臣にも任じられた。別荘の法性寺で出家。書や詩歌にすぐれた。一〇九七—一一六四。

〔出典〕詞花集巻十、雑下（三八〇）

枕詞
ある語の上についてその語を印象づけたり語調を整えたりする語。「冠辞」とも。普通五音であるが四音や六音の場合もある。これに似た性質の修辞に序詞があるが、序詞は形が枕詞よりも長く、かかる語との関係が枕詞のようにきまっていない。
③　あしひきの（足引の・足曳の）
↓山、尾上、峯の上、岩根
⑰　ちはやぶる（千早振る）
↓神、人、やしろ、氏、宇治
㉝⑯ひさかたの（久方の）
↓天、日、月、雨、空、雲、星、光、都、鏡、夜

〔鑑　賞〕

早稲田大学名誉教授　岩津資雄

「わたの原」で始まる歌がもう一首（八十島かけて……）百人一首の中にあって、カルタ取りの場合、よく読みちがえたり、お手つきをさせられたりする。歌の中身も船旅の歌として似ているが、この歌は「海上遠望」の題でよまれた叙景歌で、船から眺めた沖合の景色が歌われている。一首の中心は下二句の「雲ゐにまがふ沖つ白波」で、白波の起伏に水平線が消えて水か空かの区別のつかぬ茫洋の景色が、この二句に大きく鮮やかに描かれている。同時にそれが船の行く手の状態として、船旅に伴なう不安や孤独感を感じさせる。これは余情で、これが一首の味わいとなっている。

一首は二句切れ、体言止めの句法から成る「たけ」の高い歌である。句法のうち特に第三句の枕詞（久方の）に注意したい。枕詞は普通初句に置かれるが、この歌では「詞の休め」とされる第三句に置いてある。これを声調の上から見ると、第二句の「こぎいでて見れば」という急迫した調子がここでゆるめられることになり、そのゆるやかな調子が次の「雲ゐにまがふ」の印象を鮮烈にするとともに、いったがような余情味をしみじみ感じさせるのである。このように第三句に置かれて微妙な働きをする枕詞は、「半臂の句」または「蘇合の舞の姿」と呼ばれていた。（無名抄）「半臂の句」はこの歌のほか、同じ百人一首の「田子の浦にうちいでて見れば白妙の富士の高嶺に雪は降りつつ」（新古今集）にも見える。

77　崇《す》徳《とく》院《いん》

瀬《せ》をはやみ　岩にせかるる　滝川《たきがは》の
われても末に　あはむとぞ思ふ

〔口語訳〕瀬の流れが早いので、岩にせきとめられる急流が、いったん分れるが、末に合う、そのように、今二人は別れても行く末はきっと逢おうと思う。

〔語釈〕
○瀬をはやみ―瀬の流れが早いので。「瀬」は川の浅い所。
○せかるる―せきとめられる。
○滝川の―急流のように。
○われても末にあはむ―水が二つに分れても末に合うように、恋人どうしが一時は別れても、行く末にはかならず逢おう。「われて」には、しいての意味も含まれるとも見られる。

〔作者〕第七十五代の天皇。鳥羽天皇の第一皇子。二十三歳で不本意な譲位をされ、のち藤原頼長と結び保元の乱を起こしたが敗れ、讃岐《さぬき》（香川県）に移された。一一一九―一一六四。

〔出典〕詞花集巻七、恋上（二二八）

落語と百人一首

「崇徳院」
崇徳院の「せをはやみ……」の歌を材料にした落語。良家のお嬢さんから「瀬をはやみ岩にせかるる滝川の」と上句だけを書いてもらった若旦那が、それがもとで恋の病に倒れて、出入りの職人がこの歌をたよりに相手のお嬢さんを探すという話。

「千早振る」
知ったかぶりをする町の先生が、八五郎から頼まれて「千早振る……」の歌を珍解釈するというユーモアたっぷりの話。
これに類したもので「筑波嶺の……」の珍解釈もあったというが、いまは聞くことができない。

〔鑑　賞〕

茨城大学助教授　野口元大

この歌、百人一首の形が必ずしも確定的なものではなく、三様の異同が知られている。

ゆきなやみ岩にせかるる谷川のわれても末にあはむとぞ思ふ（久安百首）
瀬を早み岩にせかるる滝川のわれても末にあはむとぞ思ふ（初度本詞花集）
瀬を早み岩にせかるる谷川のわれて末にもあはむとぞ思ふ（精撰本詞花集）

詞花集が崇徳院の院宣によるものである以上、その改訂は当然院自身の意志を反映したものだったと見てよい。ところが定家のみならず、院に親近した俊成まで、古来風体抄に同じ形で掲げているのである。三者中これが最も激越な調べをなしていることは、一読して明らかであろう。

俊成・定家のこうした選択は、歌の良し悪しもさることながら、崇徳院その人の強烈なイメージと切り離せないものだったようである。院は鳥羽上皇の院政下に在位（五〜二一歳）、何事もなすなく譲位を強制された。上皇の崩御を機にその憤懣は爆発して保元の乱となったが、戦敗れて讃岐に配流された院は、終生ひげを剃らず爪を切らず忿怒の相を改めることなく、死しては魔道の王となったと伝えられる。院の怨霊はすでに平家物語に畏怖の的とされ、後には秋成の雨月物語に如実に描かれる。恋の歌の形をとりながらも、この歌は、そうした抑えに抑えられた激情、事破れてなお諦念を知らず、志を未来にかける執心の表現として、格別の思いを読者に刻印する迫力がある。

78　源《みなもとの》兼《かね》昌《まさ》

淡路島《あはぢしま》　かよふ千鳥《ちどり》の　鳴く声に
幾夜寝覚《いくよねざ》めぬ　須磨《すま》の関守《せきもり》

〔口語訳〕淡路島へ通い飛ぶ千鳥の鳴く声を聞いて、幾夜眠りを破られたことであろう、須磨の関守は。

〔語釈〕

○淡路島—兵庫県の南部の島。本土との間に明石海峡を隔て、須磨の南西に位置する。

○千鳥—チドリ科の鳥。水辺に群棲し、群をなしてよく飛ぶ。群をなすところから千鳥の名があるという。

○幾夜寝覚めぬ—幾夜目ざめたことだろう。

○須磨の関守—須磨の関の番人。「須磨の関」は神戸市須磨区の山が海に迫るあたりに古く置かれ、枕草子の「関は」の段にも挙げられている。

〔作者〕美濃守俊輔《としすけ》の子。皇后宮大進《だいじん》などになり、のち出家したらしい。生没年不明。

〔出典〕金葉集巻四、冬（二八八）

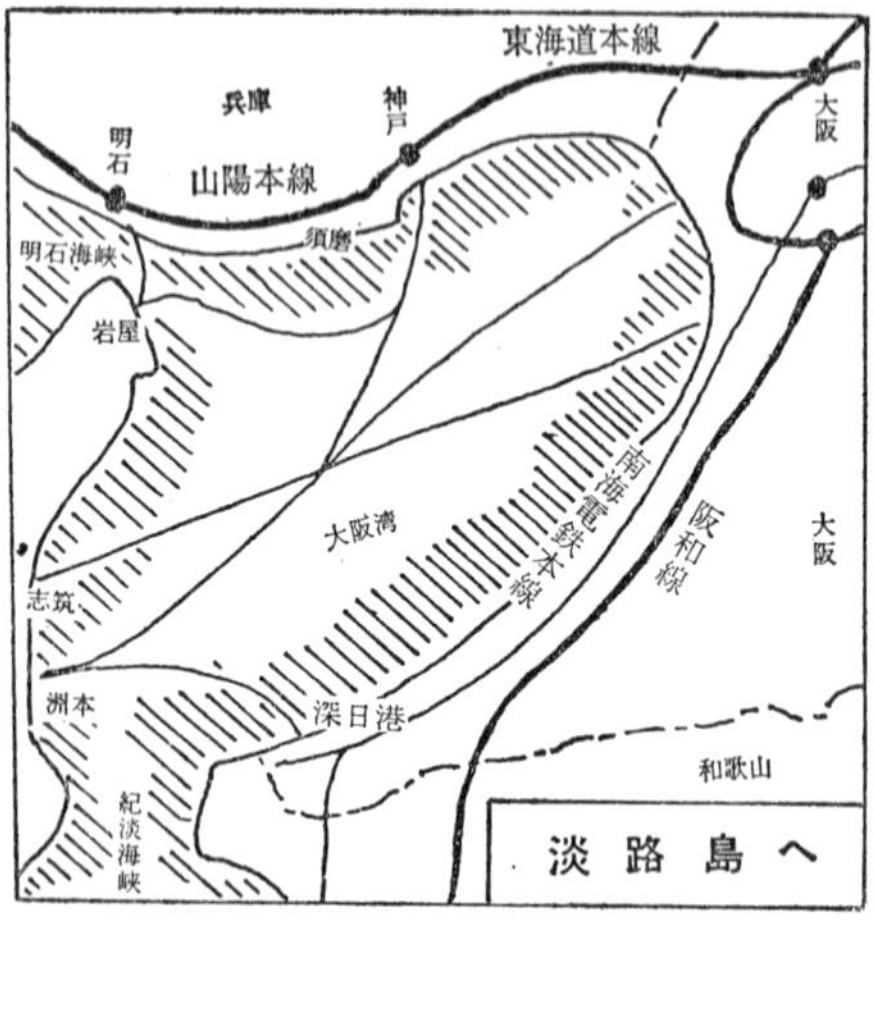

〔鑑　賞〕

神戸大学教授　藤岡忠美

王朝貴族にとっての須磨のイメージとは、白砂青松の海浜に藻塩を焼く煙がたなびき、海人たちがわずかに点在するといった、都をはなれたわびしい風景であった。また須磨は摂津と播磨との国境にある関として知られ、在原行平の「旅人は衣涼しくなりにけり関吹き越ゆる須磨の浦風」、壬生忠見の「秋風の関吹きこゆるたびごとに声うち添ふる須磨の浦波」などのように、関を越える者の感慨が秋風や波の音によって掻きたてられる趣向に形象化されたものであった。

兼昌のこの歌は、その須磨のわびしい感慨を関守の心情の中に探ってみようとしたところに新味がある。ただでさえ淋しい関守が、千鳥の哀切な鳴き声に胸をかきむしられて寝覚めがちになるという、冬の深夜のシーンと凍りつくような孤独寂寥感をうたっている。そのわびしい想いは「幾夜寝覚めぬ」という告白めいた表現によって効果的に強調されるところである。

須磨とは指呼の間に望まれる淡路島を引き合いにしたのは、一首の世界の情趣化に役立っていよう。また『源氏物語』須磨の巻の「友千鳥もろ声に鳴くあかつきはひとり寝覚めの床もたのもし」を下敷きにするものであることは知られており、辺境にある光源氏の心理に重ね合わせるかたちで関守の気持を採り上げた、作者の工夫と見る。『源氏物語』などの文学伝統を背景に据えることによって、この歌の主題としての孤独感は、美的情趣の高みで共感されるものになっている。

79 左京大夫顕輔《さきょうのだいぶあきすけ》

秋風に　たなびく雲の　絶《た》え間《ま》より
　もれいづる月の　かげのさやけさ

〔口語訳〕秋風に吹かれてなびく雲の切れめから、もれ出る月の光の澄みきった明るさ…。

〔語釈〕
○秋風に―秋風によって。
○たなびく―横に長く引く。なびく。「た」は、語調を整える接頭語。久安百首（一一五〇）には「ただよふ」とある。
○絶え間―とぎれた隙間《すきま》。
○月のかげ―月の光。
○さやけさ―清らかで明るいこと。「さやけし」という形容詞の名詞形で、体言で言い切ることで余情を残した表現。

〔作者〕藤原顕輔。諸官を歴任したのち、左京大夫になった。父顕季の後を受けて、歌学の家としての六条藤家の中心となり崇徳院の命により詞花集を撰進した。一〇九〇―一一五五。

〔出典〕新古今集巻四、秋上（四一三）

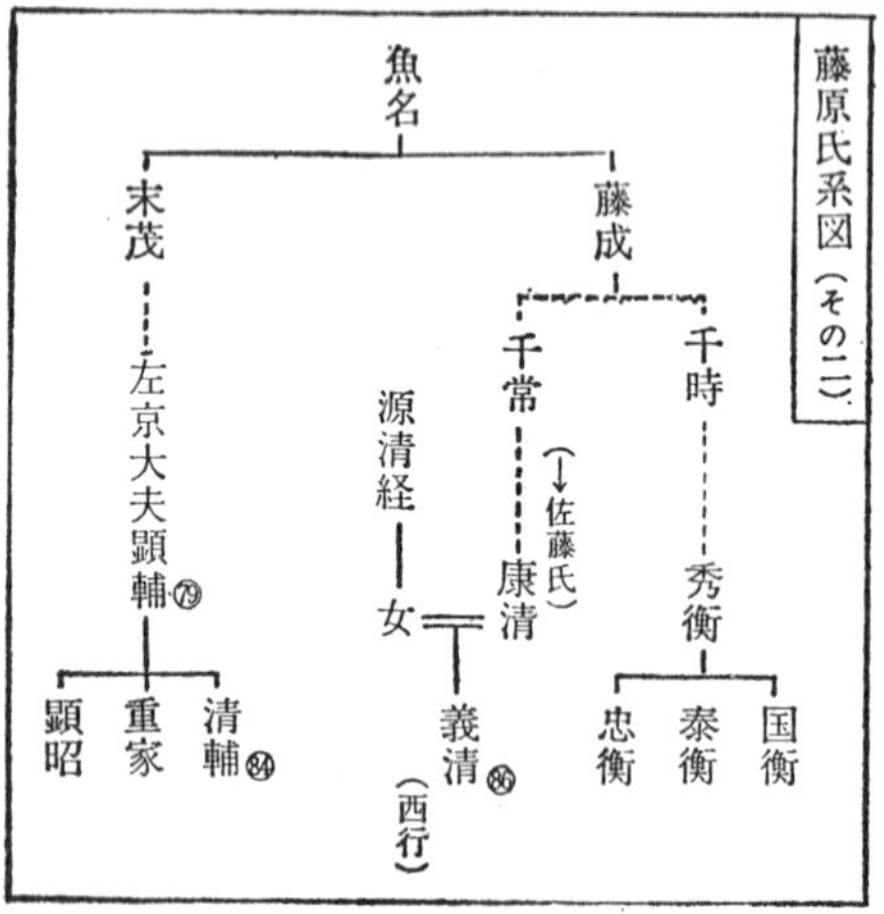

〔鑑賞〕

愛知大学学長　久曽神　昇

久安百首の題詠であるが、体験などをふまえた作であろう。京都は天候の変化が早い。「もれ出でし月」ではなく、「もれ出づる月」とあり、しばしば雲間に隠顕する月であろう。したがって「たなびく雲の絶間」よりも、原形の「ただよふ雲の絶間」の方が自然である。

雲からさしくる新鮮な月光を詠歎的に表現したのである。雪月花の中でも、月は最もひろく賞翫せられた。殊に秋の月は、八月十五夜、九月十三夜など、名月として喧伝せられてきた。快晴の夜空の月を詠んだ歌も多いが、徒然草にも「もち月のくまなきを千里の外までながめたるよりも、……うちしぐれたるむら雲がくれのほど、又なくあはれなり」と述べているように、雲間の月も趣ふかいものである。快晴の夜空よりも清新に感じられるものである。殊に時雨の後ならば一層さやかである。初句から最後まで、切れ目もなく詠みつづけており、たけ高い姿の歌である。「月影の澄みわたるかな天の原雲ふき払ふ夜半の嵐に」（経信）「木枯の雲ふき払ふ高嶺よりさえても月の澄みのぼるかな」（俊頼）などもあるが、どれよりも優れている。百首の中では「久方の光のどけき」（友則）「村雨の露もまだひぬ」（寂蓮）などと共に、叙景歌の絶唱である。

百首中には、経信―俊頼―俊恵、天智―持統天皇、紫式部―大弐三位などの如く、親子二代、三代にわたる作者も三十余人あるが、顕輔の子清輔も「長らへば又この頃や」が選ばれている。

80 待賢門院堀河《たいけんもんいんのほりかわ》

長からむ　心も知らず　黒髪《くろかみ》の
乱《みだ》れてけさは　ものをこそ思へ

〔口語訳〕長く変らないお心かもしれないけれど、わたくしは寝乱れたままの黒髪のように心も乱れて、お別れしたけさは、もの思いをしています。

〔語釈〕
○長からむ心―末長く変らず愛しつづける心。「長からむ」はあとの「黒髪」の縁語。
○黒髪の―黒髪のように。
○乱れて―心が乱れて。
○けさは―夜の間恋人と逢って、別れたばかりのけさは、という気持。

〔作者〕神祇伯《じんぎはく》源顕仲《あきなか》の娘。はじめ前斎院に仕えて六条といいのち鳥羽天皇の皇后待賢門院璋子《しょうし》に仕えて堀河といった。生没年不明。

〔出典〕千載集巻十三、恋三（八〇一）

黒髪

「髪はふさやかに長く、黒々として光沢があり、筋は癖がなく、ちぢれず、分量はあまり多くないのが美」（池田亀鑑「平安朝の生活と文学」）といわれるように、黒髪は女性の美を象徴するものであり、また女性の生命《いのち》でもあった。特に、平安朝の女性の足もとをひきずるような黒髪（垂髪＝すべしがみ、またはすべらかし）には、官能的な美さえ感じられる。

○女は髪のめでたからんこそ、人の目たつべかんめれ。（徒然草）
○黒髪のめでたからんこそ、女はめやすかるべしと、つれづれ草にもあるといの。とかく女子は髪かたち。（檜権三重帷子）

〔鑑賞〕　　　　　　　　　　　　　　　　東京女子大学教授　松村緑

詩語というものはイメージの喚起媒体として活用された言語であるから、この歌も一読してすぐ浮んでくるイメージは、恋びととの初契りの翌朝、男の去ったあと、髪かたちを整えることも忘れて、長い垂れ髪を背に乱したまま、心緒乱れて糸のごとく、うつ伏して物思う女性の姿である。

この歌は久安百首（一一五〇年、作者は崇徳院以下一二人）に出詠した一首で、この百首では恋の題は二〇首あるので、作者は恋愛心理の種々相を構想し、当代の詩的技法をもって歌いあげている。そのうち一二首までが、千載集以後の勅撰集に入撰しているが、この一首がやはり代表的な秀歌であろう。もとより題詠の歌で、実感実詠ではなく、作者の実生活、恋愛体験などは、その家集を調べてもはっきりしないので、「詩と真実」の関係もつきとめにくいが、男女の愛情関係において、男性の側に一方的に生殺与奪の全権を握られて、受身の立場にあった当時の女性の、万人共通の体験の告白である点に、この一首の不朽性があった。

細川幽斎は「契をく人の心の末遠く変らざらんもしらず、夢ばかりなる逢ふ事ゆゑ思ひ乱るる心をはかなやと思ひわびたる心なり。…女の歌にてなほ哀れ深かるべし。また詞のくだり無類物なるべし」（八代集抄所引）と賞美している。戦後、急速に若い男女の恋愛心理も実体も変って来たが、和歌世界の恋愛美学は、忘れ去るには惜しい高度の文化的遺産であると思う。

81 後徳大寺左大臣《ごとくだいじのさだいじん》

ほととぎす　鳴きつる方《かた》を　ながむれば
ただ有明《ありあけ》の　月ぞ残れる

〔口語訳〕ほととぎすが鳴いた、と思ってその方を眺《なが》めると、もう鳥の姿はなく、空にはただ有明の月だけが淡く消え残っていた。

〔語釈〕
○ほととぎす—トケン科の鳥。形はカッコウによく似ているがやや小さい。巣を作らず、ウグイスなどの巣に卵を生んで、ひなを育ててもらう習性がある。わが国では古来夏の景物として詩歌によくとり上げられ、平安時代には特に夜聞く声が賞せられることが多い。
○ただ—ただ…だけ、と限定する気持。

〔作者〕藤原実定《さねさだ》。右大臣公能《きんよし》の子。諸官を歴任して左大臣になった。祖父実能《さねよし》を徳大寺左大臣と呼ぶのに対して、後徳大寺左大臣と呼ばれている。一一三九—一一九一。

〔出典〕千載集巻三、夏（一六一）

ほととぎす

川柳に「鶯の初音はきかぬ小倉山」「百人ながら法華経はよまぬなり」とあるように、百人一首の中に「鶯」を詠んだ歌はない。古歌に多く詠まれている「鶯」のないことが川柳子の目についたのであろう。

百人一首の中で詠まれている鳥は
③山鳥　⑥かささぎ　(62)鳥＝鶏
(78)千鳥　(81)ほととぎす

「ほととぎす」も「鶯」同様、古くから文学作品に多く登場する。「時鳥」「杜鵑」「子規」「不如帰」などと書かれる。
「不如帰」＝徳富芦花の小説名。
「ホトトギス」＝俳句雑誌名。

〔鑑　賞〕

名古屋大学教授　後藤重郎

千載和歌集巻三夏「暁聞郭公といへる心をよみ侍りける　右大臣」とある後徳大寺左大臣実定の歌である。時鳥は春の鶯と共にその初音を一刻も早く聞こうと待ち焦がれられた鳥であり、卯花・花橘に宿る鳥とされ、「時鳥花橘の香をとめて鳴くは昔の人や恋しき」「時鳥初声聞けばあぢきなくぬし定まらぬ恋せらるはた」等の歌によっても知られるごとく、時鳥は花橘と共に懐旧の念を起させるもの、主定まらぬそぞろ心をかきたてさせられるよすがであった。そして古今集以下の時鳥の歌を検するに、夜聞くものとして詠ぜられる場合が多いのであるが、拾遺集に至っては五月雨の闇に鳴く時鳥として詠まれることが多く、後拾遺集に至ると、「有明の月だにあれや時鳥ただ一声の行方も見む」と月明の時鳥が庶幾されるごとくなり、金葉集には、同じ「暁聞郭公」の題で、「わぎもこに逢坂山の時鳥あくればかへるそらになくなり」とも詠まれているのである。このような伝統を背景に実定により詠まれたこの歌は、題詠歌とはいえ、実定在りし日の経験をもととしての詠でもあったであろうか。古来時鳥第一の名歌と評されたのも、上句の聴覚の世界から下の句の視覚の世界への展開と、その間にかもし出される余情によるものであろうが、歌全体からする時、下句の「有明の月」の方に重点がかかり、題にそぐわぬものとなっていることは惜しまれる。これを本歌とした「時鳥鳴きつるあとにあきれたる後徳大寺の有明の顔」（蜀山人）もまた有名である。

82　道《どう》因《いん》法《ほう》師《し》

思ひわび　さてもいのちは　あるものを
憂《う》きにたへぬは　涙なりけり

〔口語訳〕つれない人を慕って嘆いても、それでも命はつらさにたえて保っているが、つらさにたえきれず落ちるのは涙である。

〔語釈〕

○思ひわび―思い嘆いて。つれない恋の相手のために心を苦しめる様子。

○さても―それでも。

○いのちはあるものを―命は（つらさにたえて）あるのに。

○憂きにたへぬは涙なりけり―つらさにたえきれないのは涙である。つらさにたえる命と対照して言った。

〔作者〕俗名は藤原敦頼《あつより》。左馬助《さまのすけ》になったが、のちに出家して道因と名のった。高齢になるまで和歌に強い執心をもったことが「無名抄」などにしるされている。一〇九〇―？

〔出典〕千載集巻十三、恋三（八一七）

道因法師が「秀歌を詠ませたまへ」と祈願したといわれる住吉大社

〔鑑　賞〕

立教大学教授　井上宗雄

口語訳してしまうと、馬鹿らしい歌である。多くの注釈書が、ほめるのに手こずっている感じである。——理屈だ、実感に乏しい、生命と生理との矛盾を幾分コミックに詠んだものだ、等々——。これは相手の無情に訴えかける歌であろうか。それなら一応分る歌である。しかし「命」と「涙」を対比させた技巧は、やはり大げさな、そらぞらしい感を免れない。実感を基調としていないからダメだ、などとは、平安末期の歌については評せないが、しかし陳腐ではあろう。

でも、私はこの歌が好きであった。それは一に調べの流麗さである。子供のころカルタをした時、よく「恨みわび」と間違えたが、それよりも好きな調子であった。最近、石田吉貞氏は、これを、老愁の恋と鑑賞された（『鑑賞百人一首』）。長い生涯で、さまざまに体験した恋を、老いて思い出して涙するというのである。恋と述懐とをまぜた味わいである。

この鑑賞はよい。そういえば、千載集の、この歌の前後は、独り嘆く恋の歌が多い。九十余歳まで生きた作者の、命は永らえて、しかしかつての恋を次々と思い浮べてこぼれてくる涙なのである。定家が『二四代集』などの秀歌選にこの歌を選び入れず、七十四歳にして『百人一首』を選んだ時、始めてこれを秀歌として採り入れたのも、まさしく老愁の恋に共感したからではあるまいか。そこに思い至った時、中年の私にも秀歌となって飛躍したのである。

83 皇太后宮大夫俊成《こうたいごうぐうのだいぶしゅんぜい》

世の中よ　道こそなけれ　思ひ入る
山の奥にも　鹿ぞ鳴くなる

〔**口語訳**〕この世の中は、住み憂くてものがれる道はないものだ。思いつめて分け入った山の奥にも、鹿が悲しげに鳴いているようだ。

〔**語釈**〕

○世の中よ―この世の中よ。現世の住み憂さを嘆息する気持。

○道こそなけれ―（世の憂さからのがれる）道はないものだ。「道」は、あとの「山」の縁語とも言える。

○思ひ入る―深く思う意味の「思ひ入る」に、山へ入る意味を言い掛けている。

〔**作者**〕藤原俊成。はじめの名は顕広《あきひろ》。皇太后宮大夫になったが、六十三歳のとき病気をして出家し釈阿と号した。後白河院の命をうけて千載集を撰進し、歌壇の長老として重きをなし、中世の和歌の基礎をきずいた。一一一四―一二〇四。

〔**出典**〕千載集巻十七、雑中（一一四八）

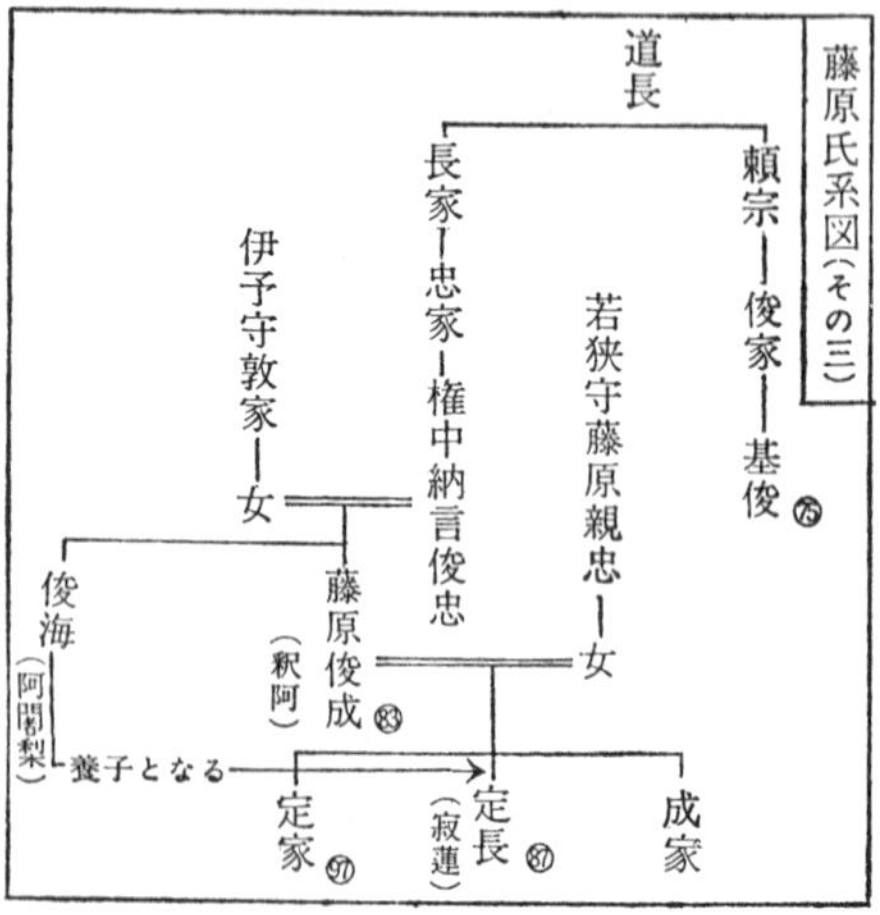

〔鑑　賞〕

京都女子大学教授　谷山　茂

まだ夢の多い若人の感傷のようでもあり、また人生の旅路を行き果てた老人の感傷のようにも感じられる。が、これは俊成二十七歳（保延六年）ごろの述懐の歌。そこで、ふり返ってみると、その老若をつきまぜたような感傷は、私自身のその齢ごろにもあったように思われる。不景気な世に大学を卒業し百円紙幣一枚に足らぬ月給で身をしばられ、国の歩みも満洲事変を数年後にひかえていた。何とも憂鬱だ。青春も終り半分ばかり世がわかりかけた故の、薄青い木の実を噛《かじ》るような感傷。

保延六年当時の俊成は従五位下遠江守。かつて十歳で早くも父を、昨年また母を失ったが、いまさら孤児意識に甘えてはいられない。この歌の初句に提示された「世の中」も、当時の世相、すなわち保元の乱の十数年前だが、すでに上皇北面の青年将校佐藤義清を二十二歳で突然出家させ、青坊主西行に変身させた時勢の暗い翳《かげ》を宿していたに違いない。そういう憂鬱な末世の現実を、この歌の主人公はどうにも脱出する道がないと分別くさく嘆く。たとえば西行のように出家して「思ひ入る」が、その「山の奥にも鹿ぞ鳴くなる」と抒情するのだ。その奥山に鳴く鹿の声はやり切れない感傷を具象化して余情となっている。なお、勅撰集の歌だから「道こそなけれ」に政道頽廃の意を持たせるのは正しくない。が、勅撰集から切り離した世界で、俗人がそう受けとめても、防ぎ切れないのではないか。ともあれ、青春も終り世の中が生半《なまなか》にわかりかけたころの分別くさい感傷である。

84

藤原清輔朝臣《ふじわらのきよすけのあそん》

ながらへば　またこのごろや　しのばれむ
憂《う》しと見し世ぞ　今は恋しき

〔口語訳〕この先、生きながらえれば、また今のことが懐しく思い出されるであろうか。昔つらいと思ったところのことが、今になってみると恋しく思われてくる。

〔語釈〕
○ながらへば―もし、今後生きながらえたら。
○また―（昔のことを今思うのと同様に）やはり。
○このごろやしのばれむ―（つらいと思っている）今のことが将来は懐しく思い出されるだろうか。
○憂しと見し世ぞ今は恋しき―昔つらいと思ったところのことが今は恋しく思われる。

〔作者〕藤原顕輔《あきすけ》の子。官は皇太后宮大進《だいじん》になっている。歌壇の方面では六条藤家の有力者として活躍し、歌学書として「袋草子」「奥義抄《おうぎしょう》」などを残した。一一〇四―一一七七。

〔出典〕新古今集巻十八、雑下（一八四三）

歌仙

すぐれた歌人という意味だったのが、後にはある時代のすぐれた歌人の名称として呼ばれるようになった。
六歌仙、中古六歌仙、三十六歌仙、中古三十六歌仙、新三十六歌仙、女房三十六歌仙、釈門三十六歌仙、近世三十六歌仙等がある。
六歌仙は、紀貫之が『古今和歌集』の序の中で六人の歌人を挙げて評したのをいう。
在原業平⑰　喜撰法師⑧　小野小町⑨
文屋康秀㉒　僧正遍昭⑫　大伴黒主
なお、中古六歌仙は
源　俊頼㉔　藤原基俊㉕　藤原清輔㉞
俊恵法師㊅　待賢門院堀河㊀　登　蓮

〔鑑　賞〕

愛知県立女子短期大学教授　小沢正夫

『清輔朝臣集』によると、三条大納言藤原公教が中将であったころに贈られた歌である。時に清輔は三十才ぐらい、相手の公教は一才年上の従兄であった。身分は公教がはるかに上であったが、清輔は親しい仲間に自分の不平を軽い気持ちで告げたものとみたい。もっとも、彼は官職の低いことには最後まで不満をもっていて、それを天皇に訴えた歌などもある。しかし、それは「やへやへの人だにのぼる位山老いぬる身には苦しかりけり」のように、官職の昇進を登山にたとえるとかいう、何らかの形式的な技巧を用いて表現するのがふつうである。この「長らへば」の歌はそんな使い古された技巧——とはいってもみかどに奏上するような歌ではこれが必要なのである——にとらわれず、自分の感情を率直に表現している。

契沖は「老イノ色ハ日《ひび》ニ面ニ上リ、歓ビノ情ハ日《ひび》ニ心ヲ去ル。今既ニ昔ニ如《し》カズ、後当《まさ》ニ今ニ如《し》カザルベシ」（白楽天）の下二句によってよみ、上二句の心もその中にこめられていると評している。たとえこの詩をふまえての作歌ではないとしても、読者としては人間の運命を直視した作者の心を歌の背後に読みとるべきであろう。季吟は理を責《せ》めてしかも余情があると、この歌を評する。清輔と同時代の藤原俊成やその子の定家たちの理よりも情を重んじたいわゆる幽玄の歌風と比べると、理知的で明快なこの歌の特色がよく分かるのである。

85 俊《しゅん》恵《え》法《ほう》師《し》

夜《よ》もすがら　物思ふころは　明けやらで
　閨《ねや》のひまさへ　つれなかりけり

〔口語訳〕夜どおし眠れず、恋のものを思いをするこのごろはなかなか夜が明けないで、もう明けそうなと見る閨《ねや》の戸の隙、それまでわたしに冷たく思われる。

〔語釈〕
○夜もすがら―一晩じゅう。
○物思ふころ―恋のもの思いをするこのごろ。
○明けやらで―夜が明けきれずに。千載集では「明けやらぬ」。
○閨のひまさへつれなかりけり―（恋の相手ばかりでなくて）寝室の戸の隙間までが、冷淡な気がする。恋人の訪れを待つ女性の立場に立って詠んだ歌であろう。

〔作者〕源俊頼《としより》の子。東大寺の僧であった。のち白河の自分の僧房歌林苑に広い層の歌人を集めて和歌の会を開いた。鴨《かもの》長明の歌の師でもある。一一一三―？

〔出典〕千載集巻十二、恋二（七六五）

川柳（その三）
④真白な名歌を赤い人が詠み
⑦三笠山四角な国で丸く詠み
　「四角な国」は中国のこと。
⑧お宅はと聞かれたやうに喜撰よみ
　江戸ならば深川辺に喜撰すみ
　「たつみ」の方角から。
⑨雨に名を残して花の色はさめ
⑫遍昭は乙女に何の用がある
　五句目の「とどめむ」をきかせている。
⑰神代もきかずどらをした歌人なり
　「伊勢物語」の主人公はどら息子か。
㉔取あへず御歌を幣の手向山
　「取あへず」の意を変えている。

〔鑑賞〕

中央大学教授　犬養　廉

物思いのゆえに、眠れぬ夜を輾転反側する。無論、つれない恋人のためである。そうした夜の、せめてもの救いは、戸の隙のしらむ朝のおとずれであろう。にもかかわらず……という発想である。この発想は必ずしも新しいものではない。一〇世紀の増基法師にも「冬の夜は幾たびばかり寝ざめして物思ふ宿のひましらむらむ」の歌がある。だが、素朴な増基の歌に較べて、この一首は遥かに洗練彫琢されたものがあろう。作者は「閨のひま」を擬人化、「さへ」という添加の副助詞をアクセントとして、その「閨のひま」までが意地悪く自分をさいなむと歌い上げる。恋人の無情な一言も言わず、怨情はむしろ、表現の空白の中に余情となって尾を引いて漂う。

この歌の第三句「明けやらで」は、千載集その他に「明けやらぬ」と見えるが、契沖はこれに対して、「明けやらぬとかけるは非なり。さては明けやらぬひまとつらなりて、打ちはへたる秋の夜などのさまに、おのづから明けやらぬこととなり、上に物思ふころはとことわりたるが、いたづらになれるなり…」と、すぐれた評を加えている。「明けやらで」とする休止にこそ、物憂い夜をもてあぐねた心情がにじみ出て、一と筋に言い放った第五句「つれなかりけり」と響き合うものがある。同じ百人一首の「嘆きつつひとり寝る夜の」(右大将道綱母)が、贈歌という性質から、相手にまつわりつく調べなのに対して、これは、寄るべないしみじみとした呟きになっている。

86　西行法師《さいぎょうほうし》

なげけとて　月やは物を　思はする
かこち顔なる　わが涙かな

〔口語訳〕嘆けといって、月がもの思いをさせるのだろうか。そんなわけはないのに、月のせいにするように、わたしの涙は流れてくる。

〔語釈〕
○なげけとて―（月が自分に）嘆けといって。
○月やは物を思はする―月が（自分に）物思いをさせるのか、いや、そうではない。つれない人が物思いをさせる、との心。
○かこち顔なる―かこつける様子の。月のせいではないのに、月のせいにするかのような。

〔作者〕俗名は佐藤義清《のりきよ》。法名は円位、西行と号した。はじめ鳥羽院に仕える北面の武士であったが、左兵衛尉《さひょうえのじょう》の官を捨てて出家し、以来諸国をめぐり修行と作歌の生活を送った。歌壇の外にいたが当時すでに高い評価を受けた。一一一八―一一九〇。

〔出典〕千載集巻十五、恋五（九二六）

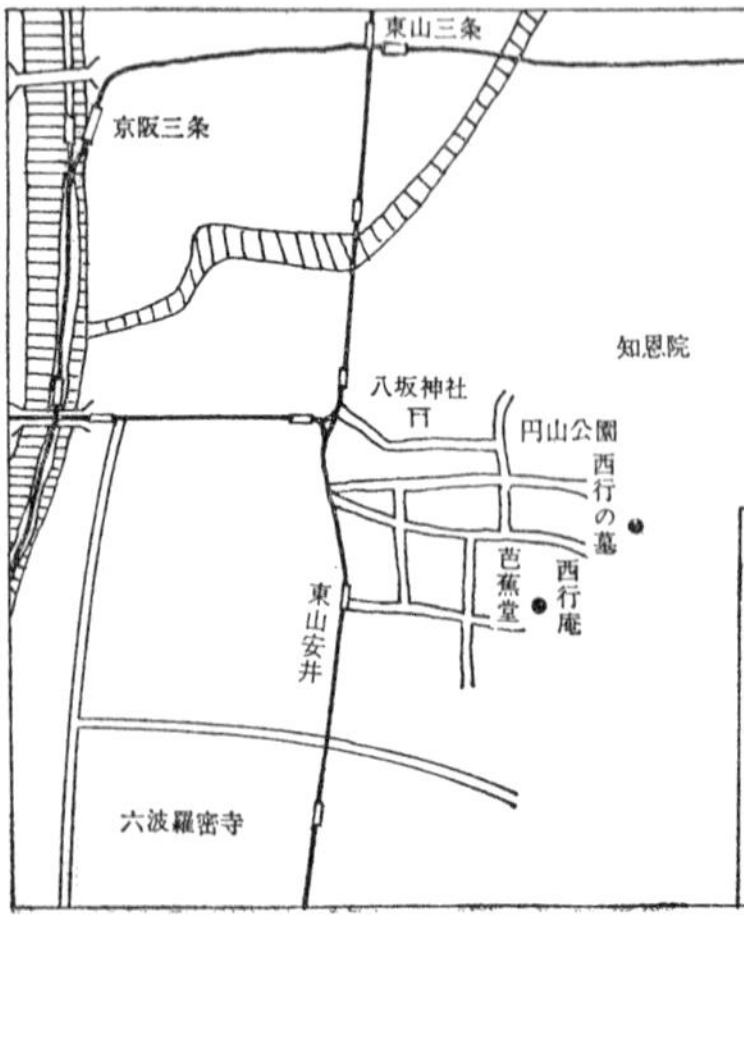

西行庵と西行の墓
京都市東山区にある伝承地

〔鑑賞〕　　二松学舎大学教授　佐古純一郎

千載集巻十五の恋の歌として、「月前恋といへる心をよめる」という題を持つ歌であるが、諸家の研究が明らかにするように、西行が題詠的に歌を作ったのは出家以前の早い頃のことと考えるとこの歌も初期の作品と考えてよいのであろう。それにしても、西行の歌としては、技巧がかちすぎていて、あまりいいものとはいえないのではないか。どちらかというと定家好みの歌というべきものであろう。

しかし、そうはいうものの、題詠という拘束のもとで、単なる観念を歌っているのではなくて、恋のもの思いの苦しみをかみしめている西行、いや佐藤義清の苦悩の心情が、大変リアルにつたわってくるような歌である。どう考えても、この恋は、スムーズにうまくいっている恋とも思えない。つらい、ほんとうにつらいのだ。嘆くまいと思ってみても、どうしようもなく涙がこぼれる。これは月のせいなのだろうか。そうではない、こんなにつれなくするあの女《ひと》のせいなのだ。しかし、そう思ってしまうことは、やはりくやしいから、まるで、月にかこつけるように涙はこんなに頰をつたうのであろうか。

西行の恋は必ずしも幸福なものではなかったと私は考えている。それだけが出家の原因であったとはいえまいが、この嘆きを、無常観にまで深めていくところで円位法師は生れたのだと思う。

87 寂《じゃく》蓮《れん》法《ほう》師《し》

村雨《むらさめ》の　露もまだひぬ　まきの葉に
　霧立ちのぼる　秋の夕暮れ

〔**口語訳**〕通り雨のあと、そのしずくもまだ乾かず残る真木《まき》の葉に、白く霧が谷から立ちのぼる、秋の夕暮れどき…

〔**語釈**〕
○村雨―ひとしきり強く降って通りすぎる雨。「村」はあて字で、むらがり、かたまりの意。
○露もまだひぬ―雨のしずくも、まだ乾かずに残る。
○まき―檜《ひのき》または杉など。「真木《まき》」で「ま」は美称の接頭語。良材となるりっぱな木という原意。
○霧立ちのぼる―霧が（谷間から）立ちのぼる。ほの白い霧が暗緑色の真木の葉にかかることになる。

〔**作者**〕俗名は藤原定長。俊成の弟の阿闍梨《あじゃり》俊海《しゅんかい》の子。はじめ俊成の養子になったが、のち出家。新古今集の撰者のひとりになっているが完成前に没した。？―一二〇二。

〔**出典**〕新古今集巻五、秋下（四九一）

三夕の歌

『新古今和歌集』の秋上の中の秋の夕暮れをよんだ三首の有名な歌のことで、そのいずれも第五句が「秋の夕暮れ」で結ばれている。作者はすべて百人一首に登場。

さびしさは　その色としも　なかりけり
　真木立つ山の　秋の夕暮れ
　　寂蓮法師 ㊇

心なき　身にもあはれは　知られけり
　鴫立つ沢の　秋の夕暮れ
　　西行法師 ㊆

見渡せば　花ももみぢも　なかりけり
　浦の苫屋の　秋の夕暮れ
　　藤原定家 ㊼

〔鑑　賞〕

東京大学教授　松　村　明

新古今集秋下に「五十首歌たてまつりし時」として出ているもので、いかにも新古今らしい特色のよく現れている歌である。「まきの葉」を槇の葉と解するひともあるようであるが、ここの「まき」は真木《まき》で、檜や杉などを総称するものとみるべきであろう。寂蓮は、出家して諸国を行脚した後、高野山に住み、晩年には多く嵯峨に住したというから、この歌にも、高野山か嵯峨あたりの木立の印象が生かされているものであろう。しかし、私個人としては、この歌から、栂尾かあるいはもっと奥の北山杉の峯々に驟雨が時々襲いかかってくる晩秋の光景が、どうしても眼前に浮んでくる。それというのも、ある夏の一日、栂尾高山寺の宿坊に一夜を過した経験からなのである。その夜は、山中でもめずらしくむし暑く、風もほとんどないくらいであったが、私の泊った二階の部屋からは、周山街道沿いの清滝川の流れを隔てて、杉木立の峯々が一望のもとに見渡された。寝つかれないままに、夜更けまで、月明かりに浮かんでいる杉の峯々と向かい合っていたが、この時に思い浮かぶのがこの歌であった。そして、雨に濡れ、霧にぼかされている杉木立の峯々に、そういう光景がつい連想させられたのである。秋にもう一度ここに来たいという、その時の願いは、しかし、まだ果されていない。三夕の歌として知られているのは、寂蓮の「寂しさはその色としもなかりけりまき立つ山の秋の夕暮」の方であるが、それよりは、平明な写生句である「村雨の」の歌の方が私は好きである。

88　皇嘉門院別当《こうかもんいんのべっとう》

難波江《なにはえ》の　芦《あし》のかりねの　ひとよゆゑ
みをつくしてや　恋ひわたるべき

〔口語訳〕難波江の芦の刈り根の一節《ひとよ》、そんな短い旅の仮寝《かりね》の一夜の縁のために、これから長く身をささげて恋い続けることになるのでしょうか。

〔語釈〕
○難波江の芦のかりね—「難波江の芦の刈り根」から「刈り根」と同音の「仮寝《かりね》」（旅先での仮の宿り）を言い出したもの。
○ひとよ—一夜の意だが、「芦の刈り根」に応ずる縁語として「一節《ひとよ》」（フシの間の一くぎり）を言い掛けている。
○みをつくして—「身を尽くして」で、身をささげての意だが「難波江」に応ずる縁語として「澪標《みをつくし》」（航路表示用の杭《くい》）を言い掛けている。

〔作者〕源俊隆の娘。皇嘉門院（崇徳院皇后聖子。藤原忠通の娘）に仕え、別当と呼ばれた。生没年不明。

〔出典〕千載集巻十三、恋三（八〇六）

掛詞

一語で二つの意味を兼ね表わす修辞法。

(88)難波江の芦のかりねのひとよゆゑ
　○かりね＝「刈り根」「仮寝」
　○ひとよ＝「一節」「一夜」
⑧世をうぢ山＝「憂し」「宇治山」
⑨わが身世にふる＝「降る」「経る」
　ながめせしまに＝「長雨」「眺め」
⑯いなばの山＝「稲葉山」「往なば」
　まつとしきかば＝「松」「待つ」
⑳みをつくしても＝「澪標」「身を尽くし」
㉗わきて流るる＝「分きて」「湧きて」
(60)いくののみちの＝「行く」「生野」
(96)ふりゆくものは＝「降り」「旧り」

〔鑑　賞〕

相模女子大学教授　森　本　元　子

旅は人をロマンティックにし、日常性から解放する。しかし、かりねは文字通り仮寝であって、一夜明ければ、またもとの他人同士となってしまう。にもかかわらず、その人を忘れかね、一身をかけて恋いつづけなければならないことを疑惧しているこの歌は、やはり女の歌である。疑惧し、拒否の構えを示してはいるが、真意は男の求愛への肯定であり、むしろ積極的な受諾の姿態なのだ。

このような体験は、現代のわれわれにもあるはずだ。しかし、現代短歌でそうした心情を示すとしたら、どんな表現がとられるのだろうか。改めてこの歌のうまさを吟味してみると、まず「難波江の葦の」から「かりね」へかかる技法。言いたいことは仮寝のひと夜にあるのだが、「仮寝」などという語を、いきなり一首の頭に据えずに、「難波江の葦の」と二文節を用い、三文節目にやっと「仮寝」に行きつく、いかにも女らしい心理の表出である。演出といえば演出だが、ためらいとも恥じらいともうけとれるこの迂回した表出は、ただの序詞として片付けてはしまえない。

次に「身をつくして」の語。これはまた何と簡潔で具象的な表現なのだろう。万葉集に「身をつくし心つくくして思へかもここにももとな夢《いめ》にしみゆる」（三一六二）という歌があるが、こういう表現には、身にせよ心にせよ、いわば張って生きた古代人のなまの吐息が察知され、ここにも、「澪標」との懸詞として技巧に感心するだけではすまされぬものがあるようだ。

89　式子《しよくし》内《ない》親《しん》王《のう》

玉《たま》の緒《を》よ　たえなばたえね　ながらへば
　　忍ぶることの　弱りもぞする

〔口語訳〕　わが命よ、絶えるなら、早く絶えてしまうがいい。もうこの上生きながらえたら、恋を秘めようとする心が弱って人目につくことになるかもしれない。

〔語釈〕
○玉の緒―命。本来は玉をつらぬく緒のことで、その「緒」の縁語として後に「たえ」「ながらへ」「弱り」等がある。
○たえなばたえね―絶えるなら絶えてしまえ。
○ながらへば―生きながらえたら。
○忍ぶることの弱りもぞする―（恋を）隠そうとこらえることが弱るかもしれない。人目にたっては困る、という気持。

〔作者〕　後白河院の皇女。平治元年に賀茂の斎院となり十一年間奉仕した。和歌に親しみ、藤原俊成・定家父子にも接した。のち出家。?―一二〇一。

〔出典〕　新古今集巻十一、恋一（一〇三四）

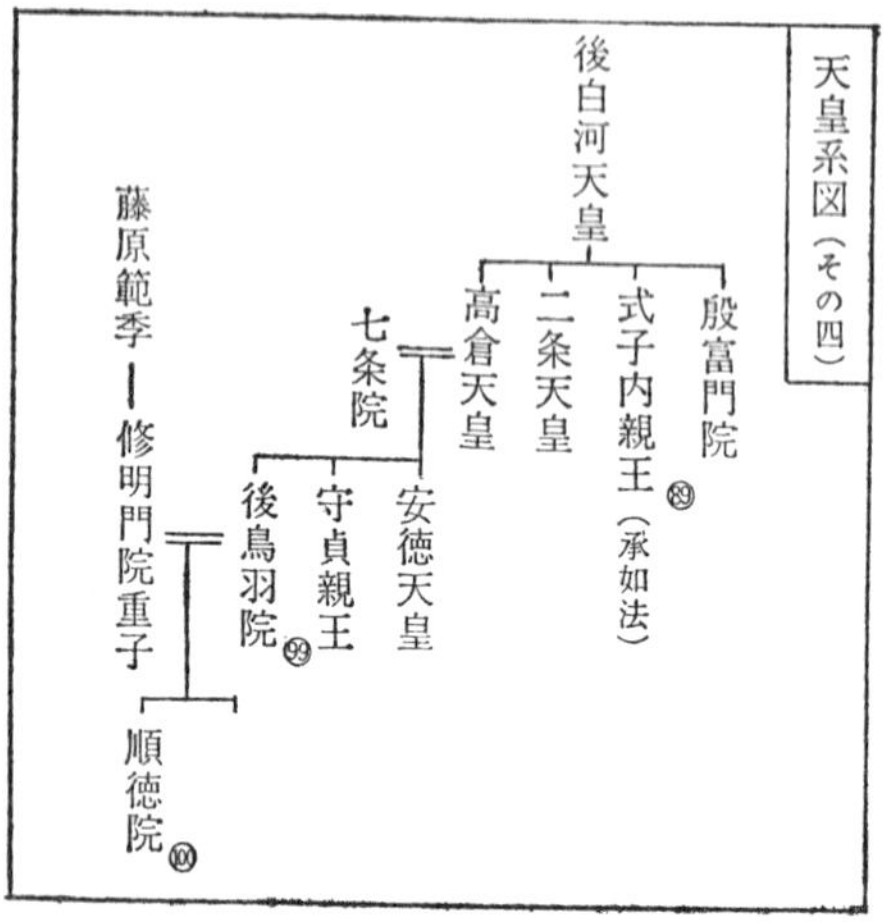

〔鑑賞〕

甲南大学教授　安田章生

忍びに忍んで、ついにそのことに堪え切れず、忍ぶ思いも今は弱まろうとするとき、忍ぶことを貫こうとすれば、わが命を絶つよりほかはないことに思い至るとは、「忍ぶる恋」の極みというべきである。われとわが命に呼びかけている一・二句の表現は、小刻みで強いひびきの句切れによって、切迫した息づかいを、そのまま調べの上に出している。また、その後を受けて、第三句はその終りの「ば」が第二句の途中の「ば」の音とひびき合いつつ、ややゆとりを見せ、四・五句は自らにつぶやいているような趣を見せている。そして、全体にはげしい情熱がたぎっている。

この歌を読むとき、私は、武士道のことを説いて有名な『葉隠《はがくれ》』という書に、恋の極みは忍ぶる恋である。堪え忍んだ果てに思いこがれて死ぬのが最高の恋である、という意味の一節があることを思い出す。たしかに、その切なさにおいて、忍ぶる恋にまさるものはあるまい。この歌は、そのことを見事に示している一首である。

題詠であるけれども、作者にこうした思いの体験が全くなかったとは、言い切れない。そして、そうした体験があったとするとき、高貴な身分の作者にあって、その思いはいっそう痛烈であったはずである。

作者には、藤原定家との恋の伝説があるが、そのことも思い出される一首である。

90　殷富《いんぷ》門院《もんいんの》大輔《たいふ》

見せばやな　雄《を》島のあまの　袖《そで》だにも
濡《ぬ》れにぞ濡れし　色はかはらず

〔**口語訳**〕わたしの袖をお見せしたい。あの松島の雄島の漁夫の袖でさえも、波にひどく濡れてはいても、わたしの袖のように色まで変ることはないのです。

〔**語釈**〕

○見せばやな―（自分の袖を）見せたいものだ。

○雄島のあまの袖だにも―雄島の漁夫の袖さえも。「雄島」は宮城県松島湾内の島の一つ。次の本歌によったと見られる。「松島や雄島の磯にあさりせしあまの袖こそかくは濡れしか」（後拾遺集　源重之《しげゆき》）

○色はかはらず―（雄島の漁夫の袖は）色は変らない。言外に自分の袖は恋の苦しさに流す血涙で色が変ったの意を示す。

〔**作者**〕藤原信成の娘。殷富門院（後白河天皇皇女、安徳天皇准母亮子）に仕えた。生没年不明。

〔**出典**〕千載集巻十四、恋四（八八四）

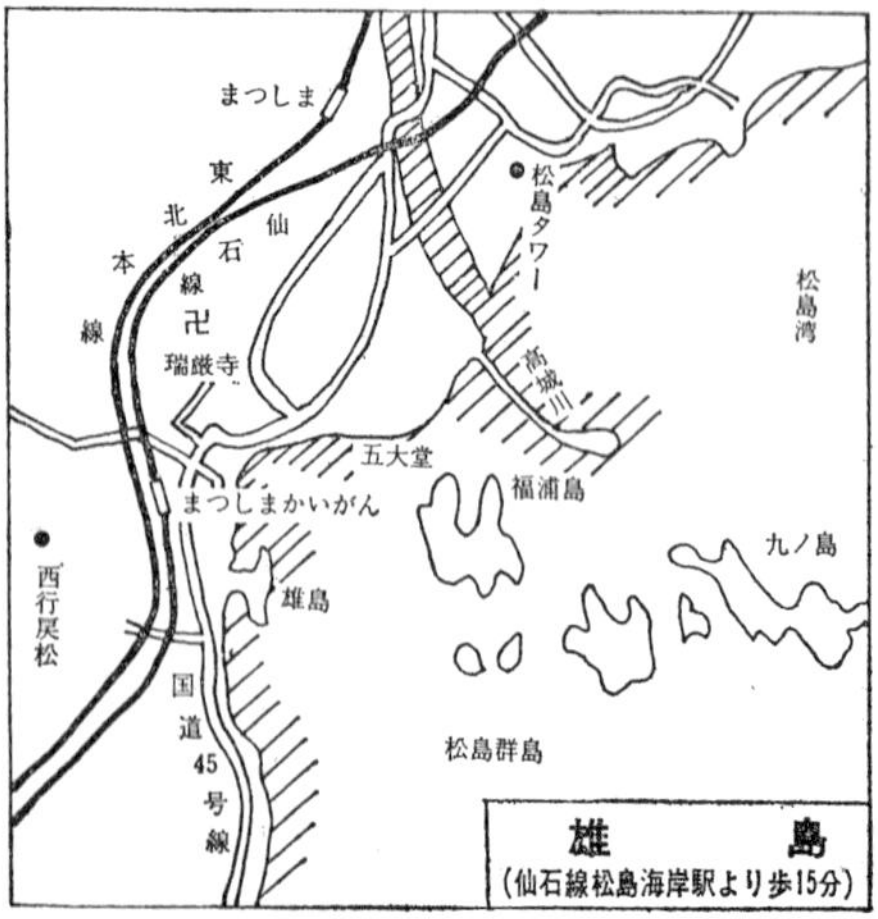

雄島
（仙石線松島海岸駅より歩15分）

〔鑑　賞〕

早稲田大学教授　藤平春男

この歌と関係の深そうな歌に、「松島や雄島が磯にあさりせし海人《あま》の袖こそかくは濡れしか」（後拾遺集恋四・八二八・源重之）がある。別に重之の歌がないと意味が通らなくなるわけではないが、重之歌と関係づけるかどうかで歌の味わいはかなり変ってくる。重之歌は、わが袖が恋の悩みに流す涙にぬれ続けているというのが主意だが、ひどく袖のぬれることの例に陸奥の歌枕となった情景を持ち出していて、そこに一首の作意がある。陸奥の歌枕というとまず思い浮かぶのは実方の中将だが、その実方と同時に陸奥下向したのが重之で、彼も当時著名な歌人だった。その重之作で後拾遺集にも入った「松島や」はひろく知られていたとみていいが、「見せばやな」は歌合歌だから（仁安二年歌林苑《かりんえん》歌合らしい）、重之歌を前提にして詠まれていることにまずまちがいはないと思われる。（初句と四句の微妙な切れ方は、重之歌を前提にすることで生きてくる。）

だが、これは定家などのやった本歌取とはちがう。本歌の情景を背景にするのではなく、下敷きにして本歌の作意をより深めているのだから、これは本歌の「心」を取って深化したのである。深化は、濡れ朽《く》ちて袖の色が変った（紅涙＝血の涙によることが暗示されている）としていることで末句にそれが表わされているが、さらに四句が効果的に末句を助けている。それと、初句の思い入れ乃至媚態《びたい》も重之歌にはない。複雑な心を文脈の微妙な切続《きれつづ》きに反映させた巧みさが生命である。

91 後京極摂政前太政大臣《ごきょうごくせっしょうさきのだいじょうだいじん》

きりぎりす　鳴くや霜夜《しもよ》の　さむしろに
衣《ころも》かたしき　ひとりかも寝む

〔口語訳〕こおろぎが鳴く、霜のおく夜の寒いむしろの上に、きものの片袖を敷いて、わたしはひとり寝ることになるのか。

〔語釈〕
○きりぎりす―今のコオロギ。
○さむしろ―寒々としたむしろ。「さ筵《むしろ》」に「寒し」を掛ける
○衣かたしき―きものの片袖を敷いて。ひとり寝をする様子。
「さむしろに衣かたしき今宵《こよひ》もや我を待つらむ宇治の橋姫」（古今集）が次に引用の歌とともに本歌とされている。
○ひとりかも寝む―ひとり寝ることになるのか。「足引の山鳥の尾のしだり尾の長々し夜をひとりかも寝む」（拾遺集）。

〔作者〕藤原良経《よしつね》。関白兼実《かねざね》の子。摂政・太政大臣になった。和歌は俊成から学び、新古今歌壇の成立を助ける上での功績が大きかった。一一六九―一二〇六。

〔出典〕新古今集巻五、秋下（五一八）

六家集

平安時代から鎌倉時代にかけて、いわゆる新古今集時代に世に出た優れた六歌人の歌集を集成したもの。

⑧③藤原俊成　『長秋詠藻』
⑧⑥西行法師　『山家集』
⑨⑦藤原定家　『拾遺愚草』
⑨①藤原良経　『月清集』（秋篠月清集）
⑨⑤慈　　鎮　『拾玉集』
⑨⑧藤原家隆　『壬二集』（玉吟集）

なお「六女集」は次の六つをいう。

『清少納言集』　『賀茂保憲女集』
『紫式部集』　『経信卿母集』
『小馬命婦集』　『俊成卿女集』

〔鑑賞〕

鶴見大学教授　志田延義

この歌の本歌「さむしろに衣かたしき今宵もや我を待つらむ宇治の橋姫」や「あしひきの山鳥の尾のしだり尾の長々し夜を独りかも寝む」が、いずれもそれぞれの集に恋の歌として採られているのに、これは『新古今集』巻第五、秋歌下に収められていることは、作者の創作態度や『新古今集』の撰者たちの選歌方針を考える上に、重要な意味をもっている。

私流に言えば、相手のない恋歌とでもいうべき寂寥感が、まずこの歌の表現のポイントなのだと思う。それは、更に、本歌にない「きりぎりす鳴くや霜夜の」晩秋の夜のわびしさによって増幅される。時・処のわびしさが、「さむしろに衣かたしき」「独りかも寝む」の思いに直結され重ね合わせられることによって構成され、かもし出される世界の象徴的表現になるのである。重いOの母音の頻出などの効果も、これを支えているように感じられる。

『新古今集』のこの歌の詞書に「百首歌たてまつりし時」とある正治二年は、作者が数え年三十二で、右大臣として宮廷にかえり咲いている時期であるのに、彼の多くの歌がそうであるように、そしてわけてもこの歌は、艶麗の裏に寂寥感がしみわたっている。

撰者の有家・定家・家隆の三人がこの歌に点を入れ、後鳥羽院もこの歌を残しておられる。とにかく、百人一首の中で昔も今も変らず私のすきな歌の一つである。

92 二《に》条院《じょういんの》讃岐《さぬき》

わが袖《そで》は　潮干《しほひ》にみえぬ　沖の石の
人こそ知らね　乾《かは》く間もなし

〔口語訳〕わたくしの袖は、引き潮どきも水に隠れて現れない沖の石のように、人は知らないけれど、涙に濡れてかわく間もないのです。

〔語釈〕

○わが袖は―わたしの袖は。「乾く間もなし」で受ける。

○潮干にみえぬ沖の石の―潮のひいた時も海に沈んで現れない沖の石のように。千載集の詞書きに「寄石恋《いしによするこひ》といへる心を」とあり、その題の中の石を沖にある石として歌ったもの。

○人こそ知らね―人は知らないが。

○乾く間もなし―せつない恋の涙で袖が乾く間もない。

〔作者〕源三位《げんざんみ》頼政《よりまさ》の娘。二条天皇に仕えた。父とともに歌人としてすぐれ、のちの千五百番歌合の時にも加えられている。一一四一ごろ―一二一七ごろ。

〔出典〕千載集巻十二、恋二（七五九）

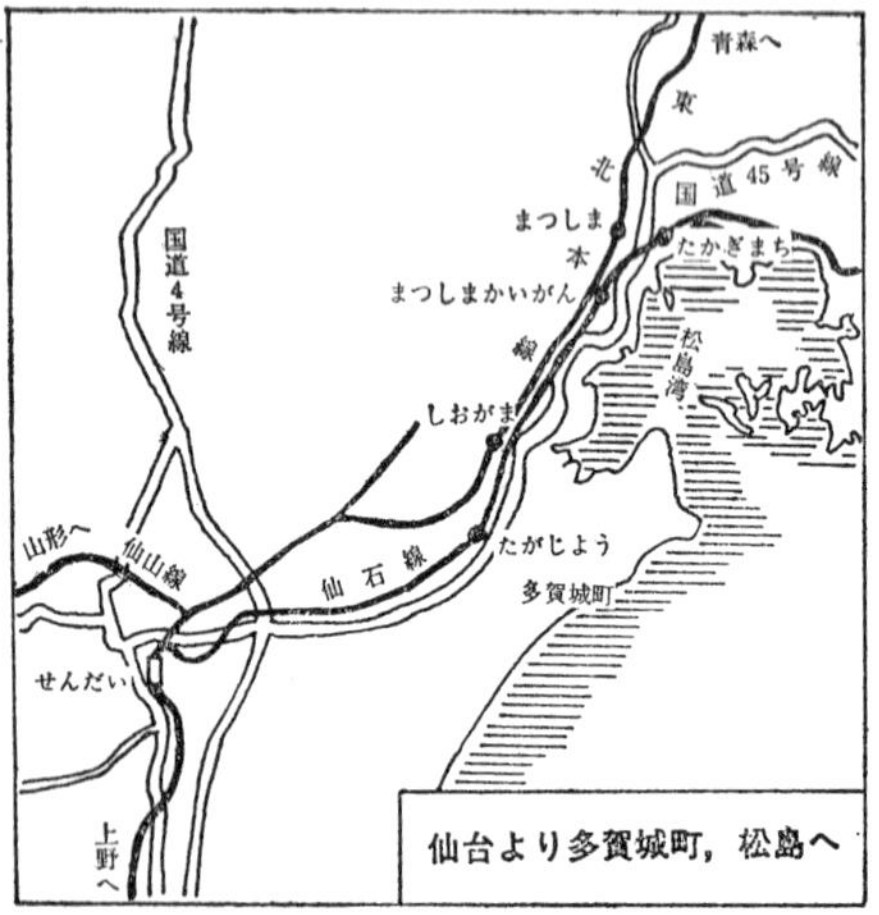

仙台より多賀城町，松島へ

〔鑑　賞〕　国文学研究資料館助教授　福田秀一

「千載集」の詞書から題詠であることは分るものの、どういう折の作かは明かでない。けれども、「奥の細道」を読んだ人は知るように、仙台の郊外にこの歌に詠まれた「沖の石」と称するものがある。

もう二十年以上の昔になるが、大学一年の夏、平井卓郎先生のお頼みで、当時小中学生だったお子さん方を、御静養中の先生に代って御郷里石巻へお連れして、暫く滞在させて頂いたことがあった。その間の一日、私は一人で仙台にいた叔父を訪ね、帰途、仙石線の多賀城駅で途中下車して、末の松山・沖の石・壺の石文・多賀城碑・野田の玉川碑・塩釜神社と歩いて本塩釜駅から電車を乗り継いだことがあった。今のようにガイドブックなどなく、予備知識も殆んどなかったが、前年（高三）たまたま平井先生に「奥の細道」を習っていたことでもあり、有名な「末の松山」や「多賀城址」など一見しておきたかったのである。

駅の裏がすぐ末の松山跡になっており、ホームの案内板やところどころの道標で道順はすぐ分った。大分古いことで詳細《ディテール》は忘れたが、田中の道を行ったところに小さな沼があり、水草に囲まれて丸味がかった石が水面に出ていたのを覚えている。名所が時にそうであるように、何ともつまらぬ、付会以外の何物でもなかったが、そんな機会に一見できたのは幸せであった。

93 鎌《かま》倉《くらの》右《う》大《だい》臣《じん》

世の中は　常にもがもな　渚《なぎさ》こぐ
あまの小舟《をぶね》の　綱手《つなで》かなしも

〔**口語訳**〕この世の中は、移り変らないものであってほしい。浜べを漕いでゆく漁夫の、小舟に引き綱をつけて引く様子が、身にしみて、心動かされる。

〔**語釈**〕

○常にもがもな―移り変ることのないもので、あってほしい。万葉集に用例のある語句。「常」は永久不変であること。

○綱手かなしも―舟に綱をつけて引く様子が身にしみて感動させられる。「綱手」は舟につけた引き綱。「かなし」は「愛《かな》し」「悲し」の両義につき諸説がある。「みちのくはいづくはあれど塩釜《しほがま》の浦こぐ舟の綱手かなしも」（古今集）が本歌。

〔**作者**〕源実朝《さねとも》。頼朝の二男。征夷大将軍になり、さらに右大臣になった翌年暗殺された。和歌は定家に指導され、個性的な家集「金槐《きんかい》集」を残している。一一九二―一二一九。

〔**出典**〕新勅撰集巻八、羇旅（五二五）

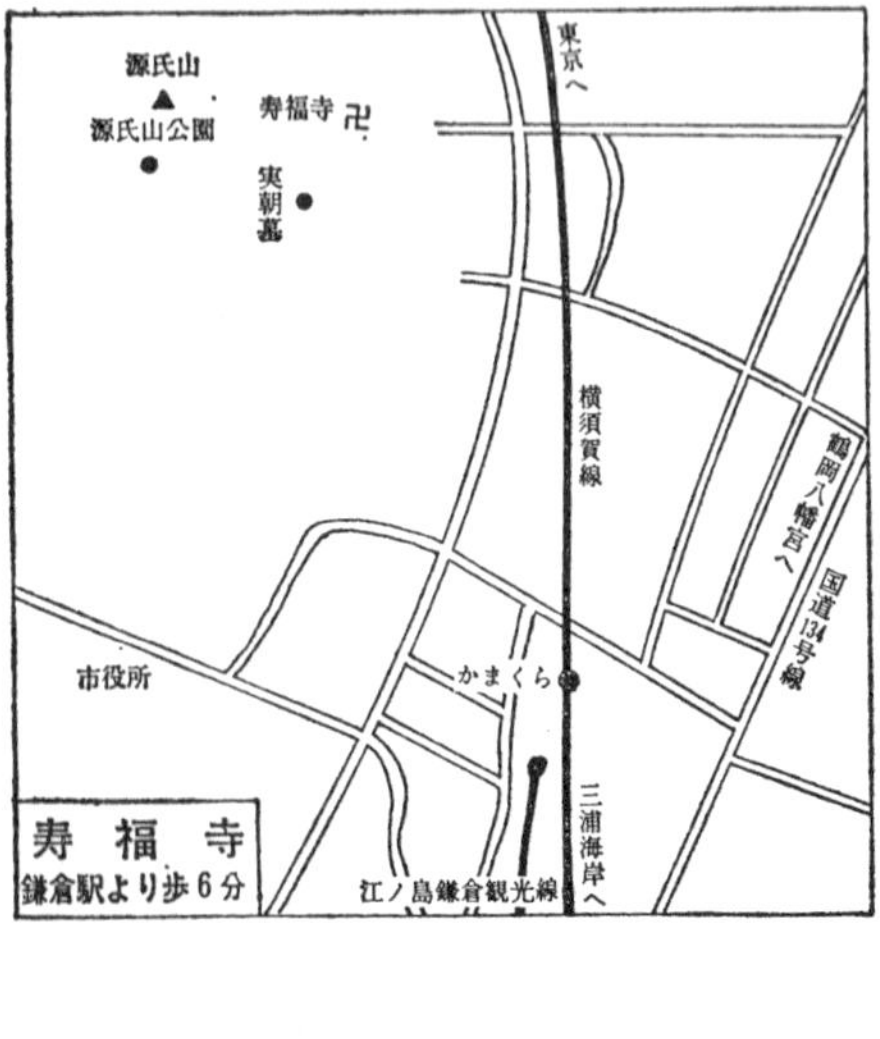

〔鑑　賞〕　　　　　　　　　　横浜国立大学教授　桜井祐三

鶴岡八幡宮から若宮大路を南に進むと、二キロほどで滑川《なめりがわ》河口の海岸に出る。川から西が由比が浜、東が材木座の海岸だ。地形は旧のままだが、戦後の風景の変貌は甚だしい。こんもりと広がっていた松林のかわりに、乾いたビルの連なりが目にうつり、海岸に高速道路がせせり出て、砂浜は半減した。のんびり砂上にいこっていた漁船の影は消えて、沖にヨットの白い帆が群れ浮かぶばかり。富士の見える日は年に何日となく、海は汚れて、土地の人はもう泳ごうとしない。実朝は今日の変化を予見して、この歌をよんだのかと錯覚を起こしたくなる。

この歌の下句の受取り方は、契沖の改観抄に代表される、嘆賞すべき風景とするのが一般的だが、私は悲哀感をうたったとする見方をとりたい。この歌は金槐集雑の部にあり、「舟」と題するが、流布本では、その前後すべて旅の悲哀の歌である。定家所伝本・群書類従本も、「あはれ」の語が頻出する無常をうたう群落中にある。定家も、新勅撰集で、羇旅の部中、旅の愁いをテーマとする歌群の中に収めている。晴々とした風景とは、定家も、金槐集の編者も、どうも考えてはいなかったようだ。古今集東歌の「みちのくはいづくはあれど塩釜の浦こぐ舟の綱手かなしも」を本歌としながらも、二十二才前の青年実朝の心には、大伴旅人の「世の中は空しきものと知る時しいよよますますかなしかりけり」（万葉集七九三）のような無常の思いがはやくも潜んでいたのであろう。

94 参議《さんぎ》雅経《まさつね》

み吉野の　山の秋風　さ夜ふけて
ふるさと寒く　衣《ころも》うつなり

〔口語訳〕吉野の山の秋風が、夜がふけて吹きわたり、古い都の吉野の里は、寒々として、衣《ころも》をうつ音が聞こえる。

〔語釈〕

○み吉野の山―吉野山。奈良県吉野郡の山。

○ふるさと―旧都。吉野には古くから離宮があり、応神・雄略・斎明・天武・持統・文武・元正・聖武諸天皇の行幸の地。なおこの歌は「み吉野の山の白雪つもるらしふるさと寒くなりまさるなり」（古今集、このふるさとは奈良）が本歌。

○衣うつ―砧《きぬた》をうつ。布を柔らかくし、またつやを出すため、台の上にのせて木のつちで打つ。

〔作者〕藤原雅経。諸官を経て参議になった。歌は俊成に学び新古今集の撰者のひとりになっている。その子孫は飛鳥井《あすかい》家といい、歌学と蹴鞠《けまり》の家として有名になる。一一七〇―一二二一

〔出典〕新古今集巻五、秋下（四八三）

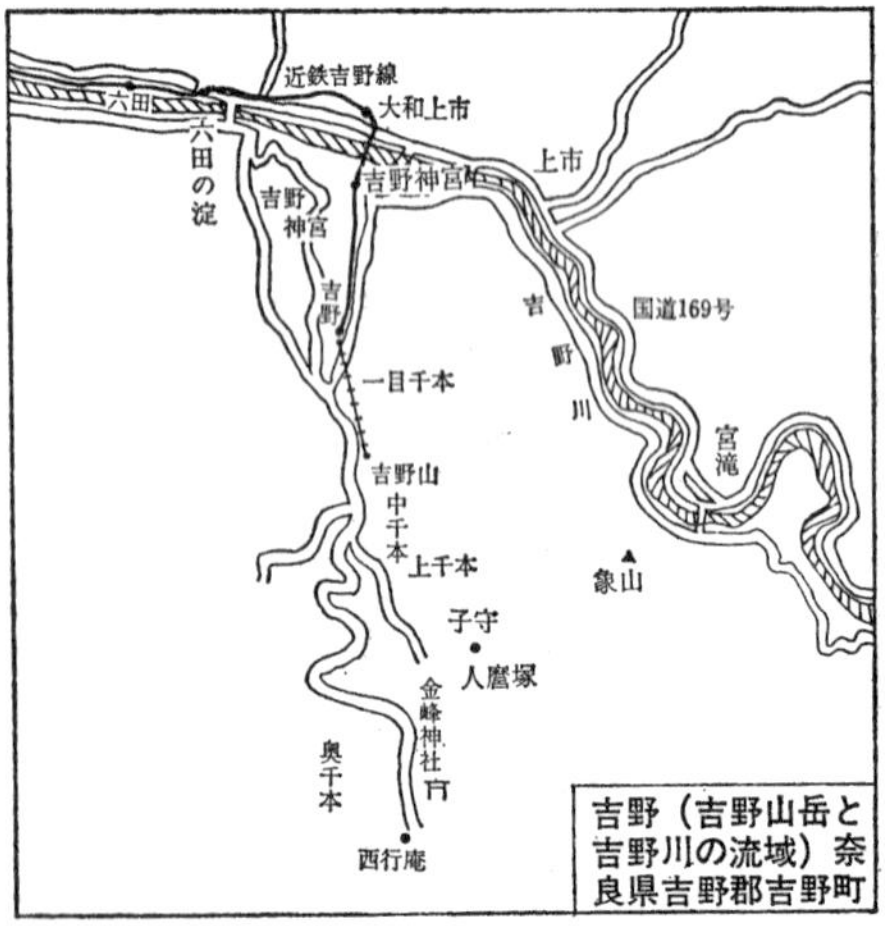

吉野（吉野山岳と吉野川の流域）奈良県吉野郡吉野町

〔鑑　賞〕

お茶の水女子大学教授　井本農一

吉野の里は、奈良時代には離宮が置かれ、万葉人たちがしばしば訪れて、遊楽したり歌を詠んだりしたところである。その吉野の古い村里も今は秋である。それも夜ふけである。吉野の山から吹いて来る秋風が時おり枝葉《えだは》を渡って行く、さびしい秋の夜ふけである。古い家が点々としているあたり、とある一軒で砧《きぬた》を打っている。暗く、静かな、さびしい山の村里の秋の夜ふけに、寒そうな砧の音がいつまでも聞える。

山の秋は冷気が早い。吉野の村里も、夏が去ったなと思うと、たちまち秋が深まって行く。秋風が吹く夜ふけは、肌寒いほどである。

だが「寒く」は、冷気が肌にしむというだけではない。それは孤独で、冷え氷るような気分である。昔は都人《みやこびと》が行き来して、華やかだった吉野が、今は住む人も少なく、寒む寒《ざ》むと静まりかえっており、ただ砧の音のみがひびいて来るというのだ。

荒れた、ひっそりとした村里だけでは、あまりにさびし過ぎる。吉野山から吹く秋風だけでは、わびし過ぎる。暗闇《くらやみ》の中に一つだけ灯のもれる窓があり、あたりの静寂を破って衣をうつ音が聞こえるから、ほっとするのだ。単調なひびきである。何の意味もない音だ。だが、単調な、乾いた音だからこそ、反って心にしみる。秋の自然のあわれの中の、人間の僅かな営みである。

95 前大僧正《さきのだいそうじょう》慈円《じえん》

おほけなく　うき世の民《たみ》に　おほふかな
わが立つ杣《そま》に　墨染《すみぞめ》の袖《そで》

〔口語訳〕身の程に過ぎたことながら、この世の人々の上に、衣《ころも》の袖をおおいかけることだ、――比叡《ひえい》のみ山に住む身となって、この墨染めの衣の袖を。

〔語釈〕

○おほけなく―自分の身には不相応にも。

○おほふかな―（自分の墨染めの袖を、この世の人々の上に）覆《おお》いかけることだ。僧として人々を救おうとするのを言う。

○わが立つ杣―比叡山のこと。「杣」は木をきり出す山だが、伝教大師の延暦寺建立の時の歌の語に基づき比叡山をいう。

○墨染の袖―僧衣の袖。「住み初《そ》め」を言い掛けている。

〔作者〕関白藤原忠通の六男。十一歳で比叡山に入り十四歳で出家、のち天台座主《ざす》や大僧正になる。史論「愚管抄」も残すが和歌を好み達吟の人でもあった。一一五五―一二二五。

〔出典〕千載集巻十七、雑中（一一三四）

〔鑑　賞〕

武蔵野女子大学教授　土岐善麿

前大僧正慈円（一一五五—一二二五）は、関白忠通の子として生れ、十一歳で比叡に上り、刻苦修学の後、二十七歳のとき、いったん山を下り、学問の推進に尽くすこと十年の後、天台座主となって、四度も、この高位に就いた。それで、この一首は、その最初のときのものとまず考えられやすい。しかし、この歌は、文治三年（一一八七）に藤原俊成の撰進した千載集にみえるので、第一次着任以前の作でなければならない。「わが立つ杣」とは、宗祖伝教大師最澄（七六六—八二二）が比叡山を開いて根本中堂を建て、そこを仏法興隆の道場としたとき、「あのくたらさんみやくさんぼだいの仏たちわが立つ杣に冥迦あらせたまへ」と祈誓をこめ悲願を述べた、その志を継いで、同じく国家鎮護、庶民救済のため、王法仏法世法をひろく「浮世の民」すなわち一切衆生の上におよぼそうとする覚悟を示す。しかも、謙虚に反省すれば、いまは仏教でいう末法濁世にあたり、承久の乱さえ起るような乱世に際して、じぶんの力ではとても及びもつかないことかと、思わずにはいられない。その心が「おほけなく」の初句となっている。これは、「大胆にも」の意であり、「分不相応に」の意もある。また「もったいなくも」という気分もそっていることばであるから、こうしていまここに、伝統的に比叡山を象徴する「わが立つ杣」に住み、その縁語の「墨染の袖」をひろげることは、法華経に「法衣をもってこれを覆う」という仏と一体の境地とも考えたわけである。

96

入道前太政大臣《にゅうどうさきのだいじょうだいじん》

花さそふ　嵐《あらし》の庭の　雪ならで
ふりゆくものは　わが身なりけり

〔**口語訳**〕花を誘う嵐で、庭に花の雪が降りつもってゆくが、それとは違って古《ふ》りゆくものは、わたしの身である。

〔**語釈**〕

○花さそふ―桜の花を誘って散らす。

○嵐の庭―嵐の吹く庭。

○雪ならで―雪でなくて。「**雪**」はここでは散る桜の花を雪と見たもの。

○ふりゆく―「降りゆく」に「古《ふ》りゆく」を言い掛けた表現。すなわち花の雪が「降りゆく」というイメージを、ここで、「古りゆく」（老いてゆく）意味に転じた。

〔**作者**〕藤原公経《きんつね》。源頼朝の妹むこの娘を妻とし、公武対立の時代に鎌倉と結んだので、承久《じょうきゅう》の変の後勢力をもち、太政大臣になった。のち出家。一一七一―一二四四。

〔**出典**〕新勅撰集巻十六、雑一（一〇五四）

二十一代集

「古今和歌集」から「新続古今和歌集」までの約五〇〇年間に成立した勅撰和歌集。

(1)古今和歌集
(2)後撰和歌集
(3)拾遺和歌集
(4)後拾遺和歌集
(5)金葉和歌集
(6)詞花和歌集
(7)千載和歌集
(8)新古今和歌集
(9)新勅撰和歌集
(10)続後撰和歌集
(11)続古今和歌集
(12)続拾遺和歌集
(13)新後撰和歌集
(14)玉葉和歌集
(15)続千載和歌集
(16)続後拾遺和歌集
(17)風雅和歌集
(18)新千載和歌集
(19)新拾遺和歌集
(20)新後拾遺和歌集
(21)新続古今和歌集

〔鑑　賞〕

愛知県立大学助教授　島津忠夫

承久の変は世の中を一変した。関東通の公経は、一時は監禁の身ともなっていたが、変後は、権勢並ぶものとてない栄華をきわめた。「花さそふ嵐の庭の雪」は、まさに栄華の頂点にあった公経邸の豪華絢爛たる花吹雪が思いうかべられる。

その公経にとっても、わが身の老いの悲しみだけは、どうしようもなく迫ってくる。「花さそふ嵐の庭の雪ならで」と、その花吹雪を一転して否定し、「ふりゆくものはわが身なりけり」とひといきにわが身の老いの嘆きをよみくだしたところに、その老いの悲しみはいっそう深い哀感となって迫ってくる。

世の辛酸をなめつくしてきた晩年の定家の眼に、やはり公経の華々しい生活がまざまざと移っているだけに、この人にしてこの感慨がという感もあったかもしれない。

眼前の「降りゆく」落花の光景から、「古りゆく」身へと掛詞を軸として想を展開させてゆく技巧も洗練されているし、「はなさそふ」「ふりゆく」と、上・下句の頭にF音を配しているのも、特に意識したとも思われないが、おのずからこの歌の声調をリズミカルにしている。それは、「はなさそふ」と耳で聞いて「ふりゆく」と目で探すかるた取りの、まったく意味など考えない遊びの時にも、なにか韻律的なつながりのこころよさを感じたものであった。

97　権中納言定家《ごんちゅうなごんていか》

来《こ》ぬ人を　まつほの浦《うら》の　夕なぎに
焼《や》くや藻塩《もしほ》の　身もこがれつつ

〔**口語訳**〕来てくれない人を待って、あの松帆の浦の夕なぎ時に焼く藻《も》塩《しお》が火に焦げるように、わたしは身を焼く思いで恋いこがれている…

〔**語釈**〕

○まつほの浦―「待つ」に「松帆《まつほ》の浦」（淡路島北端の海岸）を言い掛けた。

○焼くや藻塩の―焼く藻塩のように。「藻塩」は、海藻《そう》に海水をかけて焼き、それを水にとかし、上澄《うわず》みを煮て製する塩。

○身もこがれつつ―待つ人に恋いこがれて苦しんでいる、との意で、それを藻塩が焼け焦げる様子をからめて強調した。

〔**作者**〕藤原定家。俊成の子。中納言になった。歌人としては父の後をついで新展開を示した。新古今集・新勅撰集の撰者。また古典の校定等に関する功も大きい。一一六二―一二四一。

〔**出典**〕新勅撰集巻十三、恋三（八五一）

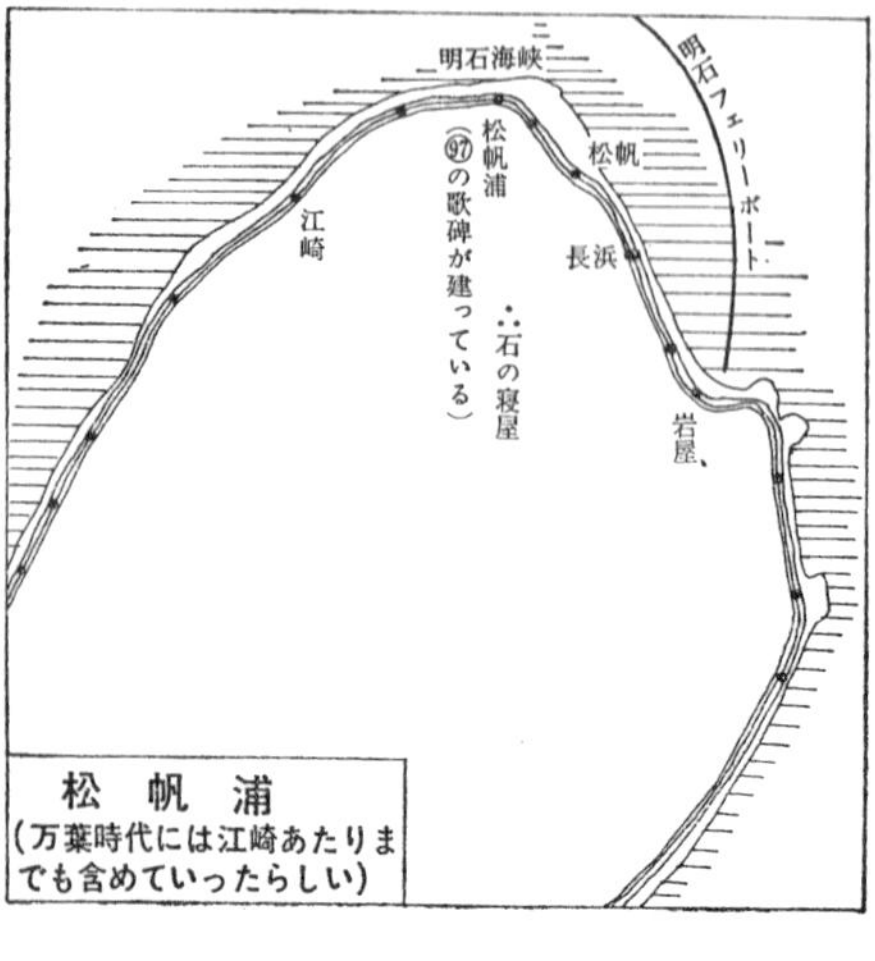

松帆浦
（万葉時代には江崎あたりまでも含めていったらしい）

〔鑑賞〕

昭和女子大学教授　石田吉貞

恋の歌は多く女の心になって詠むのであるが、この歌もやはり女の歌として鑑賞しなければならぬ。この歌は、来ぬ人を待つ女のやるせない心を、松帆の浦の夕暮に焼く藻塩の煙のやるせなさによって象徴したもので、高度な象徴詩であるから、複雑で難解であるけれど、作者自慢の歌と思われるだけに、よく味わってみれば、哀韻きわまりないものがある。

この歌は三層の塔のように重畳している。第一の層は「来ぬ人を待つ」、第二の層は「(待つと松とを掛詞にして)松帆の浦の夕なぎに焼くや藻塩の」、第三の層は「身もこがれつつ」である。

先ず「いくら待っても来ない人を待っているわたしは」と、恋に痩せ、髪もほつれた一人の女を思い浮かべる。次に「松帆の浦の夕なぎに焼く藻塩」の、さびしい実景を目の前に描き出す。暮れてゆくしずかな海、細くかなしく立ちのぼる煙。

次に、第一層、第二層、第三層を一つに貫いて、「来ない人を待っているわたしは、海べに焼く藻塩草のように、燃えこがれております」と、いうようにまとめる。

新古今の歌、定家の歌などは、あくまで繊細に感情をはたらかさなければ、そのよさはわからない。「恋には親も捨てはてて、やむよしもなき胸の火や、鬢《びん》の毛を吹く川風よ、せめてあはれと思へかし」、藤村の「六人の乙女」のような女を海べに立たせるでなければ、この歌は活《い》きない。

98　従《じゅ》二《に》位《い》家《いえ》隆《たか》

風そよぐ　ならの小川《を》の　夕暮れは
みそぎぞ夏の　しるしなりける

〔口語訳〕風がそよそよと楢《なら》の葉に吹いている、ならの小川の夕暮れは、もう秋のように涼しいが、みそぎが行われているのが、まだ夏のうちのしるしである。

〔語釈〕
○風そよぐ―風がそよそよと音を立てる。
○ならの小川―京都市上賀茂神社の中を流れる御手洗川《みたらし》。ここでは「楢《なら》」を言い掛けている。
○みそぎ―身体の罪・けがれを清めるため川の水で洗う神事。ここは陰暦六月三十日に行われる夏越《なご》しの祓《はらえ》（六月祓《みなづきばらえ》）。
○しるし―証拠。

〔作者〕藤原家隆。従二位になった。和歌を俊成に学び、新古今集の撰者のひとりで定家と並び称せられた当時の代表歌人。歌風は定家とは異なる清新さがある。一一五八―一二三七。

〔出典〕新勅撰集巻三、夏（一九二）

〔鑑　賞〕

椙山女学園大学教授　山崎敏夫

『新勅撰集』では、詞書に「寛喜元年女御入内の屏風」とあり、これは元来が賀の歌である。賀の歌にこのように神事を歌うことは、この時代にあっての通例である。『新古今』夏に見える。釈阿九十の賀の良経の歌「を山田に引くしめなはの打はへてくちやしぬらん五月雨のころ」にしても、賀の歌に「くちやしぬらん」は禁忌のようにも思われるが、「しめなは」は神事のものであるから、そこに賀の意が托し得たとせられている。神事——わけて六月祓が、人々の生活にとってきわめて身辺のものであった時代の作であることを知らなくては、この歌は理解せられない。その意味でこの歌は、作者の生活に密着している歌なのである。『百人一首』の歌は、それぞれが、その作者の生活との深い結びつきで再吟味せられなくてはならないと私は思う。楢の葉は茂って風に鳴り、小川は清く神域を流れている。ここには、七十歳を越した作者が、皮膚で感じている爽涼感がある。老境に入っての歌ですでに枯淡であるが、その若き日を思わせるような、新鮮感もある。『新古今』恋五に入集していて「定・隆」という撰者名略記の見られる本もある「みそぎするならのを川の河風に祈りぞわたる下にたえじと」という歌がある。八代女王の作とせられている歌で、これを意識した上での作。また『後拾遺集』夏の「夏山の楢の葉そよぐ夕暮はことしも秋の心地こそすれ」にもよっている作であろう。

99 後《ご》鳥《と》羽《ば》院《いん》

人もをし　人もうらめし　あぢきなく
世を思ふゆゑに　物思ふ身は

〔口語訳〕人がいとしくも思われ、また恨めしくも思われる。おもしろくもなく、世の中のことを思うために、もの思いをする、このわたしは。

〔語釈〕

○人もをし人もうらめし――人がいとしい、また人が恨めしい。二つの「人」を別の人間と解する見方と、別の人間ではなく時により愛憎の心が動くと解する見方とがある。

○あぢきなく――つまらなく。「世を思ふ」にかかると見る説と「もの思ふ」にかかると見る説とがある。両方にかかると見ることもできるであろう。

〔作者〕第八十二代の天皇。高倉天皇の第四皇子。鎌倉幕府打倒の計画を進め、承久の変の結果隠岐《おき》に流された。和歌を好み新古今集撰定などにつとめられた。一一八〇―一二三九。

〔出典〕続《しょく》後撰集巻十七、雑中（一一九九）

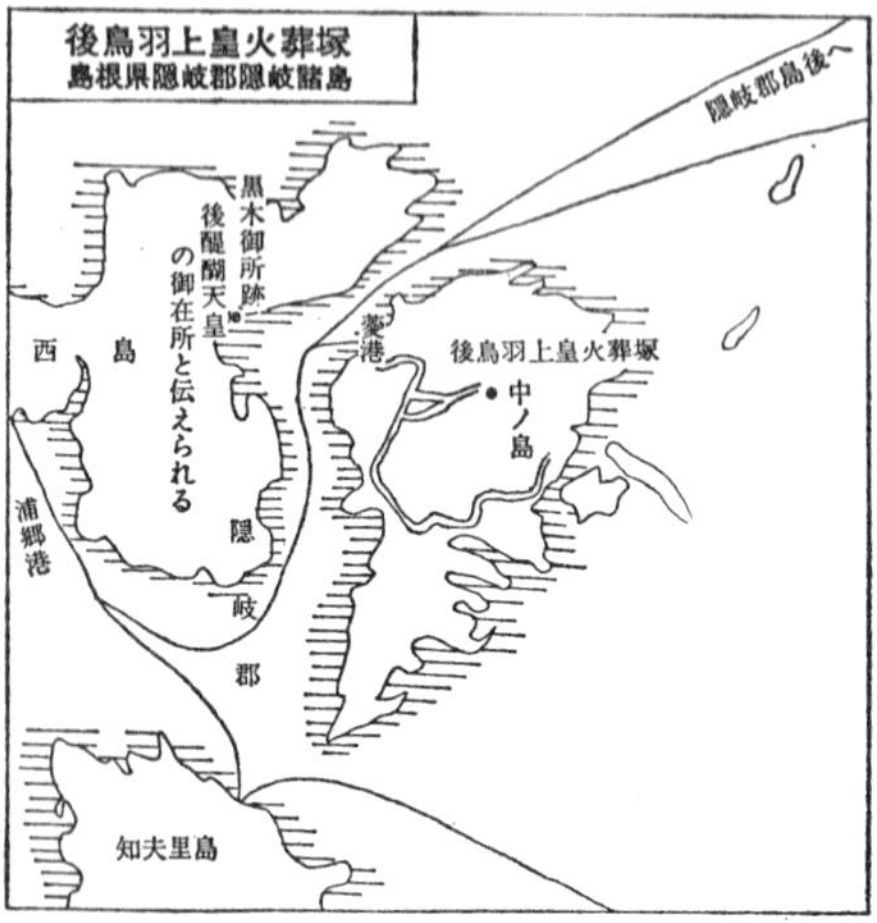

〔鑑　賞〕

清泉女子大学教授　永積安明

後鳥羽院といえば、まず「見渡せば山もとかすむ水無瀬川夕べを秋となに思ひけむ」という『新古今和歌集』の一首を思い出す。それほど院の詩の世界には優艶・華麗な気が立ちこめているのだが、その華やかな詩的世界を、『新古今和歌集』に自ら結集するということは、後鳥羽院にとって同時に、東夷の領略から王朝文化の伝統を護持しようとする、まさに政治的ないとなみでもあった。

『百人一首』のこの歌には、「人もをし」「人もうらめし」と、まず「人も」の語をかさねつつ、「をし」「うらめし」の語を対立せしめて、とつおいつ思いつづける院の心情の揺らぎが表現されるが、さらに「世を思ふ」「物思ふ」とする語のくり返しによって、院の思いが危機的な状況の深みから発していることを示すとともに、また、そのような「世を思ふ」院の情念の重さを揺るがしだしているのである。

この一首が、承久の乱に先立つこと約九年、「述懐」と題する詠であったことは、北条氏との対決をも辞さなかった院の意思のおのずからなる噴出と、院の政治的世界に対する精神の緊張が、あの華麗な『新古今』の世界をその深部においてささえていたことを端的に示している。『百人一首』の編者が、院の幽暗部から発したともいえるこの一首を特に撰んだのは、まことに後鳥羽院の詩の世界を知るものというべきである。

100 順《じゅん》徳《とく》院《いん》

ももしきや　ふるき軒端《のきば》の　しのぶにも
なほあまりある　昔なりけり

〔口語訳〕宮中の古びた軒ばに生えたしのぶ草を見ると、つい昔のことをしのぶのだが、いくらしのんでも、しのびきれず、限りなく昔の御代《みよ》がなつかしく思われる。

〔語釈〕

○ももしき―皇居。もとは「ももしきの」で「大宮」にかかる枕詞。

○しのぶ―シダ類植物の一種である「しのぶ」に、昔のことを「しのぶ」（なつかしく思う意）を言い掛けた。

○なほあまりある昔―いくらしのんでも、なおしのびきれないほど、なつかしい昔。「昔」は皇室の栄えた昔。

〔作者〕第八十四代の天皇。後鳥羽院の第三皇子。後鳥羽院の討幕計画に加わり、承久の変の結果佐渡に流された。歌学書の「八雲御抄《やくもみしょう》」その他の著述がある。一一九七―一二四二。

〔出典〕続後撰集巻十八、雑下（一二〇二）

順徳上皇火葬塚（佐渡）

〔鑑　賞〕　　　　　　　　　　　　大妻女子大学教授　吉田精一

この歌は、百人一首を一巻の歌集と見立てれば巻軸の歌にあたり、巻頭のそれとともに重要な位置にある。しかしそれが必らず秀歌でなければならないとはきまって居らず、この場合には、天智、持統にはじまる巻首の構成に相応じる意味で、後鳥羽・順徳の親子の帝の歌をのせたものと考えてよい。順徳院は古今を通じてもっとも大部の歌学書「八雲御抄」の著者だが、歌学者が必らずしも名歌人ではない。

「百人一首一夕話」（尾崎雅嘉）には「帝の御徳のおとろへさせたまふことを、ふるき軒端《のきば》とよませられて、ふるき軒のはしが荒《あれ》ぬれば、しのぶ草といふ草がはゆるものなるによりて、その草の名によせて、むかしのすなほなりし御代をこひしのぶにも、猶々あまりのある昔の世の事どもよと、よませられたるなり」とある。要するに懐古的な述懐歌であって、当時の作者は数年後に承久の乱を控えたあわただしく、おちつかない環境に生きていた。そうした事情を念頭におくとしても、私には感慨がすなおに入って来ない。百人一首にはとりわけ恋の歌に秀歌が多いが、この歌はさしたることがない。後世の狂歌にこの歌をもじって「股引《ももひき》や古ふんどしを質に置き今朝のさむさにちんぼちぢまる」というのがあったと記憶する。その道の専門家に誰の作で何に出ているか質《ただ》しているが、まだ確答が返って来ない。

上句索引

○第一句を仮名書きにして五十音順に配列した。
○カルタ記憶の便をはかり、第四句をも付した。

あ（一七首）

あきかぜに……もれいづるつきの……一六八
あきのたの……わがころもでは……一三
あけぬれば……なほうらめしき……一一四
あさぢふの……あまりてなどか……八八
あさぼらけ（ありあけ）……よしののさとに……七二
あさぼらけ（うじの）……あらはれわたる……一三八
あしびきの……ながながしよを……一六
あはぢしま……いくよねざめぬ……一六六
あはれとも……みのいたづらに……一〇〇
あひみての……むかしはものを……九六
あふ《（お）》ことの……ひとをもみをも……九八
あまつかぜ……をとめのすがた……三四
あまのはら……みかさのやまに……二四
あらざらむ……いまひとたびの（あふこと）……一二二
あらしふく……たつたのかはの……一四八
ありあけの……あかつきばかり……七〇
ありまやま……いでそよひとを……一二六

い（三首）

いにしへの……けふここのへに……一三二
いまこむと……ありあけのつきを……五二
いまはただ……ひとづてならで……一三六

う（二首）

うかりける……はげしかれとは……一五八
うらみわび……こひにくちなむ……一四〇

お（を）（六首）

おくやまに……こゑきくときぞ……二〇
をぐらやま……いまひとたびの（みゆき）……六二
おとにきく……かけじやそでの……一五四
おほえやま……まだふみもみず……一三〇
おほけなく……わがたつそまに……二〇〇
おもひわび……うきにたへぬは……一七四

か（四首）

かくとだに……さしもしらじな……一一三
かささぎの……しろきをみれば……二三
かぜそよぐ……みそぎぞなつの……二〇八
かぜをいたみ……くだけてものを……一〇六

き（三首）

きみがため（はるの）……わがころもでに……四〇
きみがため（をしく）……ながくもがなと……一一〇
きりぎりす……ころもかたしき……一九二

こ（六首）

こころあてに……おきまどはせる……六八
こころにも……こひしかるべき……一四六
こぬひとを……やくやもしほの……二〇四
このたびは……もみぢのにしき……五八
こひすてふ……ひとしれずこそ……九二
これやこの……しるもしらぬも……三〇

さ（一首）

さびしさに……いづこもおなじ……一五〇

し（二首）

しのぶれど……ものやおもふと……九〇
しらつゆに……つらぬきとめぬ……八四

す（一首）

すみのえの……ゆめのかよひぢ……四六

せ（一首）

せをはやみ……われてもすゑに……一六四

た（六首）

たかさごの……とやまのかすみ……一五六
たきのおとは……なこそながれて……一二〇
たごのうらに……ふじのたかねに……一八
たちわかれ……まつとしきかば……四二
たまのをよ……しのぶることの……一八八
たれをかも……まつもむかしの……七八

ち（三首）

ちぎりおきし……あはれことしの……一六〇
ちぎりきな……すゑのまつやま……九四
ちはやぶる……からくれなゐに……四四

つ（二首）

つきみれば……わがみひとつの……五六
つくばねの……こひぞつもりて……三六

な（八首）

ながからむ……みだれてけさは……一七〇
ながらへば……うしとみしよぞ……一七八
なげきつつ……いかにひさしき……一一六
なげけとて……かこちがほなる……一八三
なつのよは……くものいづこに……八三
なにしおはば……ひとにしられて……六〇
なにはえの……みをつくしてや……一八六
なにはがた……あはでこのよを……四八

は（四首）

はなさそふ……ふりゆくものは……二〇三
はなのいろは……わがみよにふる……二六
はるすぎて……ころもほすてふ……一四
はるのよの……かひなくたたむ……一四四

ひ（三首）

ひさかたの……しづごころなく……七六
ひとはいさ……はなぞむかしの……八〇
ひともをし……よをおもふゆゑに……二〇八

ふ（一首）

ふくからに……むべやまかぜを……五四

ほ（一首）

ほととぎす……ただありあけの……一七三

み（五首）

みかきもり……ひるはきえつつ……一〇八
みかのはら……いつみきとてか……六四
みせばやな……ぬれにぞぬれし……一九〇
みちのくの……みだれそめにし……三八
みよしのの……ふるさとさむく……一九八

む（一首）

むらさめの……きりたちのぼる……一八四

め（一首）

めぐりあひて……くもがくれにし……一三四

も（二首）

ももしきや……なほあまりある……二一〇
もろともに……はなよりほかに……一四三

や（四首）

やすらはで……かたぶくまでの……一二八
やへむぐら……ひとこそみえね……一〇四
やまがはに……ながれもあへぬ……七四
やまざとは……ひとめもくさも……六六

ゆ（二首）

ゆふされば……あしのまろやに……一五二
ゆらのとを……ゆくへもしらぬ……一〇二

よ（四首）

よのなかは……あまのをぶねの……一九六
よのなかよ……やまのおくにも……一七八
よもすがら……ねやのひまさへ……一八〇
よをこめて……よにあふさかの……一三四

わ（七首）

わがいほは……よをうぢやまと……二六
わがそでは……ひとこそしらね……一九四
わすらるる……ひとのいのちの……八六
わすれじの……けふをかぎりの……一一八
わたのはら（こぎ）……くもゐにまがふ……一六二
わたのはら（やそ）……ひとにはつげよ……三二
わびぬれば……みをつくしても……五〇

復刊にあたって――

編者武田元治先生のはしがきに「百人一首鑑賞に関するこれだけの大顔合わせは、現在望みうる最高の水準。この本の歴史的意義は消えることはないでしょう」と。そのことばを裏づけるように、近年になり、中学校教科書に掲載されたり副教材に転載されております。初版の刊行直後も、各新聞では高い評価を頂いたことなど思い起こし、現代の百人一首研究第一人者であられる吉海先生のごすいせんも頂き、このままの形で復刊する喜びに至りました。

銀の鈴社

編集長　柴崎俊子

銀鈴叢書

一〇〇人で鑑賞する　百人一首

昭和四十八年十一月二十五日　初版（教育出版センター発行）

平成二十四年三月二十八日　復刊第一刷

定価――本体一八〇〇円＋税

監修者――久松潜一

編著者――武田元治

発行者――柴崎　聡・西野真由美

発行所――銀の鈴社

〒248-0005　神奈川県鎌倉市雪ノ下三―八―三三

電　話　〇四六七―六一―一九三〇

ＦＡＸ　〇四六七―六一―一九三一

info@ginsuzu.com

http://www.ginsuzu.com

ISBN978-4-87786-271-8 C1092